연꽃 속에 잠들다

태학산문선 204

연꽃 속에 잠들다 -명말청초 산문집

초판 1쇄 발행 | 2005년 2월 5일
초판 2쇄 발행 | 2015년 9월 7일

지은이 | 이지·원굉도·장대·대명세
옮긴이 | 이종주
기   획 | 정민·안대회
펴낸이 | 지현구
펴낸곳 | 태학사
등   록 | 제 406-2006-00008호
주   소 | 경기도 파주시 광인사길 223
전   화 | (031)955-7580~2(마케팅부)·955-7585~90(편집부)
전   송 | (031)955-0910

전자우편 | thaehak4@chol.com
홈페이지 | www.thaehaksa.com

값은 뒤표지에 있습니다.

ISBN 89-7626-955-1 04810
ISBN 89-7626-530-0 (세트)

명말청초 산문집

연꽃 속에 잠들다

이지 · 원굉도 · 장대 · 대명세 지음
이종주 옮김

태학사

태학산문선을 발간하며

현대의 인간은 물질의 풍요 속에서 오히려 극심한 정신의 황폐를 느낀다. 새 천년의 시작을 말하고는 있지만 미래에 대한 전망은 여전히 불투명하다. 심심찮게 들리는 인문정신의 위기론에서도 우리는 좌표 잃은 시대의 불안한 징표를 읽는다. 모든 것이 불확실하고 혼란스러운 현실이다. 지향해야 할 정신의 주소를 찾는 일이 그리 쉬워 보이지 않는다. 밀려드는 외국의 담론이 대안이 될 것 같지도 않다. 그렇다고 그것을 대신할 우리 것을 찾아보기란 더욱 쉽지가 않다.

옛 사람들은 무슨 생각을 하며 살았을까? 그때 그들이 했던 고민은 지금 우리와 무관한 것일까? 혹 그들의 글쓰기에서 지금 우리의 문제에 접근하는 실마리를 열 수는 없을까? 좁은 시야에 갇히지 않고, 총체적 삶의 자세를 견지했던 옛 작가들의 글에는 타성에 젖고 지적 편식에 길들여진 우리의 일상을 따끔하게 일깨우는 청정한 울림이 있다. '태학산문선'은 그 맑은 울림에 귀를 기울이고자 한다.

세상은 변해도 삶의 본질은 조금도 변한 것이 없다. 그들이 일상에서 길어올린 삶의 의미들은 지금 우리에게도 여전히 뜻깊게 읽힌다. 몇 백 년 또는 몇 십 년 전 옛 사람의 글인데도 낯설지 않고 생경하지 않다. 이런 글들이 단지 한문이나 외국말, 또는 지금과는 다른 문체로 쓰여졌다는 이유 때문에 일반 독자들과 만날 수 없는 것은 참으로 안타까운 일이다. 좋은 글에는 향기가 있다. 좋은 글에는 글쓴이의 체취가 있다. 그 시대의 풍경이 배경에서 떠오른다. 글은 시간과 공간의 제약을 뛰어넘는다.

1930년대 중국에서는 임어당 등의 작가들이 명청明淸 시기 소품산문의 가치를 재발견하여 소품문학 운동을 전개한 바 있다. 낡은 옛것이 이러한 과정을 거쳐 다시 의미를 얻고 생생한 빛을 발하게 되었다. 이제 본 산문선은 까맣게 존재조차 잊혀졌던 옛 선인들의 글 위에 켜켜이 앉은 먼지를 털어내어 새롭게 선뵈려 한다. 진정한 의미의 '옛날'이란 언제나 살아 있는 '지금'일 뿐이다. 옛글과의 만남이 우리의 나태해진 정신과 무뎌진 감수성을 일깨우는 가슴 설레는 만남의 자리가 되었으면 한다.

정 민 · 안대회

차 례

절대 고독과 지독한 울분의 소품문

자신을 받아들이지 않았던 세상이 망해가는 것을 보면서 지식인은 어떤 마음으로, 어떻게 살아가야 하는가. 여기에 실린 명나라 말, 청나라 초기 작가들은 온 몸으로 이 질문에 답을 하고 있다. 그들은 나라를 망치는 부패구조와 세상을 오도하는 보수적 가치에 울분하고 있다. 그러나 그 울분이 단순한 원통함에 머물지 않는다. 세상과의 대립 속에서 자신을 지켜내고, 대립을 초극하여 세상을 지켜내려 하였다는 점에서 이 작가들은, 울분에서 나오는 외로움을 극복하고 자신과 세상에 새로운 가치를 열어준 사람들이다.

그러므로 이들은 몸은 비록 초야에 묻혀 외로운 존재였지만, 세상에 새로운 시대를 열어준 진정한 혁명가였다. 세상을 투시하는 눈을 가지고도 현달한 지위에 올라가기는커녕 감옥에서 자살해야 했고 문자옥文字獄으로 처형을 당했지만, 사사롭고 편집적인 가치를 벗어난 맑은 정신은 이미 새로운 세상을 열어 주는 거대한 문이 되고 있었다.

이 책서 읽고자 하는 이지(李贄 1527~1602), 원굉도(袁宏道 1568~1610), 원중도(袁中道 1560~1600), 장대(張岱 1597~1679), 대명세(戴名世 1653~1713) 등은, 모두 시대와 어울리지 못한 불운한 혁신주의자였다. 그러나 이들은 자신을 불운하다고 생각하지 않았다. 불운은 한때의 운수 사나운 형편을 뜻하는 것이다. 이들은 부패한 세상, 백성을 오도하는 낡은 관념과 근본적으로 다른 새로운 가치를 만들어 가고 있었기 때문에 그 불운은 일시적인 것도 아니고, 운명적인 것도 아니었다. 더욱이 개인적인 것도 아니었다. 새로운 세상을 만들어 가려는 개혁주의자나 혁명적 사상가들이 끌어안고 극복해야 할 절대 고독의 세계, 그것이 바로 이들 앞에 놓여 진 '부조리한 세상에 대한 울분'이었다.

이들을 대하면서 필자는, 체질적으로 울분을 안고 살 수 없는 사람이나 그 외로움을 늘 숨 쉴 수 없는 사람, 그리고 세상을 버리고 자연을 벗할 수 없는 사람은, 세상을 바꿀 혁신주의자를 꿈꾸지 말아야 한다는 생각을 하게 되었다. 혁신주의자가 살아서 꽃다발을 받는 경우가 얼마나 있었을까. 영광보다는 소외감을 안아야 하고, 목숨까지도 내놓아야 하는 길이 그 앞에 놓여 있기 때문이다.

이들이 살고 있던 명나라 말년 청나라 초기는 우리가 사는 시대보다 몇 배 더한 가치 혼돈의 시대였다. 원나라라는 이민족 체제를 극복하고 나왔지만 명나라는 말기에 접어들면서 날로 사상적 긴장감이 해이해져 갔다. 맹목적이고 보수적인 유교주의는 더 이상 생기발랄한 시민들의 현실감각을 대변하지 못하였다. 현실감각을 대변하지 못하는 지배계급의 부패는 결국 나라를 다시 이민족인 청에게 내주게 되고, 이민족 지배체제하에서 지식인들은 현실과 타협하거나 아니면 외롭게 초야에 묻혀 한숨을 쉴 수밖에 없는 지경이 된 것이다. 비유컨대 이 상황은, 임진왜란을 겪고 나서도 다시 일제의 지배를 받았던 우리의 식민지 역사상황과 별로 다를 바 없었다. 구한말과 일제시대 제대로 된 지식인이 품어야 했던 울분과 가치 혼란을 생각하면, 명말 청초 선비들의 명나라 지배계급에 대한 분노와 청초의 공황적 가치 혼돈을 짐작할 수 있을 것이다.

여기 실린 작가들은 이 어둠 속에서 제대로 된 자기 길을 찾고 있었기에 당대 사람들에게는 미친 놈〔狂士〕이라는 소리를 들어야 했다. 이제 네 사람의 지식인이 목숨을 바쳐 추구했던 진실과 그 고난을 살펴보자.

절대 고독과 지독한 울분의 소품문

1. 이지 "동심이 진실이다"

온릉거사溫陵居士라는 호號를 가진 그는 명나라 말년의 이른바 좌파 양명학의 대표적 인물이었다. 그는 봉건적 예교의 속박을 벗어나야 한다고 시민계급의 시각을 주장하였다. 여자들을 모아 가르치면서 남녀평등을 주장하는 등 당대로서는 용납될 수 없을 만큼 혁신적이었다. 그는 자신이 공자를 성인으로 섬기게 된 것은, 선배들에게 성인이라고 가르침을 받은 이유밖에 없었다고 하면서, 우상숭배화한 공자주의를 야유하기도 하였다.

그는 진실은 공자 같은 성인에게서 찾을 수 있는 것이 아니라, 사물을 있는 그대로 바라보는 순진의 눈을 가진 동심童心에 있다고 주장하였다. 동심으로 세계를 보자는 이 동심의 인식론은 생기발랄한 문자와 날카로운 역설의 시각을 보여주기 때문에, 독자에게 통쾌감을 주면서 설득력이 뛰어나다. 예컨대, 그는 당시 봉건적 충효사상에서는 반역적 글로 평가받는 『수호전』을 충의를 담은 최고의 문장으로 칭송하였다. 아첨배 신하에 둘러싸여 있는 황제에게 진정으로 충성하다가 쫓겨난 사람들의 충언이 담겨 있기 때문이라는 것이었다. 이지는 결국 이단으로 비판을 받아 북경의 감옥에서 자살한 것으로 알려졌다. 시대정신에는 충의로웠지만 정권에는 충의롭지 않은 혁신가였기 때문이다.

2. 원굉도 "내 마음이 진실이다"

원굉도袁宏道(1568~1610)의 자字는 중랑中郎, 호號 석공石
公이다. 지금의 호북성 공안인公安人으로 형 종도宗道 아우 중
도中道와 함께 삼원三袁으로 불리는 공안파公安派의 영수領袖
인물이다. 이지 등 명말 양명학자의 자유분방한 사상에 영향을
받은 것으로 알려져 있다.

글은 '내면의 본성을 표현하고 형식에 구애되지 말아야 한다
獨抒性靈 不拘格套'는 주장과 '자기 가슴속에서 우러나오는 것
을 표현해야 한다──從自己胸中流出'는 주장이 그의 문학적
입장을 대변한다. 그러기에 그는 '아취[趣]'와 '신기新奇'를 강
조하면서 명대에 풍미하였던 전후칠자前後七子의 모사摹似와
복고 취향에 정면으로 맞섰다. 그 결과 생동하고 진솔한 자연
을 소품문으로 표현한 것으로 유명하다. 세태에 관심을 가지고
보통 시민의 어려운 생활을 표현하고 사회부조리를 폭로하였
다. 문장은 진한 시대의 것을 본받고, 시는 당송의 것을 본받아
야 한다는 풍조에 정면으로 맞서 자신의 감정을 표현한 것이다.
그 결과 그의 문장과 거기에 담긴 사상이 자유주의적 풍조를

절대 고독과 지독한 울분의 소품문

이끌고, 이른바 소품문의 시대를 열었다.

3. 장대 "일상과 자연에서 도리를 찾는다"

장대張岱(1597~1679)의 字는 종자宗子, 호號는 도암陶庵이
다. 증조 이래 관리를 지냈으나 명明이 망하고 나서는 은거하
며 저술에 전념, 벼슬하지 않았다. 명 말의 역사를 기록한 『석
궤서石匱書』를 통하여, 국가가 망한 현실을 통탄해 하고 당대
의 정치사회를 비판하였다. 낙척불기落拓不羈하며 유람을 즐긴
그의 소품은, 풍경·세정·풍속·기예 등 일상적 소재로 사회
현실을 반영하였는데, 간결하고 생동한 문체로 유명하다.

그의 글은 소재도 주제도 폭이 넓고 다양하다. 말처럼 이〔齒〕
검사까지 받아가며 첩으로 팔려가는 모습을 그린 "말처럼 팔리
는 여인들「양주수마」" 같은 세태 고발도 있고, "편벽된 다섯
사람이 품은 진실「오이인전」"이나 "술에 몸을 숨긴 이인「졸효
전」"처럼 숨은 인물들이 간직하고 있는 진실을 드러내는 야사
적 인물전도 있다. 또 모든 시름을 잊고 자연 속에 의탁한 자신
을 그림처럼 그려낸 자연 묘사도 있다. 세상과 타협하지 못하
였던 심정을 풀어낸 자신의 묘지명도 있다. 깔끔하고 단아하면
서도 작가의 핵심적인 정신을 그대로 느끼게 하는 그의 글은

명말소품문明末小品文의 전형으로 알려져 있다.

4. 대명세 "진실은 초야에 묻힌 사람들이 가지고 있다"

대명세戴名世(1653~1713)는 방포方苞(1668~1749)와 함께 동성파桐城派의 개조로 평가받기도 하지만 유파와 함께 논의되지 못하고 소외를 당하기도 한다. 『남산집南山集』으로 청나라 강희제 때 문자옥文字獄을 겪으며 죽었다. 양계초는 그를 '청대 두 역사가'의 한 명으로 평가하였다. 『대명세집戴名世集』에 수록된 52편의 전傳과, 명말청초 고향 동성 지역에서 청나라 군대에 맞선 의병을 기록한 『혈유록孑遺錄』을 통하여 '승리의 청나라 역사' 이면에 버려진 명나라 충신들을 발굴하고 있기 때문이다.

대명세는 동성파의 비조로 알려져 있으면서도 동성파 논의에서 소외되기도 한다. 그 이유는 아마도 그가 자연(自然), 담박(淡泊), 무소유, 맹목(盲目), 할애(割愛)의 문학론을 전개하면서 '자기만의 앎[獨知]'을 강조함으로써, 반의고를 내세운 공안파와 논리적으로 일치하였기 때문일 것이다. 또 일반적으로 동성파 문인들이 청淸나라 말엽까지 정주이학程朱理學을 종지로 체제내적 활동을 하여 정통관념을 가졌다고 평가되는 데 비하여,

대명세는 건륭제 때 문자옥文字獄으로 처형된 체제 밖의 인물이었기 때문일 것이다. 그는 그만큼 사상적으로 정치적으로 매임이 없는 자유주의자적 속성이 강했던 것이다.

이제까지 설명으로 독자는 네 명의 작가들이 가졌던 시대에 대한 울분과 반항을 눈치챘을 것이다. 그들은 암울한 절망과 고독을 지독한 역설과 풍자로 풀어내었다. 이들의 사상은 그 자체가 봉건적이고 부패한 시대에 대한 반역적 역설이었고, 그 삶은 그대로 비웃음의 풍자였다. 그러기에 그들은 미친 사람들이라는 소리를 들을 수밖에 없었다. 대명세는 '모든 사람이 혹이 달린 나라에서는 혹 없는 사람이 병자로 취급받고, 모두가 검은 얼굴을 한 나라에서는 하얀 얼굴이 이상하다고 평가받는다'는 말로 자신을 둘러싼 미친 세상을 조롱하였다.

이들 명말청초 소품문이 간직하고 있는 풍자와 역설의 세계는 우리에게 기존의 낡은 세계관을 버리고 역설의 시각으로 새로운 세계를 열어보라고 권하고 있다. 그러나 이들처럼 미쳤다는 소리를 듣지 않고도 우리가 새로운 가치관념을 실현시킬 수 있을지, 그렇지 않다면 스스로를 낮추고 적당한 타협으로 살면서 지독한 풍자가의 도래를 기다려야할지 그것은 필자도 의문이다.

연꽃 속에 잠들다

제 1 부

이지 소품문

이지李贄(1527~1602)

　자字 탁여卓如・굉보宏甫. 호號 온릉거사溫陵居士・용호수龍湖叟. 천주 진강泉州晉江(지금의 복건성福建省) 출생. 중소 지주 출신. 명말明末의 걸출한 사상가. 이른바 좌파 양명학의 대표적 인물. 그는 시민계층의 시각으로 당시의 봉건적 예교의 속박을 벗어나야 한다고 주장하였다. 여자들을 모아 가르치면서 남녀평등을 주장하는 등 당대로서는 용납될 수 없을 만큼 혁신적이었다. 그의 혁신사상은 양명학의 영향을 받아 형성된 것으로 볼 수 있지만, 부패 무능한 명나라 말기의 정치 사회에 대한 반발이기도 하였다.

　그의 글은 시대를 넘어서는 대담한 주장을 마음껏 표현하고 있다. 생기 발랄한 문자와 날카로운 논리를 가져서, 독자에게 통쾌감을 주면서 설득력이 뛰어나다. 『분서焚書』, 『속분서續焚書』, 『장서藏書』, 『속장서續藏書』, 『이씨문집李氏文集』 등 30여 종의 저서에서 이런 특징을 볼 수 있다. 그의 글은 세상에 두루 통하던 정격의 문장 형태에서 벗어나 있다. 예컨대 『수호전』 같은 혁명 소설을 읽으면서 소설 속 인물과 사건에 덧붙여 자기 의견을 표현하였다. 그는 특히 동심童心에 기초하여 낡고 관념화된 사상체계에서 벗어날 것을 주장하였다. 자신의 이상을 실현하는 길로 나아가지 못하고 이단으로 비판을 받아 북경의 감옥에서 자살한 것으로 알려졌다.

동심이 진심이다
童心說

　용동산농龍洞山農은 『서상기西廂記』 서문 말미에서 "나를 아는 사람이라면, 내가 아직 동심童心을 간직하고 있다고 하지 말아야 할 것이다"라고 말하였다. 동심이란 진심眞心이다. 만약 동심을 그르다고 한다면 이는 진심을 그르다고 하는 것이다. 동심이란 거짓을 버린 순진함으로, 최초의 순수한 본심이다. 만약 동심을 잃으면 이는 진심을 잃은 것이니, 진심을 잃으면 바로 참된 인간성을 잃는 것이다. 사람으로서 진실하지 않다면 그 최초의 본심을 회복할 수 없다.

　어린아이는 인생의 시작이고, 동심은 마음의 시작이다. 마음의 시작을 어찌 잃어버릴 수 있겠는가? 그럼에도 불구하고 동심을 어떻게 그리 빨리 상실하게 되는가? 바야흐로 어린아이가 자라기 시작할 때, 듣고 보는 식견識見이 눈과 귀로 들어와 그 마음에 주인으로 자리잡으면서 동심을 상실하게 되는 것이다. 아이가 성장하게 되면, 보고들은 식견으로부터 도리道理가 들어와, 마음의 주인이 되어 동심을 상실하게 된다. 그렇게 오랜 시간이 흐르면 도리문견道理聞見은 나날이 더 쌓여서, 알게 되고 느끼는 것이 날로 더 확장된다. 이렇게 되면 칭찬하는 소리를 달게 여기게 되어 더욱 그것을 떨치려고 하니, 마침내 동심을 잃게 되는 것이다. 게다가 좋지 않다는 소리를 부끄럽게 여기게 되면, 그것을 가리고 덮으려 힘쓰게 되니, 동심을 상실하는 것이다.

도리문견이라는 것은 모두 독서讀書를 많이 하고 의리義理를 알게 되면서 오는 것이다. 옛날 성인聖人이 어찌 독서를 하지 않으셨겠는가. 독서를 하지 않으셨다면 당연히 동심을 보존하였을 것이다. 그런데, 독서를 많이 하고서도 이 동심을 유지하고 잃어버리지 않으셨으니, 보통의 학자들이 독서를 많이 하고 의리를 알게 되면서 동심을 가로막은 것과는 다르다고 하겠다. 무릇 학자들은 독서를 많이 하고 의리를 알게 되면 그 동심을 가로막게 되는데, 성인은 어떻게 하여 저서著書와 논리論理를 많이 세우면서도 학자들처럼 되지 않으셨을까?

동심이 막히면 언어를 토설하여도 그 말이 충심衷心에서 나오지 않는다. 눈대중으로 보아서 정사政事를 하게 되니 그 하는 일이 근거가 없게 된다. 저술을 하고 문장을 다듬어내도 그 글이 달통한 의미를 담지 못한다. 내심에 진실이 없으니 겉으로 문장이 아름답게 다듬어지지 않는 것이고, 독실함이 없으니 빛날 수가 없는 것이다. 그러니 좋은 말을 한 마디 만들려고 하여도 끝내 얻을 수가 없는 것이다. 왜 이렇게 되는가? 동심이 이미 막혀 버려서, 밖으로부터 들어온 도리문견이 마음을 차지하고 있기 때문이다.

이미 마음이 도리문견으로 채워졌다면, 말하는 것은 모두 도리문견의 언어다. 동심에서 절로 나온 언어가 아니다. 그런 언어가 비록 교묘하다 하더라도, 말하는 자신과 무슨 상관이 있겠는가. 그것은 바로 거짓 인간이 거짓말을 하고, 거짓 일을 하고, 거짓 문장을 쓴 것이 아니겠는가? 그 사람이 이미 거짓 인간이라면 그가 한 것은 거짓 아닌 것이 없게 된다. 그러니 거짓 언어를 가지고 거짓사람〔假人〕들과 말을 하면 거짓사람이 기뻐하고, 거짓 일로 거짓사람과 이야기하면 거짓사람이 기뻐하고, 거짓문장으로 거짓사람과 담화하게 되면 거짓사람이 기뻐하게 된다. 세상이 거짓 아닌 것이 없고, 기뻐하지 않을 일이 없는 상황이 되는 것이다.

온 세상 마당이 모두 거짓이니, 키가 작은 구경꾼이 어떻게 제대로 분별을 할 수 있겠는가. 천하의 훌륭한 문장으로서, 거

동심이 진심이다

짓인간들에게 인멸되어서 후세에 드러나지 않은 것이 적다고 할 수 없다. 어째서 그런가? 천하의 좋은 문장이란 동심으로부터 나오지 않은 것이 없다. 동심을 간직하고 있으면 도리가 힘을 쓰지 못하고 문견이 설 땅을 잃게 되어, 쓰는 문장마다 잘되지 않는 때가 없고, 누구라도 좋은 문장을 쓰게 되며, 그 문장은 모두 나름의 체격과 문자를 창출하게 된다.

시가 어째서 고체古體여야 하고, 문장이 어째서 선진先秦시대의 것이어야 하는가? 시는, 아래시대로 내려와 육조六朝시대 시가 되고, 변해서는 다시 당나라 시대의 근체시가 되었다. 또 문장은 변하여 당송唐宋의 전기傳奇가 되었고, 또 변하여 금나라·원나라 시대의 연극 대본이 되고, 잡극이 되고, 『서상곡』이 되고, 『수호전』이 되고, 오늘날의 과거시험 문장이 되었다. 이런 문장들은 모두 고금에 통하는 지극히 훌륭한 문장이어서 시대의 선후로써 우열을 논할 것이 아니다.

이렇게 나는 동심을 가진 사람의 자연스런 문장에 감동되었으니, 다시 육경六經과, 『논어』와 『맹자』에 대하여 말할 필요가 있겠는가?

육경과 『논어』·『맹자』 같은 글은, 사관史觀들이 지나치게 높이 평가한 것이 아니라면, 그 제자들이 과도하게 극도로 찬미한 것이다. 그것도 아니라면 우매한 문도들과 어리석은 제자들이 스승의 학설을 자기 소견에 따라 앞뒤를 꿰 맞추어서 서책으로 기록한 것이다. 그런데 후학들이 이런 사정을 살피지 않고 바로 성인의 입에서 나온 말씀으로 생각하고 경전으로 간주해 버린 것이다. 그 태반은 성인의 말씀이 아니라는 사실을 누가 알겠는가? 만일 성인으로부터 나온 말이라 하더라도, 그 핵심은 특별한 사정에 따라 말씀하신 것이다. 즉 병에 따라 약을 주는 것처럼 그 상황에 따라 처방을 한 것으로서, 가장 이해력이 떨어지는 어리석은 제자와 문도들을 깨우치기 위한 것에 지나지 않는 것이다. 약과 치료는 병에 따라 달라지는 것으로 처방이 고정불변 할 수 없는 것이다. 어찌 하나만을 만세에 통하는 훌륭한 이론이라 할 수 있겠는가? 그러므로 육경과 『논어』『맹자』야말로 도학자의 핑계거리에 지나지 않는 것으로, 거짓사람들을 만들어내는 바탕이라고 하겠다. 그것을 동심의 언어에 비견할 수 없다는 사실은 분명하다. 안타깝다. 내가 언제, 동심을 잃지 않아, 함께 문장을 이야기할 만한 진정한 대성인을 만나볼 수 있을지.

현실에서 동떨어진 사상체계가 석고상처럼 굳은 이념이 되

동심이 진심이다

어 인간을 억누를 때, 순진한 동심의 시각이 강조되는 것은 동서고금 역사에서 보편적으로 나타나는 현상이다. 기독교적 도그마가 서양을 억압하고 있을 때 이에 대한 반발의 출발점도 동심에 기초한 인간의 본심이었다. 과도한 성리학적 예교주의가 지배하던 조선후기 박지원, 이덕무 같은 실학자들도 모두 동심을 강조하면서 현실에 바탕을 둔 '실학'이라는 사상체계를 이끌어 갔다. 이 글의 작자 이지가 살았던 명말청초의 어두운 상황과 영·정조 시대의 분위기가 상통하였음을 말해준다고 하겠다.

우리 민담에는 박문수조차 구원할 방도를 못 찾아 위기에 빠진 사람을 어린아이가 구했다는 등 동심의 지혜에 관한 이야기가 널리 퍼져 있다. 그만큼 우리에게도 동심이 필요했다는 의미다. '동심으로 돌아가자' '어린이는 어른의 아버지' 이런 구호는 오늘날에도 살아있다. 그러나 동심이 이렇게 강조되는 데도 불구하고 세상에 동심은 없다. 자기 안에 동심을 기르지는 못하고, 남에게 동심이 없다는 지적만 즐기고 있는 것도 하나의 이유일 것이다.

송강이야말로 충신이었다
忠義水滸傳序

태사공은 말하기를 "세난說難과 고분孤憤은 성인이 발분하여 지은 것이다"라고 하였다.[1]

1) 사마천은 [사기 열전]을 "태사공자서"라는 글로 마무리하면서 다음과 같이 말하였다.

"옛날 서백(西伯: 문왕)은 유리(羑里)에 갇히고서 『주역』을 연술하였고, 공자는 진(陳)·채 사이에서 곤액을 당하고서 『춘추』를 만들었고, 굴원은 쫓겨나고서 『이소』를 지었다. 좌구명(左丘明)이 실명하고서 『국어』가 있게 되었고, 손자가 절름발이가 되고서 『병법』을 논하게 되었다. 여불위가 촉으로 좌천되자 세상은 『여람(여씨춘추)』을 전했고, 한비자는 진나라 감옥에 갇히고서 「세난」, 「고분」 두 편을 지었다. 『시경』 3백 편도 대개 성현이 발분하여 지은 것이다. 이 사람들은 모두 품은 뜻이 막혀 우울한 바가 있었고, 자기의 도를 통할 수 없었기 때문에, 지난 일을 기록하여 앞으로 올 사람을 생각한 것이다."

여기에서 언급된 한비자의 '세난'은 유세하는 사람이 군주를 설득하기 어려움을 논한 것이고, '고분'은 자기의 도리를 가진 사람이 세상과 군주에게 인정받지 못하고 분노할 수밖에 없는 상황을 표현한 것으로,

이로 보면 옛 성인은 울분이 없으면 저술을 하지 않았다. 분개하지 않고 글을 쓰는 것은, 비유하자면 춥지도 않은데 떠는 것이고 아프지도 않는데 신음하는 것이니, 그런 글에 볼 만한 것이 있겠는가?

『수호전』은 발분하여 쓴 것이다. 송나라 왕실이 미약해진 이후 상하가 전도되어, 큰 현자는 아래로 떨어지고, 못난 놈이 윗자리에 자리를 잡았다. 점점 오랑캐가 위로 올라가고 중국이 아래로 떨어지는데도, 임금과 신하는 불길이 차 오르는 것을 모르고 지저귀는 처마 밑 제비와 같았다. 그러다가 결국 오랑캐에게 폐백을 올리며 신하됨을 자처하고 기꺼이 개와 양에게 무릎을 꿇었다. 『수호전』의 저자 시내암과 나관중 두 분은, 몸은 비록 원나라에 살고 있었지만 마음은 송나라에 두고 있었다. 원나라의 해를 보고 살았지만 송나라가 망한 일에 울분을 지니고 있었다. 그러기에 휘종徽宗과 흠종欽宗이 금金나라의 포로가 되었던 일에 분개하여, 거꾸로 '크게 요나라를 깨트렸다'고 써서[2] 그 울분을 풀었던 것이다. 또한 남쪽으로 강을 건너 구차하게 남송南宋을 세운 것에 분개하여 '조칙을 받은 송강宋江이 방석

[한비자]의 편명이다.
2)『수호전』 83~89회까지. 송강이 조정의 부름을 받고 요를 공격하여 크게 이겼다고 묘사한 사실을 지칭함.

方臘을 멸망시키는' 일을 그려서[3] 그 울분을 풀었던 것이다.

묻건대 설분雪憤을 뜻한 사람은 누구였던가? 그 옛날 수호에 모여든 강인한 사람들이었다. 그들을 충의로운 사람이라고 부르지 않을 수 없다. 그래서 시내암과 나관중 선생이 '수호'를 전傳이라고 이름하고 다시 거기에 충의라는 이름을 붙인 것이다.

충의로운 사람들이 어째서 수호에 모여들었는가? 수호에 모여든 사람들이 어찌 한 사람 한 사람 모두 충의로웠겠는가. 그들이 어떻게 수호에 모여들게 되었는가는 분명하다. 소인이 대덕에게 부림을 받고 작은 현자가 큰 현자에게 부림을 받는 것이 올바른 이치거늘, 작은 현자뿐 아니라 큰 현자조차도 보통사람에게 부림을 받게 되었다면, 그들이 과연 기꺼이 부림을 받으면서 부끄러움을 견디낼 수 있었겠는가? 이는 마치 힘이 미약한 사람뿐 아니라, 강한 사람까지도 보통사람에게 결박을 당하는 것 같으니, 그들이 기꺼이 손을 묶이며 속박되겠는가? 이러한 세상 상황이, 천하의 크게 힘있는 사람과 큰 현자들을 몰아쳐서 기필코 모두 수호로 들어가게 한 것이다. 그러니 수호에 모인 여러 사람들은 모두 큰 힘과 큰 재주를 가진 충의로운 사람이라고 할 수 있는 것이다. 송강처럼 충의로운 사람은 물론 없었다. 그러나 지금

---

3) 『수호전』, 110~119. 송강이 조서를 받고 방석을 친 일.

108인을 살펴보건대 그들은 공과功過를 함께 나누고 사생死生을 같이 했으니 그 충의로운 마음은 송강과 같았던 것이다.

송강은 그 몸은 비록 수호에 살고 있었지만, 마음은 조정에 두고 조정에서 불러주기를 한마음으로 고대하고 나라의 원수갚기를 꾀하였다. 그리하여 마침내 큰일을 일으켜 공을 이룬 다음, 독을 마시고 자결하여 함께 죽기를 회피하지 않았으니, 치열한 충의를 가졌다 할 수 있다. 그러했으니 108인의 마음을 진실로 감복시켜 양산에서 결의하고 그들의 주인이 될 수 있었던 것이다. 최후에 남쪽 방석을 칠 때 그 108인은 의리를 지켜 진중에서 죽은 사람이 태반이었다.

노지심은 육화사에서 입적하였고[4], 연청은 울면서 인군을 이별하였다.[5] 동위童威와 동맹童猛은 혼강룡混江龍 이준李俊에게 가서 모의하였다.[6] 송강이 이런 사실을 모르고 있던 것은

---

4) 『수호전』119회에 송강이 노지심을 서울에 가서 관직에 오르라 하였지만 노지심은 사양하고 항주杭州 육화사六和寺에서 입적하였다.
5) 119회에 연청燕靑이 방석을 토벌하고 서울로 돌아가던 중 노준의魯俊義에게 은퇴하여 천수를 마치라고 하였는데 노준의는 듣지 않자 연청은 그를 이별하고 떠났다. 후일 노준의는 간신의 모함으로 죽는다.
6) 『수호전』119회. 연청이 떠난 후 '혼강룡混江龍' 이준李俊은 중풍이라 속이고 송강에게 동위와 동맹을 남겨서 자신을 돌보라고 요구하였다. 그리고 송강 등이 서울로 떠난 후 이준과 동위, 동맹은 배를 만들어 외국으로 떠나버렸다.

아니었다. 그들의 행동은 졸장부의 자기 보존책으로써, 결코 임금에 충성스럽고 동지들에게 의로운 사람이 할 수 없는 일이라고 생각하였으니, 그가 바로 송강이었다. 이 때문에 그를 충의로운 사람이라 하는 것이다. 그를 위해 전을 쓰지 않을 수 있겠는가. 그 전기를 읽지 않을 수 있겠는가.

그러니 나라를 다스리는 사람은 이를 읽지 않을 수 없는 것이다. 그가 이 전기를 한 번 읽게 되면, 충의로운 사람이 수호로 들어가지 않고 임금의 옆에 자리를 잡게 될 것이다. 현명한 재상은 이 책을 읽지 않을 수 없을 것이다. 그가 이 책을 읽기만 하면 충의로운 사람이 수호에 자리를 잡지 않고 모두 조정에 자리할 것이다. 병부에서는 제대로 나라의 군무를 장악할 것이고, 지방군 사령부에서는 지방 군권을 제대로 감독하게 될 것이니, 이것이 또한 이 책을 읽지 않을 수 없는 이유다. 단 하루만이라도 이 책을 읽으면, 충신이 수호에 모여들지 않고 모두 국가의 간성이 될 것이다. 만일 그들이 조정에 자리하지 못하고, 임금을 옆에서 모시지 못하고, 국가의 간성이 되지 못한다면, 그들은 어디로 향하겠는가. 곧바로 수호로 들어갈 것이다.

이 책은 발분을 해서 쓴 것이다. 만약 호사가들이 이야기 거리로만 삼고, 용병하는 사람들이 작은 참고용으로 여겨 자기 입장에서만 취한다면, 이른바 충의로운 사람들을 어디에서 만나보게 되겠는가.

～◐◑～

외세의 침입을 받은 시대나 정권이 도덕적 질서를 확인시켜주지 못하는 시대에는 올바른 가치를 가진 사람이 체제 밖으로 내몰려 떠돌게 마련이다. 조선시대 택당 이식에 의해서 『수호전』에 비견되었던 『홍길동전』을 써서 계급적 질곡에 맞서 인권질서를 바로 잡으려한 허균, 외세의 침입과 부패한 관리 앞에 일어선 동학군. 이들은 찢어 죽이는 책형을 당했고, 난동의 주체로 효수형에 처해졌다. 현대사에서 권위적 통치질서에 반대하던 젊은 목소리들은 감옥으로 던져졌다. 이들은 모두 통치자의 눈에는 『수호전』의 주인공들처럼 반역의 무리였지만, 이지의 시각에서는 충의의 전사들이고, 조정에 자리 잡았어야할 인물들이었던 것이다.

오늘날 우리 시대도 성실한 일상인들을 '반역의 섬'으로 몰아넣고 있다고 걱정이 많다. 군부독재 시대는 끝났지만 많은 사람들이, 금력과, 학벌과, 지연에 의해서 반역의 땅 수호로 내몰리고 있다고 생각하는 것이다. 이 시대 '충의로운 송강'은 어디에 서 있을까.

연꽃 속에 잠들다

울분과 통곡에서 글이 나온다
雜說

『배월정拜月亭』과 『서상기西廂記』에는 천연의 미가 있는데, 『비파기琵琶記』에는 인위적인 기교가 있다. 이른바 인위적 기교란 것은 천지天地의 자연스러움을 빼앗는 것이다. 기교를 부리는 사람들이, 천지가 인위적인 조작 없이 자연스럽게 조화로운 것임을 어찌 알겠는가?

오늘날 사람들은, 저 하늘에서 생겨나고 땅에서 성장하여 갖추어진 온갖 화초를 보고 사랑한다. 그러나 그 자연의 오묘함은 끝내 알지 못하니, 지혜가 부족하기 때문만은 아닐 것이다. 조화의 자연스러움을 이해하려 할 경우, 그것이 비록 신성하더라도 그 자연스러운 원인은 알 수 없다. 누가 그것을 알겠는가? 이렇게 생각하면, 화가가 비록 교묘하게 표현했다 하더라도 그것은 이미 두 번째 단계로 떨어진 것이다.

문장이란 천고의 것인데 작은 마음으로 헤아리니, 어찌 안타깝지 않은가!

나는 이런 말을 들었다. 바람이나 번개처럼 달릴 수 있는 말의 능력은, 결코 검은색 공마인지 황색 모마인지에 달린 것이 아니라는 것이다.[1] 서로 호응 상통하는 기질을 추구하는 고상한 의기 투합은, 남의 문장구절을 절취 인용하다가 오히려 도리를 잃고 마는 선비들에게서는 찾아볼 수 없다. 바람이 물 위를 지나는 듯 자연스런 문장은, 결코 글자나 문장 하나가 기이해서 이루어지는 것이 아니다.

문장의 짜임새와 대우對偶가 세밀한가, 도리에 의거하고 법도에 합치되는가, 앞뒤가 서로 호응하고 허실이 서로 맞아들어 가는가 하는 문제는 문장을 평가하는 기준은 될 수 있다. 그러나 세상에서 제일가는 지극한 문장을 논하는 기준은 될 수 없다.

원대元代의 잡극이나 금대金代의 원본院本[2]은 고차원의 유희

---

1) 『열자列子』 "설부說符"에 나오는 말. 진秦나라 목공穆公이 구방고九方皐에게 말을 고르라고 하였는데, 그는 말의 내면적 성격을 살피는 데 주의하여 외형을 잊었다. 그래서 원래 흑색의 말이었는데, 황색의 암말이라고 하였다는 것이다. 이 언급은 외면적 모습은 중요한 것이 아니라는 의미로 인용된 것이다.

2) 금대金代에는 희본戱本을 원본院本이라고, 원대元代에는 잡극雜劇이라고 칭하였다.

문학이다. 『서상기』와 『배월정기』에 어떠한 기교적인 노력이 있는가? 기교로 말하면 『비파기』보다 더한 것은 없다. 작자 고칙성高則誠은 정말 자기 능력을 다하여 기교를 부리려고, 할 수 있는 자기 재주를 다 쏟아 부었다. 그런데 작자가 기교를 다 부리고 난 다음 여력이 없어, 결국 그 언어와 의미가 궁핍해졌고, 따라서 언사[詞]와 그 맛도 소진되었던 것이다.

내가 일찍이 『비파기』를 읽고 감상해 본 적이 있다. 처음 읽고는 감탄하였고, 다시 읽고서는 원망의 마음이 솟아났는데, 세 번째 읽으니 앞서의 원망과 감탄하는 마음이 다시 생겨나지 않았다. 어째서 그랬을까? 진실 같지만 진실이 아니어서 사람 마음 속에 깊이 새겨지지 않았기 때문이다. 비록 기교는 지극하였지만, 그 기력이 한계가 있어 피부와 뼈 사이에만 영향이 미쳤을 뿐이었던 것이다. 그러니 사람에게 주는 감동이 그 정도에 그쳤다 하여도 이상할 것이 없는 것이다.

그런데 『서상기』와 『배월정기』는 이와 다르다. 생각건대 우주에 본래 그처럼 우스운 사람이 존재하는 것은, 마치 사물이 가진 천연미를 드러낸 것과 같다. 그러니 일부러 그런 기교를 부리려고 애쓸 필요가 없었던 것이다.

세상에서 진정 좋은 문장을 쓴 사람들이, 처음부터 모두 글을 쓴다는 생각을 한 것은 아닐 것이다. 그 가슴 속에 무어라

할 수 없는 이상한 것이 있고, 그 목에 토하고 싶지만 토해낼 수 없는 어떤 것이 있고, 또 그 입에 말하고 싶지만 말할 수 없는 것이 있어, 그것이 아주 오래 쌓이게 되면 도저히 막을 수 없는 지경이 된다. 그러다가 어느 날 문득 아침 풍경을 보고 감정이 일어나고, 눈길이 가는 곳에 탄식이 나오면, 다른 사람의 술잔을 빼앗으며 내면에 쌓인 울분을 풀어내게 된다. 마음 속의 불평을 하소연하게 되고 세상에서의 자기 운명이 기구함을 느끼게 된다. 그러면, 옥구슬 같은 문장을 토설하여 은하수처럼 빛나는 천상의 문체를 지어놓고 자부하면서도, 발광하고 울부짖으며 눈물을 흘리고 통곡을 그칠 수 없게 된다. 이런 모습을 보고 듣는 사람에게는 이를 갈고 어금니를 씹으며 그를 살해하고자 마음이 솟구치니, 그는 마침내 명산에 몸을 숨기고 물이나 불 속에 자신을 던지려고 하는 것이다.

내가 이 글들(『배월정기』와 『서상기』)을 읽으니, 그 작자가 어떤 사람이었는가를 그려볼 수 있다. 틀림없이 그 시대 군신君臣과 친구 사이에서 자기 뜻을 얻지 못한 사람이, 부부간의 이별과 만남, 인연을 설정하여 자기 속마음을 펼쳐낸 것이다. 그 때문에 극중에서 어렵게 좋은 사람을 얻게 되면 기뻐하고, 장생이 기이하게 만나는 것을 선망하며, 사람들이 경박하고 우의를 흙처럼 쉽게 저버리는 것[3]을 한탄한 것이다.

그 작자는 자잘한 풍류와 같은 가소로운 일은 책망하였다. 장욱張旭과 장전張顚, 왕희지王羲之와 왕헌지王獻之를 열거하는 것[4] 같은 일은 잘못된 호사취미라고 더욱 비판하였다.

소옹邵雍이 이르기를 '요임금과 순임금唐虞은 술잔을 서로 읍하며 사양하였는데[揖讓], 탕임금과 무왕湯武은 바둑 한 판 두듯이 세상을 정벌하였다[5]'고 하였다. '정벌하는' 것과 '읍하며 사양하는' 것은 아주 다르다고 할 수 있다. 그런데 '술 한 잔'과 '바둑 한 판'이란 말로써 두 사건이 가진 사실적 의미를 유추해 엿보았으니, 작은 표현의 차이로 곡진한 묘사를 했다고 할 수 있다.

---

3) 운우반복雲雨反復 금인여토今人如土 : 두보의 『빈교행貧交行』에 "翻手作雲復手雨 紛紛輕薄何須數 君不見管鮑貧時交 此道今人棄如土"라고 하였는데 세상사람들이 손바닥 뒤집듯 행동을 바꾸고, 물질에 얽매여 우의를 가볍게 여기는 것을 비탄한 내용이다. 이지는 두보의 표현을 압축하여 사용한 것이다.

4) 서상기의 제5본本 2절에 장생이 앵앵鶯鶯이 보낸 책을 받는데, 다음과 같은 말이 있다. "這的堪爲字史 當爲款識 有柳骨顏筋 張旭張顚 羲之獻之 此一時 彼一時 俺鶯鶯世間無二" 여기에서 장욱과 장전은 당나라 때 초서에 능한 서예가로 실제로 한 사람인데 중복하여 이름을 드러냈고, 희지와 헌지는 왕희지와 그 아들 헌지를 열거한 것이다. 이지는 이러한 서상기의 열거법을 고상한 체하는 선비풍류를 작자가 비판하고 있다고 생각하는 것이다.

5) 원문 : 唐虞揖讓三杯酒 湯武征誅一局棋.

안타깝다! 오늘날이나 옛날이나 호걸들은 모두 다 이러하였다. 작은 일에서 큰 의미를 파악하고 큰 일에서 작은 뜻을 읽어냈다. 털끝 하나를 단서로 절을 세우기도 하고, 티끌 위에 앉아서 대법륜을 돌리기도 하였다. 이것은 진리이지, 우스개 소리가 아니다. 만약 믿지 못하겠거든, 달빛 가득한 뜨락 아래 가을 하늘에서 나뭇잎 떨어지는데 적막한 서재에서 홀로 무료하거든, 시험삼아 『서상기』 2편 「금심琴心」을 펼쳐 놓고 거문고 소리 듣는 대목을 읽어 보라. 그 끝없는 경지는 아무리 생각해도 도달할 수 없이 불가사의하지만, 그 기교만은 생각으로 더듬어 볼 수 있을 것이다. 안타깝다. 이러한 작가를 내가 어떻게 다시 만나 볼 수 있을까!

이지는 양명학자로서, 어렸을 때부터 유교·선교·불교를 모두 믿지 않았다고 말한 바 있다. 진실한 내면 감정 표현을 주장하고 봉건 전통 속의 허위에 찬 설교를 거부하였다. 그러기에 그는 소설과 희곡을 "고금의 지문至文"이라고 높이 평하면서 『수호전』, 『삼국지연의』, 『비파기』 등을 평점하였다. 이러한 자유로운 사상은, 당송파唐宋派를 벗어나고자 했던 명말의 혁신가 원굉도 등 공안파公安派에 영향을 주었다.

문학을 봉건적 사회구조에 대한 울분의 표현으로 간주한 이지의 논리는 마치 7, 80년대 독재정권 하에서 문학의 사회적 역할을 강조하던 평론문을 읽고 있는 느낌을 준다. 동시에 "작은 일에서 큰 의미를 찾아내고 큰 일에서 작은 뜻을 발견해 낸다小中見大 大中見小"는 주장은 우리가 일상에서 접하는 사물의 한 상징적 단면, 즉 빛나는 한 순간을 포착하는 작가의 눈을 강조한 콘래드의 자연주의적 소설론과 통한다는 생각이 든다. 소품문이 취해야 할 시대의식을 강조한 것일 뿐 아니라 본질적으로 문학이 가지고 있는 상징과 은유의 원리를 설명했다고 해도 좋을 것이다.

지금은 어떤 문화 양식이 어떤 형태로 울분을 표현하고 있을까, 오늘날에도 문학은 울분을 표현하고 있는가.

공자는 정말 성인인가
題孔子像于芝佛院

사람들은 모두 공자를 대성인이라고 생각한다. 나 역시 대성 大聖으로 여긴다. 사람들은 모두 노자와 석가를 이단異端으로 여기는데, 나 역시 이단이라고 생각한다. 그런데 사람들이 모두 대성인과 이단에 대해 진실로 알고 있는 것은 아니다. 부친과 스승의 가르침에 익숙해진 것이다. 부친과 스승은 대성인과 이단이 무엇인지 진실로 아는 것이 아니다. 유학의 선배로부터 가르침을 받아들여 익숙해진 것이다. 선배 유학자들 또한 대성인과 이단이 무엇인지 정말로 아는 것이 아니다. 공자가 한 말을 들은 것이다. 공자가 한 말은 "내 어찌 성인이 될 수 있는가 聖者吾不能"였는데 이는 공자가 겸양해서 한 말이었다. 공자는 "이단을 연구한다攻乎異端"고 하였는데 이는 틀림없이 노자와 석가를 가리킨 말일 것이다.

선배 유학자들은 추측하여 말하였고, 부친과 스승은 그것을 따라서 외워댔고, 소인들은 몽롱하게 그것을 들으며 추종하였다. 이구동성으로 모두 그렇게 말하니 그 말을 그르다고 할 수 없었던 것이다. 천년 동안 전승되어 내려온 것이니 말하는 사람이 스스로 알게 된 사실이 아니다. 그럼에도 "그 말을 따라 외웠을 뿐徒誦其言"이라고 하지 않고 "벌써 그 사람을 알고 있다己知其人"고 말한다. "억지로, 알지 못하는 것을 안다고 하였다强不知以爲知"고 말하지 않고 "아는 것을 안다고 하였다知之爲知之"고 말하고 있다. 그래서 오늘날에 이르러서는 비록 눈이 있어도 소용이 없게 되었다!

나는 어떤 사람인가, 내가 감히 '눈이 있다'고 말할 수 있는가? 나 또한 여러 사람을 따를 뿐이다. 여러 사람들을 따라서 공자를 성인으로 여기고 있으며, 또한 여러 사람을 쫓아서 그를 섬긴다. 이런 이유로 나는 여러 사람을 따라서 지불원의 공자상을 참배한다.

맹목적인 공자 숭배 전통에 맞서고 있는 자신감을 간결하고 풍자적 언어로 표현하고 있다. 잠결에 떨어진 사과를 보고 토끼가 지진이라고 소리치며 달려나가자, 모든 동물들이 차례로 지구가 무너졌다고 소리치면서 줄지어 뛰고 있는 우화를 이지는 공자 숭배사조에 들이대고 있다. 작자는 자신도 그 무지한 공자숭배 대열에 뛰어들어 맹목이 되었던 장면을 보여주면서 자신을 희화화한다.

이지가 야유하던 맹목적 공자 추종자들은 오늘날에는 누구 앞에 줄서 있는가? 이 시대 우리가 서 있는 줄 앞에는 누구의 동상이 서 있는가?

제 2 부

원굉도 소품문

원굉도袁宏道(1568∼1610)

　자字 중랑中郎. 호號 석공石公. 지금의 호북성 공안인公安人. 만력萬曆 20년 진사를 거쳐 예부주사 이부낭중吏部郎中을 지냄. 형 종도宗道, 아우 중도中道와 함께 삼원三袁으로 불리는 공안파公安派의 영수領袖 인물. 이지 등 명말 양명학자의 자유분방한 사상에 영향을 받은 것으로 알려져 있다. 그러나 이지가 주의 주장이 강하여 의론적인 논설을 많이 남겼다면, 원굉도는 문학적인 소품문을 많이 썼다.

　문학은 자유로운 자기 감정을 표현하고 일상생활 속에서 자유롭게 소재와 주제를 설정해야 한다고 주장하였다. 그래서 그는 세태에 관심을 가지고 보통 시민의 어려운 생활을 표현하고 사회부조리를 폭로하는 글을 썼다. 신변생활 속의 소소한 것들까지도 모두 문학적 소재로 받아들였다. 그래서 스케일이 크지 못하다는 비판을 듣지만, 바로 이런 모습이 공안파 내지 소품가들의 특징이다.

　사상적으로 이지李贄의 영향을 받아 통속문학을 중시하고 불가의 도피적 사상도 보인다. 글은 '내면의 본성을 표현하고 형식에 구애되지 말아야 한다'는 주장과 '자기 가슴 속에서 우러나오는 것을 표현해야 한다'는 주장이 그의 문학적 입장을 대변한다.

　그는 '아취〔趣〕'와 '신기新奇'를 강조하면서 명대에 풍미하였던 전후칠자前後七子의 모사摹似와 복고 취향에 정면으로 맞섰고 그 결과 생동하고 진솔한 자연을 소품문으로 표현한 것으로 유명하다.

영웅이 길을 잃은 슬픔
기이하지 않은 것이 없던 사람

徐文長傳

    서위徐渭(1521~1593)는 자字가 문장文長이다. 산음山陰의
생원으로 세상에 널리 이름이 알려졌다. 설혜薛蕙가 월越에서
교위벼슬을 할 때 그를 보고서 재주를 기이하게 여겨 국사國士
로 지목한 일도 있었다. 그러나 운수가 사나워 여러 번 과거를
보았지만 합격하지 못했다. 순무사인 중승 호종헌胡宗憲이 듣고
서 그 휘하 빈객을 삼았다. 문장은 그를 만날 때마다 갈의를 입
고 검은 비단 두건을 쓰고, 천하 세상일을 종횡으로 설파하여,
호공은 매우 흡족해 하였다. 이때 호공은 여러 변방 군대를 통
솔하여 동남지역에서 위엄을 떨치는지라, 모든 장군들이 그 앞
에서 말을 할 때는 무릎을 꿇고, 감히 머리를 들지 못하였다. 그
런데 문장은 호공의 휘하 문사였지만 그를 오만하게 대하니, 사

람들이 문장을 유진장劉眞長이나 두보 같다고 하였다.[1]

때마침 호공이 흰 사슴을 잡고서, 문장에게 표문을 짓게 하여 세종 가정嘉靖 황제께 올리니 황제께서 기뻐하셨다. 이 일로 공이 더욱 그를 기특하게 여겨, 황제에게 올리는 모든 글이 그의 손에서 나오게 되었다.

문장文長은 재략이 있음을 자부하였고 기이한 계책을 좋아하였는데, 병략兵略을 이야기하면 대개 적중하였다. 스스로 세상 선비 중 당할 자가 없다고 생각했으나 끝내 알아주는 사람을 만나지는 못했다.

문장은 벼슬길이 뜻대로 되지 않자 마침내 방랑하며 술을 즐기고 산수에 마음을 붙였다. 제齊·노魯·연燕·조趙 땅을 돌아다니고 사막까지 두루 역람하면서, 산이 달리고, 바다가 일어서고, 모래가 일고, 구름이 흘러가고, 바람이 울고, 나무가 누운 것, 깊은 계곡과 큰 도시, 사람과 동물 등 놀랍고 경악스런 일들을 모두 하나하나 시詩에 담았다. 그럼에도 그 가슴 속에는 사그라지지 않고 솟구치는 기운이 있었다. 영웅이 길을 잃고

---

1) 진晉나라 장수로 간문제簡文帝의 빈객이었다. 그와 두보는 모두 막료 생활을 하면서 예절에 구애되지 않고 상관에게 특별히 공경의 예를 하지도 않았다.

의탁할 곳 없는 슬픔이었다. 때문에 그의 시는, 꾸짖는 듯, 비웃는 듯, 물이 계곡에서 우는 듯, 씨앗이 땅을 깨고 나오는 듯하였다. 또 한밤중 과부가 우는 소리 같았고, 타국살이 나그네가 추워 일어난 듯하였다. 그 시의 체제와 격식이 낮을 때도 있었으나 독특한 마음의 발로는 왕자다운 기품이 있어서, 저 머리장식을 하고 다른 사람을 섬기는 사람들이 감히 바라볼 수 있는 경지가 아니었다.

뿐만 아니라 문장에도 뛰어난 식견이 있었으니, 그 기상은 침착하였고 법식은 엄격했다. 모방으로 재주를 손상시키지 않았고, 의론義論으로써 격식을 해치지 않아, 한유韓愈와 증공曾鞏 같았다.

문장文長은 평소 그 시대와는 어울리지 못하여 당시의 소위 문단 주도자들을 종처럼 꾸짖어 대했다. 그래서 그 이름이 월 땅에서 벗어나지 못했으니, 참으로 안타깝다. 그는 글씨 쓰기도 즐겼는데, 그 시처럼 필의筆意가 분방했다. 굳센 가운데 부드러운 기세가 솟아나서, '어여쁜 여인, 늙어도 그 자태 남았네'라고 하는 구양수의 말과 합치하였다. 틈틈이 화조화花鳥畫도 그렸으니, 거기에도 초일한 모습이 있었다.

마침내 둘째 부인을 의심하여 죽인 혐의로 체포되어 사형에 처해지게 되었는데, 태사太史 장원변張元忭이 힘을 다해 구해 주었다. 만년에는 울분鬱憤이 더욱 깊어져 미친 짓이 갈수록 심해졌다. 현달한 사람이 찾아오면 거절하고 집에 들이지 않았다. 때로는 돈을 들고 술집을 찾아 종들을 불러 함께 마셨다. 스스로 도끼로 머리를 깨어, 피가 흘러 얼굴을 덮고, 두개골이 부서져서 주무르면 소리가 나기도 하였다. 날카로운 송곳으로 귀를 뚫어 한 마디 넘게 깊이 들어가서 죽음을 겨우 면한 적도 있었다.

주망이 이르기를 '만년의 시문이 더욱 기이하지만, 출간된 것은 없고 그의 집안에는 수장되어 있다'고 하였다. 나의 과거 동급생 중에 월 땅에서 벼슬을 하는 친구가 있어 그에게 베껴달라고 부탁하였는데 아직 손에 들어오지는 않았다. 내가 본 것은 「서문장집」, 「궐편」 두 종류일 뿐이다. 문장은 끝내 그 시대에 뜻을 얻지 못하고 울분을 품고 죽었다.

석공石公 원굉도는 말한다. "선생에겐 사나운 운수가 끊이질 않아 마침내 미친 병이 되었고, 끝내 영어圉圄의 몸이 되었다. 고금古今의 문인으로 곤고하기가 선생 같은 사람이 없었다.

그러나 호공은 몇 대에나 한 번 나올 호걸이었고, 가정 황제는 영민한 인군이셨다. 그 휘하에서 유독 선생을 특별히 예우하였으니, 이는 호공이 선생을 알아본 것이 아니겠는가. 선생이 지은 표를 올려 황제가 기뻐하셨으니 이는 황제가 선생을 알아본 것 아니겠는가.

다만 그 몸이 귀인이 되지 못하였을 뿐, 선생의 시문이 우뚝 일어나 근대의 비루한 습속을 일소했다는 것이 백세의 정론이니 어찌 불우했다고 하겠는가?"

매객생梅客生[2]은 일찍이 내게 편지에서 '문장文長은 내 오랜 벗이었다. 병이 사람보다 기이했고, 사람이 시보다 기이했다'고 하였다.

나는 말한다. 문장文長은 기이하지 않은 것이 없었던 사람이다. 기이치 않음이 없었다는 것은 곧 기구하지 않음이 없었다는 말이니 참으로 슬프도다.

서문장은 문학가, 화가로 이름이 높아 시가와 산문소품뿐 아니라, 희곡과 회화에도 두루 통했다. 사성원四聲猿 등의 희곡은 후대의 희곡에 많은 영향을 끼쳤다. 원굉도와 도망령陶望齡이 간행한 『서문장문집徐文長文集』이 있다.

서위徐渭는 이탁오李卓吾와 함께 만명晩明시대의 진보적 사상을 이끈 선구적 인물로 꼽힌다. 작자 원굉도袁宏道는 그의 영

---

2) 매국정梅國楨. 명 신종 때 진사를 지냄.

향을 많이 받은 것으로 알려져 있다. 세상의 부조리에 울분을 품고 자연에 정을 두면서 불우한 삶을 마쳤다는 점에서도 두 사람은 비슷하였다.

서위徐渭는 작자 원굉도의 말대로 '운명적으로 기구'한 '운수 기구한[數奇]' 인물이었다. 세상이 받아들여주지 않는 '기이한 재주' 때문이었다. 세상이 거부하기 전에 그의 재주가 먼저 세상과 타협하지 않은 결과일 것이다.

작자는 '특별한 재주를 가진 사람은 등용되지 못하는奇人不用' 현실에 대한 분노를 서위의 일생을 통하여 표현하고 있다. 가슴 속의 울분이 글이 된다는 '발분저서發憤著書', 세상에 대한 비분강개가 큰 울음이 된다는 '불평즉명不平則鳴'이 발현된 전형으로 서문장전徐文長傳을 마련한 것이다.

역자는 이 글을 읽으면서 강용준의 『무정』이란 소설이 생각났다. 주인공의 조상들은 동학혁명의 대열 속에서도, 일제에 항거한 독립운동가들에게서도, 해방 이후 남쪽에서뿐만 아니라, 심지어 6·25 전쟁 중의 북한에게서도, 순수하게 열정적인 '충실성' 때문에 늘 제거를 당하였다. 그래서 깊은 산에 자리잡고 눈밭에서 빛나고 있었다.

우리의 역사가 늘 충실한 개인을 버렸다는 체념과, 그러니 더욱 한 개인이라도 그런 어그러진 역사에 맞서야 한다는 당위

앞에서, 보통 사람들은 매일매일 곤혹스런 선택의 울분을 품게
된다. 우리가 모두 서위처럼 길을 잃은 슬픔 속에 있다고 하면
과장일까.

영웅이 길을 잃은 슬픔 기이하지 않은 것이 없던 사람

술에 몸을 숨긴 이인
醉叟傳

취수는 어디 사람인지 모른다. 그 자신도 자기의 이름을 말하지 않았다. 늘 취해 있는 노인네라 취수라 부르는 것이다. 해마다 형풍荊澧간을 유람하는데 칠량관을 쓰고 수놓은 옷을 입었다. 광대뼈가 튀어나오고, 턱은 널찍하고 수염이 배에까지 닿아, 사나운 장군처럼 보였다.

나이 50이 넘었지만 부인이나 제자가 없었다. 누런 대광우리를 들고 온종일 술에 빠져서 대낮에도 잠자는 듯 하였고, 백 보 밖에서도 술 냄새가 코를 찔렀다. 온 거리를 돌아다니며 술을 찾아 순식간에 10여 집에서 마시고도 취한 모습은 처음과 같았다.

곡식을 먹지 않고 지네·거미·두꺼비 등 벌레 종류는 다 씹어 먹으니 아이들이 놀라면서도 다투어 독충을 잡아다 주었다. 떠돌아다닐 때면 뒤따라 다니며 구경하는 사람이 늘 백여 명이 넘었다. 모욕하는 사람이 있으면 몇 마디 우스갯소리로 대꾸하는데, 그 사람들의 비밀을 들추어내니 놀라 달아나곤 하였다. 바구니에는 말린 지네를 수십 마리 넣고 다녀, 이유를 물으니 대답하였다. "날이 추워지더라도 술은 얻을 수 있지만 이놈은 잡을 수가 없지 않아."

나는 백수伯修가 전하는 말을 처음 듣고는 과장이겠지 생각하였는데, 그를 불러 술을 마실 때 아이들이 독충 열 종류를 가져다주니 모두 날로 먹어치웠다. 여러 벌레들을 술잔에 담그니 국 속에 빠진 파리같이 되었는데, 술과 함께 꿀꺽 마셔버렸다. 대여섯 치쯤 되는 지네를 측백나무 잎에 싸오면 집게발을 떼고 날로 입에 넣었다. 흉측하게 입술과 수염 사이에서 꿈틀대는 붉은 다리를 보며 사람들이 진저리를 치고 있으면, 노인은 마치 곰이 돼지 젖을 먹듯이 득의만만하게 씹어 먹었다. 제일 맛이 있는 것이 무엇이냐고 물으면 말하였다. "맛은 전갈이 제일인데, 남쪽 지방 것이라 구할 수가 없고, 지네가 그 다음이고 작은 거미도 괜찮다. 개미는 많이 먹으면 기절한다." 먹으면 어디에 좋으냐 물으니 대답한다. "좋기는 무슨, 장난삼아 먹는 게지."

후에 나와 왕래가 잦게 되어 올 때마다 섬돌에 걸터앉아 술을 통음하였는데, 손님으로 대접하려고 하면 달가워하지 않았다. 쏟아내듯 빨리 하는 말 속에는 괴탄한 일이 많았다. 수십 마디 말을 하면 그 중에 꼭 은미한 것이 한두 마디 있었는데, 정작 물어보면 대답하지 않고, 다시 물으면 딴소리로 대꾸했다.

하루는 여러 처남들과 유람을 갔다가 이야기가 금金과 초焦의 좋은 경치에 미쳤는데, 길에서 노인을 만났다. 둘째 처남이 어느 해에 금산을 오른 적이 있다고 하자 노인은 웃으며 "그러면 아무개 참융參戎과 술을 먹거나 아무개 막객幕客을 만나 보았소?" 하고 물었다. 처남이 놀라서 무슨 말인가 물었지만 대답하지 않았다. 후일 어떤 사람이 가지고 다니는 광주리 속을 몰래 보았더니 관직 임명장이 있었다. 어떤 사람은 만호萬戶[1]벼슬을 했을 거라고 하는데 그럴 수 있을 것이다.

노인은 종적이 괴이하고 일정한 거처도 없고, 저녁에는 낡은 사당이나 부잣집 처마 밑에서 잤다. "만법萬法이 귀일歸一하게 되면 하나는 어디로 가는가"라는 말을 입에 담고 다녔다. 행동하고 쉬고 대화하는 중에 이 두 마디를 읊어대어 그 이유를 물으면 끝내 답하지 않았다.

나는 말한다. 시정에서 이인을 만나곤 하는데 그들의 종적을 도무지 알 수 없다. 산 속 바위골짜기에 숨어살고 있으니

---

1) 제후 벼슬에 해당하는 직책.

시정에 보이는 사람은 십분의 일에 지나지 않을 것이다. 역사책이나 패관에 기록된 것은 세상에 드러난 것의 십분의 일도 안될 것이다. 자기를 드러내지 않으려 마음먹고 백정, 장사치, 떠돌이 승려, 거지가 되어 노닐고 있으니, 현명한 사대부들이 알아보아 세상에 전해지는 사람이 몇이나 되겠는가?

내가 풍주澧州에 가서 관선고冠仙姑와 일표도인一瓢道人이 있다는 것을 들었는데, 요즈음 불득지不得志 지방에도 행적이 괴이한 사람이 몇 사람 있으니 알 만한 사람이 한 사람은 있을 것이다.

안타깝다. 이른바 저 천자의 덕성을 갖춘 은자가 어찌 드러나지 않겠는가?

'취한 노인'이라는 제목에는 타협할 수 없는 세상에서 자신을 건져내어 '세상 논리를 잊고 산다'는 뜻이 함축되어 있다. '쏟아내는 말 중에 은미한 말이 있는데 물으면 딴소리를 한다'는 작자의 말은, 이 '취한 노인'이 세상사람들이 던져버린 진실을 캐는, 역설적 존재임을 말하는 것이다.

한국 사람들의 술 소비가 세계에서 상위권이라고 한다. 우리

숲에 몸을 숨긴 이인

는 왜 취해야 하는가. 알코올을 잘 분해하는 북방민족의 체질적인 이유 때문인가, 흥과 정이 많은 민족성 때문인가, 이성을 가지고 살기 어려운 '술 권하는 사회' 구조 속에서 그나마 정신을 놓아 버리지 않고 자신을 지키기 위한 마지막 자위책인가.

바보 종들의 생존 법칙
拙效傳

　석공石公이 말했다. 천하 동물 중에서 달아나는 데 민첩한 것이 토끼지만 사냥꾼은 그 토끼를 잡아낸다. 오징어는 먹물을 뿜어 제 몸을 숨기지만 그것이 자기를 죽이는 계기가 되니 그 기교가 무슨 소용이 있겠는가. 숨는 계책은 참새가 제비만 못하고,[1] 생활의 꾀는 두루미가 비둘기만 못하다고[2] 옛부터 일러왔다. 그래서 『졸효전拙效傳』을 짓는다.

----

1) 참새는 숲에 살고 제비는 집안에 사는데, 참새는 늘 습관적으로 포수를 보지만 제비는 그렇지 않다. 그래서 제비가 더 자기 몸을 잘 숨긴다고 한 것이다.
2) 두루미는 높은 나무 위에 집을 짓고 성격이 매우 까다롭다고 알려져 있다. 큰 돌이 있으면 그 아래 뱀이 있을까 조심해서 돌을 굴려본다고 한다. 비둘기는 어리석은 새로 집도 못 짓고 다른 새집에서 사는 것으로 알려졌다.

집에 어리석은 종이 네 사람 있었는데 동동冬·동동東·척戚·규奎라 했다. 동동冬은 나의 종이었는데 들창코에 얼굴이 말랐다. 푸른 눈동자에 꼬불꼬불한 수염을 하고 얼굴색이 검었다. 전에 나를 따라 무창武昌에 왔는데, 한번은 낯선 이웃마을에 심부름을 보냈더니, 돌아오는 길을 잃어버리고 왔다갔다하기를 수십 번을 하면서도 지나가는 다른 종에게 물어보지를 않았다. 그때 나이가 벌써 사십여 세였다. 내가 우연히 밖에 나왔다가 처량하게 사방을 돌아보며 울음이 터질 것 같은 모습을 보고 불렀더니, 매우 반가워하는 것이었다.

동동冬은 성품이 술을 좋아하였다. 하루는 집에서 탁주를 끓일 때, 술 한 잔을 얻었다. 그런데 마침 다른 일이 생겨 얻은 술을 깜빡 잊고 상 위에 놓고 나갔다. 그 틈에 다른 노비가 몰래 다 마셔버렸다. 술 끓이는 사람이 그를 안쓰럽게 여겨 다시 한 잔을 주었다.

한번은 동동冬이 아궁이 속으로 몸을 굽히다가 땔나무 불꽃이 붙어 수염과 눈썹이 거의 타버렸다. 집안사람들이 크게 웃으며 술을 한 병 주었다. 동동冬은 기뻐하며 데워서 마시려고 술병을 끓는 물에 담갔다. 그런데, 별안간 끓는 물이 튀는 바람에 병을 놓쳐 떨어뜨렸다. 결국 한 모금도 마시지 못하고 눈만 놀란 토끼처럼 휘둥그레져서 뛰어나왔다.

한번은 문을 열려고 하였는데, 문지도리가 빡빡하였다. 그는 억지로 온 힘을 다해 밀다가, 별안간 열리는 문에 딸려나가 머리를 땅에 박고 발은 머리 위로 들어올려 온 집안사람들의 웃음을 샀다. 올해에는 나를 쫓아 연경燕京 집으로 따라와 여러 노복들과 반년을 웃고 놀았는데 그 노복들의 이름을 물으니 한 명도 기억해 내지 못하였다.

동東은 생긴 것은 촌스러웠는데 자못 익살이 있었다. 어려서는 동생 백수伯修를 섬겼다. 백수가 계실繼室을 맞이할 때였다. 성城에 들어가 떡을 사오라고 시켰다. 집에서 성까지의 거리는 백 리였는데, 혼삿날이 임박하여 삼일 안에 돌아오라고 말미를 주었다. 날이 차도록 돌아오질 않아 가친家親께서 백수伯修와 함께 문 밖을 바라보시곤 하였다. 밤이 되자 한 사람이 짐을 메고 버드나무 뚝길을 따라 오는 것이 보였다. 바로 동東이었다. 가친이 크게 기뻐 서둘러 집안으로 맞아들여 짐을 풀어 보니, 다만 꿀 한 항아리뿐이었다. 떡은 어디 있느냐고 물으니, 대답하였다. "어제 성에 당도해 보니 꿀 값이 싸길래 꿀을 샀지요. 비싼 떡을 살 필요가 어딨어요?" 날이 밝으면 납례를 치루어야 할 판이었는데, 결국 하지 못하였다.

척戚과 규奎는 모두 셋째 동생의 노비였다. 일전의 일이다. 척은 땔나무를 해 놓고는 무릎을 꿇고 그것을 묶기 시작했다.

그러다가 그만 너무 힘을 주어 끈이 끊어지는 바람에 주먹으로 자기 가슴을 쳐서 기절해 버렸다. 그는 땅 바닥에 꼬꾸라졌다가 반나절만에 깨어났다.

규奎는 마치 야생 노루 같았다. 나이 서른이 되어서도 장가를 가지 못해, 머리를 뒤로 모아 묶었는데, 큰 밧줄을 늘인 것 같았다. 동생이 두건을 사 쓰라고 돈을 주었더니, 규奎는 묶는 끈을 사야 한다는 것을 잊고 돌아와서는 자기 머리를 묶어 두건 위로 붙여 올렸다. 그 바람에 눈과 코가 두건 속으로 들어가니 하루 종일 소란스럽게 탄식하였다. 한번은, 집에 다 와 가는데 남의 집 개가 뒤를 쫓아왔다. 그는 맨 주먹을 내뻗으며 마치 사람과 싸우는 것처럼 개와 겨루다가 끝내 손가락을 물렸다.

네 종의 어리석음이 모두 이런 식이었다. 그런데 우리 집안의 잽싸고 교활한 종들은 왕왕 벌을 받았지만, 유독 우둔한 네 종들은 법도를 지킬 줄 알았다. 교활한 종들은 잇달아 쫓겨나서 몸을 의지할 방책 없이 1, 2년을 넘기지 못하고 추위와 굶주림을 면치 못하는 신세가 되었다. 그러나 우둔한 네 종은 잘못이 없어 편히 입고 먹으며 살았다. 주인도 그들이 별 재주가 없다는 것을 이해하고 받아들여, 식구 수대로 곡식을 내려주면서 거처를 잃지 않을까 걱정해 주었다.

아, 여기에서 거듭 어리석은 행동의 의미를 살펴볼 수 있을 것이다.

～～

떡을 사러가서 꿀이 싸다고 사온 종은 쫓겨나지 않고 잘 산다. 그런데 이른바 똑똑하다고 알려진 종들은 쫓겨나 얼어죽는다. 이런 반어적인 진실을 희화적으로 그리고 있다.

바보들이 똑똑한 사람들 보다 잘 살게 되는 이유는 무엇일까. 힘있는 주인의 동정을 받아서일까. 주변 사람들의 이해와 보호 때문일까. 무엇보다 교활한 노복들이 자기 꾀에 자기가 넘어갈 때, 자기 진심을 다했기 때문이었다. 삶에는 우직한 진실이 통하고 있다는 것을 작가는 말하고 싶었을 것이다. 작가는 누구에게 이 말을 해주고 싶었을까. 지식을 앞세워 이권을 쫓아다니는 선비들에게? 지조를 팔고 다니는 권력자들에게? 어둡고 궁핍한 시골 생활에 지칠 때마다 유혹에 흔들리는 자신에게?

'모자란 듯 졸박함이 오히려 살아가는 데 도움이 된다'는 말이 '남보다 앞서지 않으면 죽을지 모른다'는 강박 노이로제에 사로잡힌 우리들에게 생활의 체질로 받아들여질 수 있는 개념일까. 말인 즉 옳지만 현실은 다르다는 생각이 절로 들 것이다. 그럴수록 더욱더 똑똑해져야 한다고 치달리면, 우리는 이 생존

대열에서 얼마나 편안히 살아남을 수 있을까.

만정의 새봄 풍경
滿井遊記

북경은 추운 곳이다. 화조절花鳥節이 지난 후에도 늦추위가 사나워 찬바람이 일어난다. 그러면 모래자갈이 날아 굴러서, 방에 갇혀 지내며 외출을 할 수 없다. 바람을 무릅쓰고 길에 나가 보았지만 백 걸음도 못 가서 돌아왔다.

22일, 날이 조금 온화해져 몇몇 벗과 동직문東直門을 나서 만정滿井에 이르렀다. 옆 언덕에는 큰 버드나무가 줄 서 있고 땅은 비옥한 윤기를 띠었다. 광활한 허공을 바라보매 새장 밖으로 나온 고니 같았다.

바야흐로 얼음이 녹기 시작하여 물결은 언뜻 밝게 빛나고, 비늘 같은 파문波紋이 춤을 춘다. 바닥까지 보이는 깨끗한 물은 수정처럼 맑아, 거울을 처음 열 때 찬 빛이 문갑文匣에서 쏟아져 나오는 것 같다. 산봉우리는 맑은 구름이 세수를 시켜 닦은 듯, 아름답고 고운 모습이 처녀가 세수를 하고 막 쪽을 찐 듯하다.

버들가지는 늘어질 듯 마는 듯 부드러운 나무 끝으로 바람결을 펼쳐낸다. 한 마디쯤 자란 보리 싹은 마치 그대로 말갈기.

노니는 사람은 많지 않으나 차를 마시려 샘물을 긷는 사람, 술을 마시고 노래하는 사람, 붉은 옷을 입고 말을 타는 젊은 남녀들이 보인다.

바람이 아직 세지만 걸으면 등에 땀이 쭉 흐른다. 모래밭에 햇볕을 쬐는 새, 물결 속에 노니는 물고기. 유연히 홀로 노니는데, 물고기와 새, 동물들에게 모두 기쁜 기운이 가득하다.

마침내 나는 알았다. 밖에 봄이 없음이 아니로되 도시사람들이 아직 모르고 있음을.

유람遊覽으로 공무公務를 게을리 하지 않으면서도 산석山石 초목草木의 자연에 노닐 수 있는 사람은 오직 이 사람뿐이리. 이곳이 마침 내 사는 곳에 가까워 나의 유람이 장차 이곳에서 시작될 것이매 어찌 기록하지 않으랴. 기해년 이월에 적는다.

1598년 북경에서 예부주사禮部主事 벼슬을 지내며 쓴 글이다.

겨울 찬바람과 세속의 삶에 갇혀 있던 자아가 봄이 움트는 자연 속에서 생기발랄한 생명을 체득하고 있는 장면이다.

새봄의 산봉우리는 자아의 은유적 직관直觀을 통해 세수한 얼굴이 되고, 다시 직유적 직관을 거쳐 막 쪽을 찐 고운 처녀가 된다. 더 나아가 '보리싹은 말갈기'라는 활유적 인식을 통하여, 싱그런 보리싹은, 바람을 가르는 말갈기의 동적인 힘을 획득하게 된다. 작자의 직관을 거쳐, 이 모두 새 봄의 생명을 체득하며 뛰는 것이다. 그 생명은 작자의 인식을 거쳐 바로 독자의 것이 된다.

작가의 자아는 자연에 생명을 불어넣는 힘이 되기도 하고, 자연의 생명을 파악 체득하는 통로가 되기도 한다. 자아와 자연이 일체된 감정을 교환하는 정경교융情景交融이란 이런 상태를 말하는 것일 것이다. 이런 감정의 교환이 이루어지는 이 글은 그래서 산문이되, 한 편의 시다.

봄은 누구나 맞이하는 것이지만, 누구라도 그 봄의 생명을 체득하는 것은 아니라는 생각이 든다. 잃어버린 감수성 때문일까. 살맛 잃게 하는 세상 때문일까.

서호에 취해
初至西湖記

　무림문武林門을 나서 서쪽으로 층애 중에 우뚝 솟은 보숙탑保叔塔을 바라보다 보면, 벌써 마음은 호수를 날고 있다.

　오시午時에 소경사昭慶寺에 들려 차를 마시고 바로 작은 배를 저어 호수로 들어갔다.

　산색은 미인 같고, 꽃 빛은 뺨 같고, 따뜻한 바람은 술 같으며, 물결은 비단옷 같다. 비로소 머리를 드니 어느덧 눈빛에 주흥이 들고, 마음이 취한다. 한 마디 하고 싶어도 그려낼 수가 없다. 동아왕東阿王 조식曹植이 꿈속에서 낙수여신洛水女神을 만났을 때 이랬을 것이다.

　내가 서호西湖에 노닐게 된 것은 이때부터였다. 이때가 만력萬曆 정유년 이월 십사일이다.

　해질 녘에 자공(子公: 方文僎)과 함께 정사淨寺를 지나 아빈阿

賓(동생 袁中道)이 옛날 머물렀던 승방을 찾고, 육교六橋·악분岳墳·석경당石徑塘을 경유하여 돌아왔는데 허둥지둥 서둘러서 두루 감상하지 못하였다. 다음날 아침 도석궤陶石簣(陶望齡)의 글씨 첩을 얻었다. 십구일이 되어 석궤 형제(陶望齡, 奭齡 兄弟)와 함께 불학佛學을 하는 왕정허王靜虛가 왔다. 호수와 산, 좋은 친구가 일시에 모였구나.

불과 백여 자에 지나지 않는 소품이다. 그러나 작자가 서호 주변 자연과 일체가 되는 심리적 과정을 잘 전달해 주고 있다.

"산색은 미인 같고, 꽃 빛은 뺨 같고, 따듯한 바람은 술 같고, 물결은 비단옷 같다山色如娥 花光如頰 溫風如酒 波紋如綾"

작자는, 산색山色·꽃 빛花光·따듯한 바람溫風·물결波紋 네 가지를 서호 경치의 대유代喩로 삼고, 이것들을 여성으로 의인화하면서 빨려 들어간다. 미인 같은 산색, 그 미인의 발그레한 뺨 같은 꽃 빛, 그리고 그 미인이 권하는 술처럼 향기로운 바람, 미인의 옷처럼 부드러운 물결.

"비로소 머리를 드니 어느덧 눈빛에 주흥이 들고, 마음이 취한다才一擧頭 已不覺目酣神醉"

작가의 서정은 여기에서 완전히 서호 자연과 일체가 되고 있다. 문자 그대로 물아일체의 시적 체험이다. 대상과 자신이 하나가 되는 신비이고 환상이다.

아름답다는 어휘를 하나도 쓰지 않고도 서호는 그 절대적 완전미를 우리 앞에 드러내게 된 것이다.

서호 달빛
西湖[1]

서호가 가장 아름다운 시기는 봄, 그 중에서도 달이 밝은 날이다. 아침 안개가 끼거나, 저녁 남기가 자욱할 때가 하루 중에서는 절정이다. 올해는 봄눈이 많이 와서, 추위에 밀린 매화가 살구·복숭아꽃과 차례대로 피어 더욱 경치가 기이하였다. 석궤石簣가 거듭 내게 말하였다. "부금오傅金吾[2] 정원의 매화가 장공보張功甫 집에 있던 것인데 빨리 가보세나!" 하지만 나는 복사꽃에 매료되어 차마 떨치고 떠나지 못하였다.

호수는 단교斷橋에서 소제蘇堤[3]까지 20리에 걸쳐 길게 푸른

---

1) 이 글은 "저녁 육교에서 노닐며 달을 기다리다晚遊六橋待月記"라는 제목으로 된 이본도 있다. 서호는 절강성 항주杭州의 신시장新市場 서쪽에 있는 호수.
2) 금오金吾: 경성의 금군禁軍 벼슬.

연기, 붉은 안개로 가득 차 있었다. 사람들의 노래 소리가 바람이 되어 불고, 분 냄새나는 땀이 비처럼 내리고, 비단옷은 호숫가 풀보다 무성했다. 그지없이 아름다웠다.

그러나 항주 사람들이 호수를 유람하는 것은 오시, 미시, 신시 세 시간뿐이다. 사실 호수가 비취빛으로 교묘히 물들고, 산색이 묘한 색을 띠는 것은, 아침해가 솟아오르거나 석양이 아직 여운을 남길 때다. 호수의 짙은 매력은 이때 드러난다.

달빛 아래의 경치는 더 말할 나위 없다. 달빛 아래 드러나는 꽃의 모습, 버드나무의 서정, 산의 자태, 물의 정감. 이런 것들이 서호의 또 다른 아취요 멋이다. 그러나 이러한 즐거운 광경은 산승山僧이나 유객遊客에게 남겨 주어 즐기게 할 것이니, 어찌 속세 선비들에게 말할 수 있으랴?

3) 호수에 제방이 둘 있는데 동북에서 서남쪽으로 있는 것이 송나라 때 소식이 항주에 있을 때 쌓은 것이라 소제蘇堤라고 불렸다 한다. 또 하나 제방은 동서로 뻗었는데 당나라 백거이가 항주 자사일 때 지어서 백제白堤라고 불렸다. 소제에는 다리가 여섯 개 있는데 통칭하여 육교六橋라 한다.
단교斷橋: 백제白堤의 동쪽 끝에 있는 다리.

필자는 몇 년 전 이 글을 따라 항주 서호의 여름 모습을 구경한 적이 있다. 도시 한 곁에 자리한 호수는, 높지도 낮지도 않아 정겨우면서도 결코 함부로 대할 수 없는 산으로 둘러싸여 항주 시내와 산을 연결하고 있었다. 산과 시내 두 모습을 거울처럼 비추고 있는 것이다. 그러니 항주가 서호이고, 서호가 항주가 되었다.

항주사람들은 더운 여름 저녁 호숫가에 분방하게 자리 잡고 바람을 맞고 있었다. 그 바람을 이끌어 산자락에서는 농부들이 유명한 용정차龍井茶를 키우고 있었다.

나도 또한 작자가 이야기한 것처럼 석양의 호수 위에 보름달이 떠오르기를 기다려 보았다. 사공의 말대로라면 큰 행운으로 나는 달을 볼 수 있었다. 그러나 내가 이 경치를 즐길 만한 산승과 유객의 마음을 가졌는가 생각하니 호수는 호수고, 나는 나로 남아 있었다.

외로운 산의 기인
孤山

    고산孤山 처사處士[1]는 매화를 부인으로, 학을 아들로 삼고 있다. 세상에서 제일 편하게 사는 사람이다. 나 같은 무리는 처자를 두어 쓸데없는 일을 허다히 일으킨다. 떨쳐 버릴 수도 없고, 포기하려 해도 염증이 난다. 마치 헌 솜옷을 입고 가시밭길을 걸어가려면 한 걸음을 뗄 때마다 끌어 잡아 걸리적거리는 것 같다.

    요즘 뇌봉雷峯[2] 아래 사는 우승유虞僧孺 역시 처가 없으니 고산 처사의 후신인 듯하다. 그가 지은 「시냇가 낙화」라는 시가 고산 화정和靖 선생의 시와 비교해 어떤지는 모르겠으나, 그

---

1) 송의 처사 임포林逋를 말한다. 그는 서호西湖의 고산孤山에 띠집을 짓고 20년을 세상에 나가지 않았다. 그래서 화정和靖선생이라 불렸다.
2) 서호의 옆에 있다. 도인인 뇌취雷就가 살아서 뇌봉이라 한다.

게 무슨 대수이겠는가. 하룻밤에 백 오십 수의 시를 지었을 만큼 영민하기가 이를 데 없었다. 채식을 하고 참선도 했으니 이런 것은 고산선생보다도 한 차원 위일 것이다. 세상에 어느 땐들 기인이 없었을까.

외로운 산의 기인

비래봉

飛來峯

　　호수 위 여러 산봉우리 중에서 당연히 비래봉飛來峯[1]이 제일
이다. 높이가 수십 길이 넘는데, 푸른 비취빛을 띠고 옥처럼 서
있다. 호랑이와 사자가 기갈 들려 치닫는 모습도 그 산의 노한
모습을 따르지 못할 것이고, 울며 서 있는 귀신도 그 괴이함을
따를 수 없을 것이다. 가을 저녁 물안개도 그 색깔에는 미칠 수
없고, 장욱張旭의 초서草書와 오현吳玄의 귀신그림[2]도 그 다양
한 변화는 따르지 못한다. 바위 위에 자리 잡은 기이한 나무들

1) 영은산靈隱山 동남쪽에 있다 한다. 진晉나라 때 서역의 중 혜리慧理가
　이곳에 올라 찬탄하기를 "이 산은 중천축국中天竺國 영취산靈鷲山 작은
　산마루인데 언제 날아왔는가." 하였는데, 이때부터 비래봉飛來峰이라고
　하였다고 한다.
2) 전順은 장욱張旭을 가리키는데 초서를 잘 썼다. 오현은 귀물鬼物을 잘
　그렸다. 두 사람 모두 당대唐代의 사람이다.

은 흙을 얻지 못하여 뿌리를 돌 밖으로 뻗고 있다. 앞뒤에는 크고 작은 골짜기 네댓 개가 깊이 들어차 있는데,[3] 젖처럼 떨어지는 물이 그림 같은 무늬를 만들어 내어[4] 마치 화공이 뚫어새긴 것 같다. 절벽에 자리한 불상은 모두 당나라 양독楊禿[5]이 만든 것이라는데, 마치 미인의 얼굴에 남은 상처처럼, 기이하면서 추하여 보기에 좋지 않다.

나는 다섯 번을 비래봉에 올랐다. 처음엔 황도원黃道元·방자공方子公과 함께 올랐다. 홑적삼에 짧은 간편복을 입고[6] 곧바로 연화봉蓮花峯 정상까지 다달았는데, 큰 바위를 만날 때마다 미친 듯 소리를 질러댔다. 두 번째는 왕문계王聞溪[7]와 함께 올랐고, 그 다음은 도석궤陶石簣·주해령周海寧[8]과 함께 올랐다. 그 다음은 왕정허王靜虛[9] 석궤 형제와 함께였고, 그 다음은 노휴령魯休寧[10]과 함께 올랐다. 매번 오를 때마다, 문득 시 한편

---

3) 요조窈窕: 골짜기의 깊은 모양.
4) 작화作花: 문채紋彩.
5) 양독楊禿: 당唐의 유명한 소상가塑像家 양혜지梁惠之.
6) 단후短後: 일하기 편하도록 뒤를 짧게 한 옷.
7) 왕우성王禹聲.
8) 주정참周廷參. 만력 23년 진사를 하고 25년 해령의 지현知縣을 지냄.
9) 왕찬화王贊化.
10) 노점魯點. 호 낙동樂同. 만력 11년 진사. 만력 24년 후령 지현知縣.

짓고 싶었지만 끝내 짓지 못하였다.

영은사에 올라
靈隱

영은사靈隱寺는 북고봉北高峯 아래 있다. 절이 참으로 아름답
지만, 절 문밖 풍경은 더욱 좋다. 비래봉飛來峯에서 냉천정冷泉
亭에 이르는 일대는, 석간수가 옥처럼 흐르고 그림 같은 푸른
절벽이 이어지니, 이곳이 이 산에서 가장 경치가 좋은 곳이다.
정자는 산문 밖에 있는데, 예전에 읽은 백낙천白樂天의 글에서
는 이렇게 말하였다.

"정자는 절의 서남쪽, 산 밑 물 가운데에 자리잡았다. 높이는
여덟 자를 넘지 않고, 넓이는 서너 길이 되지 않지만, 기이한 절
경을 찾아 모아 놓았으니, 사물이 모두 다 자기의 모습을 드러내
고 있다. 봄에는, 풀은 향기롭고 나무는 기뻐하며 조화를 이끌어
영기靈氣를 맞아들인다. 여름날엔, 바람이 차갑고 샘물은 고여,

간밤 숙취를 깨워낸다. 산 숲이 덮개가 되고 가파른 암벽이 병풍이 되었다. 용마루를 따라 구름이 일어나고, 섬돌과 나란히 물이 흐른다. 앉아 희롱을 하면서, 평상 아래에서 발을 씻을 수 있다. 누워서 희롱을 하며 침상에서 낚시를 드리운다. 졸졸 흐르는 맑은 물은, 맛이 좋고 부드럽다. 눈에 어리는 번잡함과 마음속의 더러움은, 이 물을 보는 순간 씻지 않아도 순식간에 씻겨 나간다."

이 기록을 보면 정자는 물 가운데 있었는데, 지금은 골짜기의 물가 곁에 서 있다. 한 길을 넘지 않는 골짜기 물 가운데에다 정자를 세울 수는 없다. 그러니 냉천冷泉의 경치는 이전보다 십 분의 칠은 줄어 든 것이다.

도광韜光은 산허리에 있다. 영은사靈隱寺를 나와 1, 2리를 지나면 아주 사랑스런 길이 나온다. 고목이 너울대고, 초목의 향기와 졸졸 흐르는 샘물 소리가 사방 오방으로 퍼져 절의 부엌까지 이른다. 암자에서 전당강錢塘江을 바라보면, 물결무늬까지도 셀 수 있다.

내가 처음에 영은사靈隱寺에 들어섰을 때, 송지문宋之問의 시와 달라서 의아한 적이 있었다. 옛날 사람의 경물 묘사도 근대의 시인들처럼 이것저것 주워 모아 엮은 것이 아닐까 의심하였었다.

그러나 나는 도광韜光에 올라 비로소 알게 되었다. '창해滄海, 절강浙江, 문라捫蘿, 고목刳木' 등과 같은 송지문 시의 시어가 한 글자 한 글자 그림처럼 떠오르니, 옛사람은 정말 우리가 따라갈 수 없는 경지다.

도광에 묵은 다음 날, 나는 석궤, 자공과 함께 북고봉北高峯 절정에 올랐다가 내려왔다.

고산이나 비래봉은 모두 항주시내 서쪽에서 서호를 둘러싸고 있는 산과 봉우리의 이름이다. 매화와 학을 처자로 삼은 처사가 홀로 살아서 고산이라 이름했을까. 야트막한 여러 봉우리 속에서 우뚝 솟아 고산이라 불렀을까. 혼자 사는 처사라 외롭다고 하여 고산이라 이름했다면 속세의 기준으로 처사를 본 것이다. 이런 속세의 시각이 비속하다 할지, 아니면 처사를 더욱 처사답게 범인과 구별시켜주는 소박한 마음이라고 할지, 망설여졌다.

산 밑에서 10여 분 걸으면 도착할 수 있는 산봉우리를 왜 날아왔다고 생각하여 비래봉이라고 이름하였을까. 땀을 흘리며 비탈길을 걸어 정상에 오르니 구멍이 괴석처럼 뚫린 대리석 돌들이 구름모양을 하고 발 아래 누워 있다. 나무뿌리와 구름 같은 돌들이 서로 엉켜 있었다. 이 구름 같은 돌들이 어디선가 날아온 것이라는 상상이 이름을 비래봉이라 하였던 것이다. 비래봉에서 동쪽으로 내려다보이는 산 아래에 바로 천년 고찰 영은사가 자리하고 있었다.

연하석실
煙霞石室

연하동煙霞洞은 그윽하고 고풍스럽다. 냉기가 뼈 속으로 스며들고, 젖 같은 물이 졸졸졸 떨어졌다. 석실石室은 넓고 훤한 것이 한 조각 구름처럼 비껴 서 있다. 마치 정자에서처럼 자리를 펼칠 수 있었다. 나는 모두 두 번 석실을 지났는데 그때마다 품팔이 일꾼들이 차지하고 저자거리처럼 시끄럽고 혼잡하여 기분이 상하여 돌아왔다.

연화동[1]

蓮花洞

    연화동 앞에 거연정居然亭[2]이 있다. 정자 앞 전망이 시원하게 틔어 있다. 오를 때마다 호수가 푸른빛을 보여주었다. 경치가 수염과 눈썹처럼 서로 어우러져, 마치 거울 속에서 떨어져 나온 듯하다. 육교六橋[3]에 늘어선 버드나무 가지들이 바람을 이끌어 출렁인다.[4] 쉽게 볼 수 없는 사랑스런 모습이다. 개인 듯 오

---

1) 항주杭州 남병산南屏山 혜일암慧日巖 아래 정자사淨慈寺 뒷편.
2) 명明나라 가정연간에 홍옥방洪玉方이란 사람이 소흥紹興 태수를 지내다가 법을 어겨 항주 정자사에 구금되었다. 형부의 관리인 장문인張文仁이 이 정자를 지어 거처하게 하였는데, 홍옥방이 "일일모동성一日茅棟成 거연아천석居然我泉石"이란 시를 지어 거연정이라 불렀다.
3) 항주 서호의 소제蘇堤 위에 있는 다리. 송나라 때 소식이 두 번 이곳에서 벼슬을 하였는데 20만 인원을 동원하여 2.8㎞의 긴 방죽을 쌓았는데, 남쪽부터 북쪽까지 방죽 위에 6개의 돌다리를 설치하였다.

는 비와 안개 속에 뜨는 달빛. 서로 다른 이런 풍경이야말로 정자사의 절경이다.

골짜기 바위는 영롱하여 살아있는 듯하다. 그 정교한 모습은 사람의 솜씨를 넘어섰다. 내가 일찍이 말한 바 있다. 오산吳山, 남병산南屏山[5] 줄기는 모두 전체가 돌인데 겉만 흙이다. 그 가운데 구멍이 뚫려서 사방으로 통하고 찾을수록 갈래가 더욱 많아진다.

근래 송씨의 정원과 정자는 모두 여기에서 찾아 꾸민 것이다. 자양궁紫陽宮[6] 괴석 역시 손내사孫內使[7]가 찾아낸 것이 아주 많다.

아. 저 전설 속의 다섯 신장神將[8]을 시켜 전당강錢塘江[9] 물을

---

4) 견풍인랑牽風引浪: 버드나무 가지가 바람따라 흔들리는 것이 바람을 이끌어 수면 위에 물결을 일으키는 것과 같다고 묘사한 것.

5) 오산: 항주시 남쪽에 있는데 시市 안까지 뻗쳐있다. 춘추전국시대에 오국吳國의 경계였기 때문에 오산이라고 한다. 서호와 전당강錢塘江이 한눈에 들어오고 항주를 발아래 내려다본다.

   남병산: 항주시 청파문清波門 밖에 있다. 산봉우리가 우뚝 솟아있고 괴석이 영롱하고, 산 절벽이 풍처럼 둘러 있어 이름하였다.

6) 자양산紫陽山의 자양암紫陽庵. 송宋나라 때 천태天台 자양진인紫陽眞人이 이곳에서 신선이 되었다고 한다. 정상에 괴석이 평지에서 우뚝 솟았는데 "무산巫山 12봉"이라 한다.

7) 환관 손륭孫隆을 말한다고 한다.

8) 전설중의 다섯 역사力士. 진秦 혜왕惠王이 촉蜀을 공격하려는데 길을

끌어들여 티끌과 진흙을 모조리 씻어버려서 마침내 산의 골격이 다 드러나면 그 기기묘묘함이 어떠할까.

작자가 자기 심정을 이끌어 무정물을 유정물로 만들어 놓았다. 헌獻, 견牽, 인引 등의 용어를 써서 호숫물, 바람, 파도를 활태적인 사물로 표현한 장면이 인상적이다.

몰라서 돌로 소 다섯 마리를 만들어 놓고 꼬리에 금을 두고는 소가 금을 낳고 있다고 소문을 냈다. 촉왕이 이 말을 믿고 다섯 장사를 보내 소를 끌어오게 하였다. 이 일로 그 길이 만들어져 촉은 멸망하였다.
진 혜왕이 촉에 다섯 여자를 시집보내니 촉왕이 다섯 장사를 보내 영접하게 하였는데 도중에 뱀이 굴속에 있는 것을 보고 꼬리를 잡아 다니니 산이 무너져 모두 죽었다고 하였다.
9) 절강浙江이라고도 한다. 항주를 거쳐 항주만으로 들어가는데 길이가 410km. 항주에 들어온 다음의 강을 전당강이라고도 한다.

빗소리로 속은 냇물소리
初至天目雙淸莊記[1]

며칠을 구름이 끼고 비가 내려 고생이 심했다. 쌍청장雙淸莊에 이르니 하늘이 조금 개었다. 산장은 산자락에 자리하여 산승들이 머물고 있는데, 승방이 아주 정갈하다. 시냇물이 바위에 부딪치며 소리를 내어 밤새도록 베갯머리까지 들린다. 석궤石簣는 꿈결에 비가 온다고 생각하고 수심에 싸여 급기야 잠을 이루지 못했다. 이튿날 아침, 산승이 차와 죽을 공양하려고 석궤

---

1) 천목天目: 절강성 임안현臨安縣 서북 50리에 있다. 원화지元和志에 말하기를 산에 두 봉우리가 있는데, 봉우리마다 연못이 있어 좌우가 짝이 되어 하늘의 눈이라고 천목이라 부른다고 하였다. 봉우리가 신령스럽고 암석이 기이하고 고목이 하늘을 뚫고 있다. 선원사禪源寺, 사자구獅子口, 도괘연화倒挂蓮花, 안우석眼牛石, 사면봉四面峰, 서관용담西關龍潭 등 경치가 있다.

를 깨웠다. 석궤가 탄식하며 말하였다. "폭우가 이렇게 쏟아지니 어디를 가겠나? 그냥 누워지낼²⁾ 수밖에." 스님이 말하였다. "날이 개어 바람과 햇살이 참 좋습니다. 들리는 소리는 냇물 소리이지 빗소리가 아닙니다." 석궤가 크게 웃으며 급히 의관을 챙겨 일어나, 차 몇 잔을 마시고 바로 함께 움직였다.

2) 와유臥遊: 누워서 세상 경치를 마음으로 보는 것. 남사南史에 다음과 같이 전한다. 송소문宋少文이 산수를 좋아하여 여러 지방을 유람하다가 병이 나 강릉으로 돌아오면서 탄식하였다. "늙어 병드니 명산을 다 볼 수 없다. 마음을 가라앉혀 도를 살피며 누워서 노닐어야지." 그리고 그가 다닌 곳을 모두 방안에 그려 놓고 말하였다. "거문고를 켜서 여러 산에 울리도록 해야지."

천목의 일곱 가지 경치
天目

천목天目은 그윽하고 깊으며, 기이 고풍스러운 것이 말로 표현할 수 없다. 쌍청장雙淸莊에서 산정까지는 20여 리 남짓 된다.

산이라는 것이 깊고 궁벽지면 황량하게 마련이고, 가파르고 깎아지른 듯 험하면 부드럽게 돌아드는 모양을 보기 어렵다. 외양이 고풍스러우면 아리따움이 모자라고, 골격이 웅장하면 영롱 정교한 경치가 부족하다. 높으면 물이 부족하고, 암벽이 험준하면 초목이 메마르다. 이런 것들이 모두 산의 병통인 것이다.

천목산天目山은 온 산이 골짜기라, 폭포처럼 날아 흐르는 물이 일만 필 명주 같다. 이것이 첫 번째 절경이다. 바위 색은 푸른 윤기를 띠고〔蒼潤〕골격이 오묘하며, 굽이굽이 도는 돌길에는 암벽이 우뚝 깎아지른 듯 서 있다. 이것이 두 번째 절경이다. 깊은 골짜기일지라도 암벽을 끼고 있어 암자가 모두 정일靜

逸하다. 이것이 세 번째 절경이다. 내 귀가 천둥소리를 좋아하지 않는데, 천목의 천둥소리는 아주 작아, 마치 어린애 소리처럼 들린다. 이것이 네 번째 절경이다. 새벽에 일어나 구름을 보니, 끊긴 골짜기 아래 순백색 솜 같은 것이 물결처럼 솟아오르고, 온 천지가 그대로 유리처럼 맑은 바다인데, 모든 산이 부평초처럼 구름 위로 뾰족 솟았다. 이것이 다섯 번째 절경이다. 그런데 구름은 시시각각 변화무쌍하여 볼수록 기이하니, 산에 오래 머무는 사람이 아니면 그 형상을 다 볼 수 없다.

산의 나무가 큰 것은 40아름이나 된다. 일산처럼 생긴 소나무는 크기가 몇 척 되지 않는 것도 한 그루에 만여 전 가치가 있다. 이것이 여섯 번째 절경이다. 으뜸가는 차의 향기는 용정차龍井茶[1]를 크게 능가하고, 죽순의 맛은 소흥紹興 파당破塘[2]과 유사하지만 맑은 맛은 그것을 넘어선다. 이것이 일곱 번째 절경이다. 내가 일찍이 양자강 남쪽에서 도를 닦고 은거할 땅으로 이곳보다 나은 곳이 없다고 한 바 있거니와, 문득 시정을 떠나 갈대 집을 짓고 싶은 생각이 일었다.

1) 용정龍井: 항주 서호의 서남쪽에 용정사가 있는데, 절에 용정이 있고, 부근에서 유명한 용정차가 생산된다.
2) 소흥: 오늘날의 절강성 소흥시紹興市.
   파당: 소흥시 동남 11리 거리에 있다.

환주幻住³⁾에서 자고 다음날 새벽에 일어나 구름을 보고, 사시가 지나서 정상에 올랐다. 저녁에는 고봉高峯⁴⁾ 사관死關⁵⁾에 머물렀다. 다음날, 활매암活埋菴⁶⁾에서부터 옛날 길을 더듬어 내려왔다. 며칠 간 계속 날이 맑아 산승들이 기이하게 생각하였다. 산을 다 내려와서는 모두 서로 경하하였다.

산에 있을 때 스님 4백여 명이 정성껏 예의를 갖추면서 음식을 서로 권하였다. 떠날 때에 여러 승이 나와 말하였다. "거칠고 궁벽한 산수가 큰 안목에 차지 않으셨을 터인데 어떡합지요?" 내가 답하였다. "천목산과 저는 연분이 깊습니다. 애써 과분한 겸양을 하지 마십시오. 저 역시 얼굴 맞대고는 칭찬할 수 없습니다." 이렇게 크게 웃고 헤어졌다.

<hr/>

3) 환주幻住: 묘廟 이름. 서천목산西天目山에 있다.
4) 고봉: 고봉탑원高峰塔院을 가리킨다. 사자암 부근에 있는데 원나라 때의 고승 고봉선사가 이 절을 처음 열었는데, 육신은 탑 속에 있다고 전한다.
5) 천장암千丈巖 끝에 있다. 고봉선사가 장공동張公洞에 머물며 "사관死關"이라 이름하였는데, 망상과 헛된 욕심을 끊는다는 의미에서 이름하였다고 한다.
6) 절이름. 사자암 남쪽인데 앞에 향로봉이 있고 뒤에 부좌석趺坐石이 있는데 고봉선사가 이 바위에서 선을 하였다 한다.

'유수기고流水奇高'라는 네 글자로 천목산의 전체 모습을 제시하고, 큰 것으로부터 작은 것으로 이동해 가며 일곱 가지 차원에서 산 경관을 설파한다. 결국 독자는 이 정도의 산이라면 속세를 나와 띠집을 지을出纏結室 수 있다고 선비의 마음을 이해하게 된다.

이렇게 최대의 칭송을 다해 놓고도 작자는 산을 마주 대하고 산을 칭찬할 수 없다고 말한다. 말로 표현할 수 없는 경치가 남아 있다는 의미이다. 산을 한 인격체로 대하며 예의를 다하는 선비의 마음을 엿볼 수 있다. 산과 인간이 만나는 이런 장면 또한 향기로운 하나의 경치일 터이다. 금강산·지리산·설악산이 명산으로 남아 내려온 것도 저런 유객의 인품이 그 산 경치와 함께 있었기 때문일 것이다.

꿈속에서도 황홀한 향기
天池

하구령賀九嶺을 따라 나가니, 골짜기 하나가 별세계를 이루고 있다. 가파른 절벽이 깎여 생긴 길이라 수레 두 대가 비껴 갈 수가 없다. 높은 누각이 절벽에 걸려 있는데 수레와 말이 그 누각 아래를 따라 건너갔다. 고개를 넘어 서쪽으로 가니 너른 들이 펼쳐져 있고, 푸른 산과 자줏빛 바위가 서로를 비추고 있다.

때는 바야흐로 봄이 한창이다. 늦게 핀 매화가 아직 남아 있고, 떨어지는 꽃잎이 옷을 적시고, 부슬부슬 내리는 향기로운 안개가 십여 리에 가득하다. 하얗게 빛나는 것을 바라보니 잔설殘雪이 나무 가지에 남아있는 듯하다. 기이한 바위와 농염한 꽃들이 빈틈없이 늘어섰다. 푸른 대숲과 비취빛 잣나무는 엇갈려 모습을 드러낸다. 하나하나에 모두 시선을 빼앗겼던지라, 일일이 기억할 수가 없다. 돌아오는 길에 생각해 보니 10분의 1

도 기억할 수 없다. 홀로 꿈 속에서도 황홀하여 베갯머리에 아직도 향기가 남아 있다.

농부들은 차 농사가 생업이라, 한 뼘의 땅에도 모두 차를 심었다. 집은 그렇게 크지 않은데 나다니는 사람 역시 많지 않았다. 닭 우는 소리, 개 짖는 소리가 은은하여 마치 구름 속에 있는 듯하였다. 그래서 소자첨蘇子瞻의 '텅 빈 산, 인적 없는데, 물이 흐르고 꽃이 핀다'라는 게偈를 외웠으니, 완연히 한 폭의 그림이다.

사방을 둘러보아도 말 한 마디 나눌 동료가 없다. 그래서 가마에서 내려 두 종에게 부축케 하고 걸었다. 좋지 않으냐고 물으니 모두 대답한다. "힘이 드는데 좋은 게 보이나요?"

몇 리를 더 가서 비로소 산록[1]에 이르렀다. 길가 푸른 소나무는 늙은 용의 비늘 같다. 긴 숲은 하늘까지 뻗어 있고, 아스라이 푸른 바위는 해를 가리고 있다. 그 그윽하고 기이한 모양은 형언할 수 없다. 겨우 산허리에 도착하니 병풍 같은 산이 푸른 빛깔을 드리우고 있다. 그림 같이 둘러싼 산이 비취빛을 떨어뜨리면서, 지난 2년 간 세간의 때가 묻은 얼굴을 씻어준다.

---

1) 山足: 山麓.

잠깐 소요하는 사이에도 완연히 진여秦餘나 항산杭山(陽山)과 같다는 것이 느껴진다. 말머리에 있던 홍진세상이 아스라이 저세상 같다.

천지天池는 산 중턱에 있는데 넓이가 수십 길[2] 남짓 된다. 옥빛 샘물이 가로질러 흐르며 산허리를 적시고 있다. 산 정상의 바위는, 마치 연꽃 속에서 비취빛 꽃술이 허공에 흔들리듯, 깔끔하고 어여쁘다. 공무를 띠고 갔었던지라, 산 정상까지 오를 여유가 없었던 것이 지금까지 아쉽다.

적조암寂照菴은 연못 옆에 있는데, 석실이 3칸이다. 기둥과 기와가 모두 돌인데 조각이 매우 정밀하다. 석실 뒤에는 크고 넓은 돌 전각石殿이 있다. 안팎 기둥이 모두 돌인데 둘레는 3척 남짓하다. 선당禪堂과 승려들의 숙소僧舍가 그 곁을 둘러싸고 있는데 그 역시 볼 만하다.

이때는 절의 승려들 사이에 문제가 생겨서 허름한 차림으로 암자 내에 떠돌고 있는 자가 많았다. 내가 그들을 떠나보내고 싶은 마음이 나서 나무판자 위에 크게 썼다. "수행자의 근본은 선의 뿌리를 심는 것, 친함도 친한 것이 아니고 원망도 원망할

2) 장丈.

것이 아니다. 아지랑이 같은 헛된 공상, 모든 법이 다 환영이로세. 염부제閻浮提[3] 불토, 가는 것도 자신이 가는 것이고, 오는 것도 자신이 오는 것. 한가한 구름과 들판의 학이야 어느 하늘이라고 날지 못할까?" 이 소리를 들은 여러 승들이 서서히 흩어졌다.

3) 수미산 남쪽에 있는 인도를 말함. 인간세계.

산천에도 때가 있다
虎丘[1]

    호구虎丘는 성에서 7, 8리 거리에 있다. 그 산엔 높은 바위나 깊은 골짜기가 없지만, 성에서 가깝기 때문에 소고簫鼓 소리와 누선樓船이 그칠 날이 없다. 달 뜬 밤, 꽃 피는 새벽, 눈오는 저녁, 어느 때고 유람하는 사람들의 왕래가 베를 짜듯 어지럽게 갈마드는데, 중추절이 되면 더욱 성하다.

    매년 이날이 되면 온 성 사람들이 문을 닫아걸고 서로 어깨를 맞대고 이곳을 찾는다. 위로 의관을 입은 사대부 남녀에서부터, 아래로 컴컴하게 어두운 집에 사는 가난한[2] 여인들까지

---

1) 산이름. 소주시 창문閶門 밖 7리에 있다. 춘추전국시대 오왕吳王 부차夫差가 부왕인 합려闔閭를 이곳에 장사지냈는데 3일 후 백호白虎가 무덤 위에 있어 호구라고 이름하였다고 한다. 일설에는 언덕의 모양이 호랑이가 웅크린 것 같아 이름하였다고 하기도 한다.

화장을 하고 화려한 옷차림을 꾸미지 않은 사람이 없다. 자리를 겹으로 이어서 깔고 큰길에서 술자리를 벌인다. 천인석千人石[3]으로부터 산문山門에 이르기까지 비늘처럼 즐비하게 자리를 잡는다. 노래를 부르며 박자를 맞추는 나무 단판檀板이 언덕처럼 쌓여 있다. 술단지樽罍에서는 구름 속에서 비가 내리듯 술이 쏟아진다. 멀리서 그것을 바라보매, 너른 모래밭에 떨어지는 기러기같이, 강물 위에 펼쳐진 안개같이, 우레와 번개같이, 잽싸게 움직이고 흩어지는 모습을 형용할 수 없다.

자리를 깔아놓은 다음 백 명 천 명이 노래 부르는 소리가, 모기가 모여들며 우는 것 같아 알아들을 수가 없다. 패를 나누어서 서로 다퉈 노래를 부르면, 고아하고 속된 소리, 잘하고 못하는 소리가 저절로 구별된다. 조금 지나면 머리를 흔들고 발을 두드리며 박자를 맞추는 사람이 수십 명에 이른다. 이윽고 밝은 달이 하늘에 떠올라 돌 빛이 하얀 비단처럼 빛나면, 자잘한 악기 소리[4]는 모두 고요히 소리를 멈춘다. 겨우 서너 무리만

---

2) 부옥蔀屋: 덮어가려서 어두운 집.
3) 합려의 무덤을 만든 천 여명이 비밀을 누설할 것을 걱정하여 이속에서 그들을 타살하여 돌이 붉은 색을 띠고 있다는 전설이 전한다. 일설에는 양梁나라 때의 고승이 설법을 할 때 앉아서 듣는 사람이 천명이어서 이름하였다고 한다.

이 노래를 계속 부를 뿐이다. 그 가운데 퉁소와 단소 소리에 맞춰, 한 사람이 나무 장단을 치며 길게 소리를 뽑는다. 관악기와 사람의 육성이 서로 이끌면서 청아한 소리가 드리우니 듣는 사람의 혼이 녹아 내린다.

밤이 깊어져 달빛이 비끼고 나무그림자도 어지러워지니, 피리와 장단소리도 더 이상 소용없게 되었다. 한 사내가 등장하자 사방에 앉은 사람이 숨을 죽이는데, 그 섬세한 목소리가 먼 하늘 구름 속까지 꿰뚫는다. 곡조에 따라 한 글자를 노래하는데 한 시각이 걸리는데, 날아가던 새가 주위를 배회하고 장사들도 듣고서 눈물을 흘린다.

검천劍泉[5]은 그 깊이를 측량할 수가 없다. 나는 듯 높은 바위는 깎아 세운 것 같다. 천경운天頃雲[6]은 천지天池 여러 산 일의

---

4) 와부瓦釜. 허리가 굵고 입이 작은 악기. 낮은 인물이나 물건을 비유하는데, 여기서는 조잡한 음악을 말한다.
5) 천인석千人石 위에 있는 검지劍池. 오왕 합려의 묘가 그 아래 있다고 전해진다. 합려가 검을 좋아하여 3천 개의 보검을 순장하였는데, 후일 진시황이 동쪽을 순수하다가 도굴을 할 때였다. 호랑이가 지키고 있어 칼로 쳤는데, 잘못 돌을 쳐서 그곳이 연못이 되었다고 한다. 그래서 검지라고 하는 것이다.
6) 호구사의 방장 앞에 있다. 송나라 함순咸淳 8년 승려 덕후德厚가 건립하였는데, 소동파의 "운수려천경雲水麗千頃"에서 따왔다.

주관자이듯, 산등성이와 골짜기 경치가 빼어나서 객에게 절로 술잔을 들게 만든다. 그런데 오시를 지나니 햇볕이 내리쬐어 오래 앉아 견디기 어렵다.

문창각文昌閣 역시 아름다운데, 해질 녘 나무들은 더욱 볼 만하다. 북쪽을 대하고 평원당平遠堂의 옛 터가 있는데, 광활하기가 끝이 없다. 우산虞山이 겨우 하나의 점으로 보일 뿐이다. 건물이 무너진 지 오래되어서 나와 강진지江進之[7]가 복원할 방법을 모색하여 그곳에 위소주韋蘇州[8]·백락천白樂天 등 여러 분의 신위를 모시려 하였다. 그러다가 그만 돌연 병이 났다. 나는 사직하고 돌아와서도 진지進之의 노력조차 헛되지 않을까 걱정했었다. 산천의 흥폐에도 정말 그때가 있는 것이었다.

오吳 땅에서 벼슬하는 2년 동안, 호구虎丘에 여섯 번을 올랐다. 맨 나중에 강진지江進之·방자공方子公[9]과 함께 올라가서

7) 이름 영과盈科. 상덕常德 도원인桃源人. 만력 20년 진사를 하여 원굉도와 같은 해에 장주長州 현령을 지냈다. 『설도각집雪濤閣集』이 있다.
8) 위응물韋應物(737~786), 당나라 시인. 소주자사蘇州刺史를 지내 위소주라고 칭한다. 전원 풍경을 읊은 시인으로 유명한데, 시정, 민생에 대한 작품도 많다. 『위소주집韋蘇州集』이 있다.
9) 방문선方文僎. 가난하고 불운하였는데, 원굉도가 그 문장이 고아함을 높이 평가하여 막료로 삼았다고 한다. 그래서 원굉도가 벼슬을 하거나 유람할 때 항상 같이 다닌 것으로 알려진다.

천인석 위로 달이 뜨기를 기다렸다. 노래 부르는 자는 부름을 받고서도 모두 피해 숨어버렸다. 이 때문에 내가 진지進之에게 말하였다. "오사烏紗[10]를 쓴 고관들의 횡포와 말단 관리들의 닦달이 정말 심했었구면. 훗날 벼슬을 떠나도 이 바위에 올라와 소리를 들을 것이니, 저 달이 내 마음의 증인이 될 것이야." 지금 나는 다행히 관직에서 풀려 오吳[11] 땅에서 객客으로 불리고 있다. 호구虎丘의 달은 내 말을 아는지 모르는지.

호구는 지금의 강소성 소주시 교외의 작은 산언덕이다. 산 중턱 바위가 갈라진 푸른 물길 속에 오월동주吳越同舟라는 고사로 우리에게 친숙한 옛날 오나라 왕 합려의 무덤이 있다고 전설적으로 전해진다. 바다는 아닐지라도 신라의 문무왕처럼 물길 속에 무덤을 파고 들어가 있으니 이런 장례 형태가 맹세나 다짐의 의식은 아닐까 생각이 들었다. 하여간 이 호구는 오나라를 위시한 옛 역사 전설의 언덕이었다. 단순히 경치보다는 이런 신비감

10) 고관들이 쓰던 모자. 동진東晉 궁전 관리들이 오사모烏紗帽를 썼다.
    당나라 때에 이르러 관복이 되었다.
11) 강소성 일대.

이 더하여 사람들이 찾아 모여드는가 싶을 정도였다.

작자도 이곳에서 역사와 시운을 생각한다. 평원당 건물을 복원하여 시인인 위소주와 백낙천 위패를 모시려는 계획이 수포로 돌아갔다면서, 시운에도 때가 있음을 이야기한다. 오왕 합려도, 그리고 정자를 하나 복원하려다 실패한 작자도 이 시운을 끌어안고 호구언덕에 서 있는 것이다.

이상의 글을 읽으며 느낄 수 있는 원굉도 소품의 특색을 정리해 보자.

첫째, 묘사대상의 특징을 직관적 비유로 포착하여, 그 소재를 초점화·객관화시킨다. 그러니 간결 명료한 문자 속에 경치 묘사寫景와 심경 묘사寫意가 결합된다. 다양한 자연경물이나 고적지 중에서 자기 감정과 결합된 상징물을 부각시켜 개성적 시각을 드러낸다. 이렇게 묘사된 경치는 독자에게 선명한 미적 감각으로 살아난다. 작자는 언어와 감정을 낭비하지 않으면서 보통사람들이 놓치고 있는 자연미를 의인화하여 정감을 깊이 한다. 예컨대 꽃은 용모를, 버들은 감정을, 산은 모습을, 물은 정의情意를 갖게 된다. 산수 자연이 미화되고 작자의 감정과 일체가 되는 것이다.

둘째, 대유법과 활유·비유법을 통하여 산수경물에 생명을 불어넣고, 그 결과 언어는 상징적이고 비유적 의미를 내포하고 있다. 이에 따라 언어는 주관적 감정까지도 객관화시키는 효과를 가진다. 예컨대 작자는 눈에 씻긴 산봉우리를 '세수하고 막 쪽을 찐 아름다운 처녀'로 묘사한다. 대자연에 생기가 충만하고, 그것에 고양된 자아의 정감이 객관화된 자연묘사 속에 드러난다.

셋째, 의인·활유법과 직유·은유법을 결합시키면서 자연경물을 자아화하고, 자아가 자연경물과 일체가 되는 물아일체의 경지를 보여준다. 그럼으로써 작자의 자아는 친화자연의 극치를 맛보고, 자연의 생명력을 몸 전체로 체득하는 구도자연求道自然의 경지에까지 이르고 있다. 서호의 경관을 자아화하여 자신의 정서를 변화시키고 있는 「서호유람기西湖遊覽記」와 자신을 새장 밖에 나온 고니에 비유하며 새봄의 생명력을 온몸으로 받아들이는 「만정의 새봄 풍경滿井遊記」의 묘사가 이를 확인해 주고 있다. 이런 원굉도의 글을 읽으면서 우리는 구도자연 하는 산길로 접어들게 되는 것이다. 그에게 자연은 현실의 도피처가 아니라 구도적 삶의 길이었다.

진정한 의취는 자연에서 얻는 것
敍陳正甫[1]會心集

    세상 사람들이 얻기 어려운 것이 바로 의취意趣[2]다. 의취란 산 위의 색깔, 물의 맛, 꽃의 빛깔, 여인의 자태와 같아 비록 말을 잘하는 사람이라도 그에 대해 한 마디 말도 꺼낼 수 없는 것이니, 사물의 내면을 회심會心[3]할 수 있는 사람이라야 알 수

---

1) 진정보陳正甫: 진소학陳所學, 자 정보正甫. 만력 11년 진사. 형부 주사를 지내고 호부상서를 지냄. 성리학을 잘 논하였다고 전해짐.
2) 의취意趣. 취지趣旨, 지취志趣 등으로 대신할 수 있다. 사물을 표현하는 깊은 뜻.
3) 세설신어世說新語 "언어言語" "회심이란 먼데 있는 것이 아니라 숲과 물에 몸을 숨기고 자신을 호강과 복강 사이에 있다고 생각하는 것이니, 새와 짐승, 물고기 등이 절로 와서 사람과 친하게 됨을 느낄 것이다簡文入華林園 顧謂左右曰 '會心處不必在遠 翳然林水 便自有濠濮間想也 覺鳥獸禽魚自來親人.'"

있는 것이다.

오늘날 사람들은 의취가 있다는 소리를 사모하여 의취 비슷한 것을 추구한다. 그래서 서화를 이야기하고 골동을 섭렵하는 것을 청아하다고 여긴다. 그리고 자기 마음을 현허玄虛한 것에 의탁하고 티끌이 이는 곳에서 벗어나는 것을 고원하다고 생각한다. 그보다 더 낮은 단계는 소주蘇州에서 향을 피우고 차를 끊이는 사람들이다. 그러나 이런 일은 모두 의취의 겉모양에 지나지 않는 것이니, 신이한 정취情趣와 무슨 상관이 있겠는가!

무릇 의취란 자연에서 얻은 것이라야 심오하다. 배워서 얻은 것은 얄팍한 것이다. 그것은 동자童子와 같은 것이어서 자신에게 의취가 있음을 느끼지 못하더라도 어딜 가나 의취는 그에게 존재하는 것이다. 얼굴에는 단정하게 꾸민 모습도 없고, 눈동자는 한 곳에 두지도 않고, 입에서는 재잘거리는 말이 튀어나오고, 손발은 쉼 없이 움직이고 있으니, 인생의 지극한 즐거움이 정말로 이때보다 나을 때가 없다. 맹자가 말한 바 '어린아이의 마음을 잃지 않는다'[4]거나, 노자가 말한 바 '어린아이만이 그럴 수 있다'[5]란 말은 모두 이런 것을 가리킨다.

---

4) 『맹자孟子』「 이루離婁」下. "大人者 不失其赤子之心者也"
5) 『노자老子』"專氣致柔 能嬰兒乎"

의취 중에서 모든 사물이 평등함을 깨닫는 것[6]이 최고의 경지다. 산림에 사는 사람은 구애와 속박이 없이 지내기 때문에 의취를 애써 구하지 않아도 의취가 다가온다.

어리석은 인간이 다가간 의취는 아예 품격이 없다. 등급이 낮을수록 추구하는 것이 더욱 낮아진다. 술과 고기를 구하기도 하고, 노래하고 놀기도 하며, 마음대로 행동하여 꺼리는 것이 없다. 세상에 아무 기대가 없다고 생각하며 온 세상이 비난하고 웃어도 개의치 않는다. 이런 마음 또한 하나의 의취일 것이다. 점차 나이가 들어 관직의 품계가 올라 몸이 매이고 마음이 묶여서, 털구멍과 뼈마디 하나하나까지 모두 보고 들은 지식에 속박되고, 깊은 이치에 빠져들어 갈수록 의취에서는 더욱 더 멀어지게 된다.

나의 벗 진정보는 의취가 매우 깊다. 그가 저술한 몇 권의 회심집에는 의취가 풍부하다. 의취가 없으면 백이伯夷[7]처럼 기개가 곧고 엄자릉[8]처럼 고아하더라도 기재하지 않았다. 아! 품

---

6) 정등정각正等正覺: 등각等覺이란 불교의 용어로 모든 것이 평등일여平等一如함을 깨닫는 것.
7) 은殷나라 고죽군孤竹君의 장자로 무왕武王이 상商을 칠 때 백이와 그 동생 숙제叔齊가 수양산에 들어가 굶어죽었다.
8) 절강인浙江人. 어렸을 적 유수劉秀와 동학이었는데 유수가 즉위한 다

계가 그대와 같고, 관직이 그대와 같고, 나이가 그대 같은 사람으로서 그대처럼 의취를 아는 사람이 누구일까!

모든 사물을 우열이 없는 평등심으로 보아야 좋은 글이 나온다는 말은, 글을 쓰려면 우선 동심을 닦아야 한다는 뜻이다.

의취라는 특별한 용어를 사용했으나, 원굉도의 이 주장은 인위적인 꾸밈을 거부하고 있는 그대로의 내면을 풀어헤쳐야 한다는 독서성령獨抒性靈의 논리와 서로 통하는 것이다. 자신의 마음을 비워서 사물을 있는 그대로 수용한다는 점에서 불교적 인식론과도 연결된다. 이러한 논리로 원굉도는 명나라 말년의 혁신사상가 이지와 함께 보수적 관념론을 벗어나 자신의 눈으로 본 자연과 현실을 글에 담을 수 있었다. 사대부의 글보다 농부의 목소리가 더 진솔한 문학이 될 수 있다는 주장도 여기에서 비롯되었다.

좋은 글을 쓰려면 문장 작법이나 소설 작법을 손에서 던져버

음 그를 낙양에 불러 간의대부諫議大夫를 주었으나 받지 않고 돌아가 부춘산富春山에 은거하였다.

진정한 의취는 자연에서 얻는 것

리고 자연을 벗하는 농부가 되거나 공장에 가서 기계를 돌려보라고 권하면, 오늘날의 작가들은 무엇이라고 답할까.

다 닮은 것은 하나도 닮지 않은 것이다
敍竹林集

　얼마 전 백수伯修와 함께 동현재董玄宰(동기창董其昌)를 찾아갔다. 백수가 물었다. "요즘 서화 명가들인 문징중文徵仲, 당백호唐伯虎, 심석전沈石田 가운데 고인의 필의筆意를 가진 사람이 있습니까?" 동기창이 말하였다. "근대의 고수들은 한 획도 고인을 닮지 않은 것이 없다. 닮지 않은 것이 없다는 것은 바로 닮지 않았다는 것이니, 그림다운 그림이 없다고 말할 수 있다."

　내가 그 말을 듣고 놀라서 말했다. "도리에 맞는 말씀입니다." 훌륭한 화가는 사물을 스승 삼지 사람을 스승 삼지 않고, 훌륭한 학자는 마음을 본받지 도리를 본받지 않는다. 시를 잘 짓는 사람은 삼라만상을 스승 삼지 선배를 본받지 않는다. 당나라 시를 법칙으로 삼는다는 것이 어찌 당나라 때의 형식機格[1]과 자구字句를 말하는 것이겠는가? 한漢나라를 따르지 않고, 위魏나라를 따르지 않고, 육조시대를 따르지 않은 그 마음의 자세(용심用心)를 본받는다는 것일 뿐이니 이것이야말로 진정한 본받음인 것이다.

군사들이 밥 해먹은 아궁이 흔적을 줄이고 배수진을 치는(滅竈背水) 전법을 그대로 따랐다가 싸움에서 패하는 것보다는, 그와 반대의 전법을 사용하여 승리하는 것이 오히려 나은 것이다. 반대로 하는 것이 따라하는 방법인 것이다. 오늘날의 작가들은 다른 사람이 한 마디로 사물을 그럴듯하게 그려내면, 그것을 새로운 시라고 생각한다. 그리고 옛사람들의 허공에 뜬 한두 마디 말을 취하고, 한 구절 한 글자를 규범으로 간주하면서, 그것을 복고라고 잘못 말하고 있다. 이런 태도는 그 방법을 추종하는 것이지, 그들의 승리를 따라하는 자세가 아니다. 안타깝다. 이는 마치 분을 발라 화장한 광대를 불러 바로 채중랑蔡中郎이라고 말하는 것[2]과 다름없으니 어찌 잘못이 아니랴.

오늘날 과거문장[3]은 하나의 말기末技일 뿐이다. 앞에는 주석

---

1) 기격機格: 틀과 형식.
2) 채중랑은 『비파기』의 주인공으로 한漢의 채백개蔡伯喈를 말한다. 여기에서는 연극중의 인물을 바로 정말 옛날 사람으로 착각하고 있다는 뜻.
3) 시문時文: 과거 때 보던 팔고문八股文 형태의 응시문장을 지칭한다.

을 달고[4] 뒤에는 공령체를 엮어서, 세상 사람들에게 신기하게 보이지 않으면 취하지 않는다. 새롭지 않으면 표준에 맞지 않는다고 여기기 때문이다. 선비들이 표준에 맞아야 옛것이라 여기고 있으니 평담한 것과 기이한 것을 논할 수 있는 여유가 있겠는가.

왕이명王以明 선생은 나의 과거공부 스승이셨는데, 그의 시는 옛것을 본받지 않으면서도 고풍스러워서不法爲法不古爲古 내가 이 같은 뜻으로 서문을 쓴다. 그렇다. 이야말로 바로 서희徐熙[5]와 같은 화가들이 가지고 있는 도리인 것이다.

글은 고문을 본받아야 한다는 의고주의자들에 대한 선전포고다. 작자는 문징명이나 심석전같이 미술사에 큰 족적을 남긴 사람조차 '모두 옛사람을 본받아서 오늘날에는 그림이 없다'는 말로 비판하고 있다. 고문론자들의 글은 글이 아니라는 것이다.

---

4) 팔고문에서 송원宋元대 이학자들이 주소注疏한 『사서四書』『오경五經』 명에서 편찬한 『사서오경대전四書五經大全』 등을 준수해야 하는 것.
5) 서희徐熙: 송대의 화가로 화조화를 잘 그렸다. 황전黃筌과 같이 화원에 있었는데 그는 을 중시하고 황전은 교묘한 꾸밈을 잘하였다고 전한다.

다 닮은 것은 하나도 닮지 않은 것이다

결국 글은 요즘말로 하면 자기 시대의 시대정신을 담고 있어야 한다는 말이다. 이러한 논리는 조선후기 박지원의 『초정집서』에 그대로 나타난다. 그만큼 우리 실학자들은 명말청초 소품가들의 논리처럼 전시대와의 닮음을 거부한 것이다.

실학자들과 명말 소품가들의 주장이 비슷한 것은, 실학자들이 영향을 받은 때문이기도 하지만, 조선후기의 우리 나라 사상계와 문단의 기풍이 명나라 말년의 상황처럼 모방을 전제로 하는 의고주의에 빠져 있었기 때문이다.

실학자 등장 이래 이백 년이 지난 오늘날 우리들의 삶은 모방주의에서 얼마나 벗어나 있는가. 창조적 의식의 첨병이라 할 학자들마저 이 글 저 글을 짜깁기 해 내고, 제자들을 자기 틀 안에 줄 세운다. 이렇게 모방과 닮음을 닦달해도 스승이 돌아가신 후에는 스승의 학설을 인용하는 사람이 드물다. 모방도 창조도 다 잃어버린 세태 속에서 스승을 탓해야 할지 제자를 꾸짖어야 할지 분간이 안 된다.

제 3 부

원종도 소품문

원종도袁宗道(1560~1600)

이 글의 작자 원종도袁宗道(字 伯修 1560~1600)는 동생인 원굉도袁宏道, 원중도袁中道와 함께 이른바 삼원三袁으로 불리는 공안파의 한 사람이다. 백낙천과 소동파를 사모하여 자기의 서재를 백소白蘇라고 하였다 한다.

작자는 진한秦漢시대의 문장과 당시唐詩의 언어를 그대로 답습하기를 주장한 의고주의자 이몽양을 비판하는 것으로 논리를 시작한다. 이몽양은 스스로 복고를 자임하고 문장은 반드시 진한의 문체를, 시는 반드시 성당盛唐의 시체를 따라야 한다고 주창한 사람이다. 그는 하경명何景明, 서정경徐禎卿, 변공邊貢, 강해康海, 왕구사王九思, 왕정王廷 등과 함께 명대의 복고주의를 대표하는 이른바 전칠자前七子의 영수이다.

오늘의 언어가 고문이 된다
「論文 上」

　말은 마음을 대신하고 문장은 말을 대신하는 것이다. 표현하기 어려운 것을 이리 저리 굴려 분명하게 문장으로 드러낸다 하더라도 아마 말로 표현하는 것만은 못하다고 여길 것이다. 그러니 마음 속에 간직한 본래의 뜻만 하겠는가! 그래서 공자께서는 문장에 대하여 "생각을 전달하면 그뿐"이라고 말씀하셨다. 생각이 제대로 전달되는가의 여부가, 문장이 되었는가를 변별하는 기준이라고 할 수 있다.

　요순 삼대의 문장은 뜻을 전달하지 못한 게 없었다. 그럼에도 지금 사람들은 고서를 읽고 뜻을 바로 이해하지 못하면 곧 잘 고문이 특이하고 어렵다고 말한다. 글을 지을 때는 평이한 것을 마땅치 않게 여긴다. 시대에도 고금古今이 있듯이 언어에도 역시 고금이 있게 마련이다. 그럼에도 요즈음 사람들은 특이하고 어려운 자구를 자랑으로 생각한다. 그것들이 그 옛날 거리에서 오가던 말[街談巷語]이 아니라고 할 수 있겠는가!

『방언方言』[1])에는 "양자강 일대 초인楚人들이 '지知'를 '당黨'이라 했고, '혜慧'를 '수譖', '도跳'를 '석踖', '취取'를 '정挺'이라 했다"고 한다. 그러나 내가 초楚 땅에서 나서 자랐는데도 이런 말을 들어본 적이 없으니, 이것이 바로 오늘날의 언어가 옛날과 다르다는 증거의 하나다. 그래서 『사기』「오제삼왕기五帝三王紀」에는 고어를 버리고 당시 언어를 따른 것이 매우 많다. 예컨대 '주疇'를 '수誰'로, '비俾'를 '사使'로, '격간格姦'을 '지간至姦'으로, '궐전궐부厥田厥賦'를 '기전기부其田其賦'로 바꾼 것 등 그 예가 열거할 수 없이 많다.

좌구명左丘明은 고대로부터 멀지 않은 시대에 살았지만, 『춘추좌씨전』의 자구는 『서경書經』과 같지 않다. 마찬가지로 사마천과 좌구명은 시대 차이가 크지 않지만 『사기』의 자구는 『춘추좌씨전』과는 다르다. 현재로부터 거슬러 올라 전한前漢 시대를 헤아려 보면 몇천 년이나 떨어져 있는지 알 수 없다. 사마천의 언어조차 좌구명과는 같을 수가 없는 것인데, 그럼에도

---

1) 한대漢代의 양웅揚雄이 지은 언어학 책. 13권.

오늘날 사람들이 좌구명과 사마천을 모두 아우르려 하니 그 역시 잘못이 아니겠는가!

좌구명과 사마천의 시대부터 지금까지 진晉·당唐과 송宋·원元 시대를 거치면서 배출된 문사 중에서, 공공연히 고문을 모방하면서 자기 것인 체 한 사람은 없었다. 한유韓愈가 특이한 것을 좋아해서 어쩌다가 한번 고문을 흉내 내 보았을 뿐이다. 예컨대 「모영전毛穎傳」 같은 글은 한때의 장난이었을 뿐이고, 그의 다른 작품들은 그것과 다르다.

그런데 공동空同 이몽양李夢陽[2]은 그런 사실을 모르고, 작품마다 고문을 모방하고는 그것을 정통으로 돌아갔다고 반정反正이라 일컬었다. 결국 이후의 문인들은 이몽양을 일정한 모범으로 삼아 최고로 숭상했고, 한 마디라도 옛 글과 같지 않은 것이 있으면, 크게 화를 내며, 정통이 아니라 야비하다고 매도했다. 그들은 이몽양이 고문을 모방한 것이, 한 사람으로부터 시작되었다는 것도 모르면서도, 오히려 싫증을 낼 줄도 몰랐다. 이후 이런 경향이 일파만파로 불어나 잘못이 잘못을 낳았고, 문장은

---

2) 공동자空同子는 호. 이른바 '전칠자前七子' 영수의 한 사람. '문장은 반드시 진한秦漢 시대 같아야 하고 시는 성당盛唐 시대 같아야 한다. "文必秦漢 詩必盛唐"고 모방을 주장하였다.

갈수록 저급해져서 볼 만한 게 없어져 갔다.

이몽양의 문장은 그래도 자신의 뜻을 담고, 핍진하게 사실과 정리情理를 기술한 것도 적지 않다. 그 가운데 더욱 취할 만한 사실은, 지명과 관직을 모두 당시의 제도대로 기술했다는 점이다. 그런데 지금은 오히려 오늘날의 제도를 혐오하여 문장에 담지 않고, 진한秦漢 시대의 지명과 관직으로 쓰고 있다. 그러니 그 글을 보는 사람들은 『일통지一統志』를 참고하지 않는다면 그 관향貫鄕을 알지 못하게 된다.

게다가 글의 좋고 나쁨은, 지명이나 관직명에 달려 있는 것도 아니다. 사마천 글의 장점은 서사가 그림 같고 의론이 뛰어나다는 점이다. 그런데도 근래의 학자들은 "서한西漢[3]이래 봉건 궁전이나 관직·군읍의 이름은 우아하지가 않다. 이것을 가지고는 비록 사마천이 다시 살아 나온다 해도 역사를 쓸 수 없을 것이다"라고 말한다. 이러니 저들은 사마천의 장점을 꿈에서도 만나볼 수 없을 것이다. 하물며 사마천을 닮을 수 있겠는가?

어떤 사람이 물었다. "그대 말대로라면 고문[4]을 배울 필요가

3) 서경西京: 서한시대는 장안長安을, 동한 시대에는 낙양洛陽을 수도로 삼았다. 그러므로 낙양은 동경東京장안은 서경西京이라고 하였다.
4) 고古: 고문古文 혹은 고대古代.

없다는 것인가?" 나는 말했다. 고문은 말하고자 하는 뜻의 전달을 귀하게 여긴다. 그러니 그 뜻 전달을 배우는 것學達이야말로 고문을 배우는 것이라고 할 수 있다. 그 의도를 배워야 하는 것이지, 그 자구에 빠질 필요는 없다.

오늘날 옷에서 목 깃을 둥글게 하고 앞깃을 각이 지게 하는 관습(方袍)은, 옛날 사람들이 나뭇잎과 가죽을 꿰어 매서 피부를 가리던 그 뜻을 배운 것이다. 저 다섯 가지 좋은 음식의 조리법도 옛사람들이 짐승을 날로 먹으며 피를 마시던 것을 배운 것이다. 이것은 무슨 뜻인가? 옛사람들은 배부르고 몸 가리는 것을 의도하였던 것인데, 오늘날의 사람들도 역시 배부르고 몸 가리려고 한다는 점에서는 다를 것이 없다는 것이다. 저렇게 옛날 자구를 따다가 자신의 저작 속에 넣는 행동은, 오늘날의 옷소매에다 나뭇잎과 가죽을 기워 넣는 것과 같고, 오늘의 좋은 음식에다 짐승의 생살과 피를 넣는 것과 같다.

대체로 고인들의 고문은 오로지 '뜻 전달'을 기약했는데, 지금 사람의 글은 '뜻을 전달할 수 없는 상태'를 기대한다. '뜻이 전달되지 않는' 일을 일삼으면서 '뜻 전달'을 배웠다고 하니, 이런 태도를 고문을 배우는 것이라고 할 수 있겠는가?

오늘의 언어가 고문이 된다

필자는 이 글을 읽으면서 우리 나라의 교육이론과 경제이론을 생각한다. 주지하다시피 우리 나라의 교육제도는 해방이후 줄곧 미국식 제도를 활용하였다. 그것도 한 가지 방식이 아니라 좋다는 틀은 다 가져와 실험을 했다고 해도 과언이 아니다. 결과적으로 우리는 전통적인 우리 나름의 교육방식도 다 잃고 미국식 교육체제의 좋은 점도 인정하기 어려운 지경이 되었다.

문제가 이렇게 된 이유를 모르는 것도 아니다. 미국의 교육제도는 미국문화의 산물이다. 생각하는 법, 행동하는 양식, 경제적 기반이 미국과 다른 우리 나라 사람에게 그 틀이 독이 될지 약이 될지 고민이 없이 자기가 배운 방식으로 교육을 실험대에 올렸다. 이제 전국민이 이런 상태임을 안다. 그럼에도 이런 태도는 안 고쳐진다. '썩어도 준치'라고 그래도 미제가 낫다는 절대적 표준이 비판하는 우리들 마음 속에 고착되어서일까.

이 글에서 보듯 공안파 학자들은 시대 변화를 수용하는 시변론時變論 내지는 변통론을 전개하였다. 모든 시대는 상대적으로 다른 의미가 있다는 이들의 시간적 상대주의를 수용하여, 박지원, 이덕무, 홍대용 등 조선후기 북학파들은 자기 공간도 중요하다는 공간적 상대주의를 강조하였다. 그리고 마침내 사상계에서 문학계에서 '조선풍朝鮮風'을 일으켜 세웠다.

자기 언어를 쓰지 않았다면 백지를 낸 것이다
「論文 下」

향을 사를 때〔爇香〕 침향목을 사르면 침향沈香 향기가 나고, 단향목을 사르면 단향檀香 향기가 난다. 어째서일까? 성질이 다르기 때문에 그런 것이다. 음악을 연주할 때, 쇠북은 북소리를 내지 않고, 북은 쇠북 소리를 내지 않는다. 그 악기의 바탕이 다르기 때문이다.

문장 역시 그렇다. 일파의 학문은 하나의 의견을 빚어내고, 그 의견은 합당한 언어를 창출해 낸다. 그에 비해, 독자적인 견해를 갖지 못하면 그 말은 공허하게 되고, 그렇게 되면 부화뇌동하게 되는 것이다.

마음이 크게 즐거운 사람은 포복절도하게 마련이고, 크게 슬픈 사람은 울부짖으며 통곡하고, 크게 성난 사람은 땅이 울리도록 소리 지르고 머리털을 곤두세우게 마련이다. 저 연극배우는 마음에 기쁠 일이 없는데도 억지로 웃고, 슬플 일이 없는데도 억지로 울고 있으니, 연극배우의 처지란 것이 그렇게 흉내내지 않을 수 없는 것이기 때문이다.

오늘날의 문사들은 이리저리 휩쓸리고 들떠서, 근본적으로 분명한 학문을 이루지 못하고 있다. 그들의 가슴을 두드려 보면, 망연히 한 가닥도 자신들의 견해를 갖추고 있지 못하다. 다만 고인들의 "불후의 말씀"을 내보이거나, 시나 글에 능한 선배들의 이름을 내세우고, 자기도 그 대열에 끼어 들어 그러한 글을 써서 세상의 칭찬을 받으려 한다.

몽매한 가슴을 안고 망령되이 거대한 저서를 남길 뜻을 품으니, 스스로 좌구명과 사마천 옆에서 구걸하면서 남은 찌꺼기를 줍고 훔치지 않는다면, 어떻게 그들이 책을 써서 채우겠는가? 시험삼아 여러 문사들의 글을 살펴보니, 옛날의 진부한 어귀를 제거하고 나면 자기 문자가 없어 시험에 백지를 낸 것과 다름이 없다. 그들의 글이 이처럼 부끄러운 수준인데도 "고사古詞를 인용하여 현재의 일을 전하는 것이야말로 글을 짓는 일"이라고 사람들에게 외쳐대고 있다.

그렇다면 가장 오래된 문자로 전해지는 『상서尙書』의 요전堯典과 순전舜典,[1] 그리고 대우모大禹謨·익직모益稷謨·고요모皐陶謨[2]는 천하의 뛰어난 문장이 아니란 말인가? 거기에서 인용하고 있는 것들은 도대체 어느 시대의 글이란 말인가?

나는 젊었을 때 창명滄溟 이반룡李攀龍[3]과 봉주鳳洲 왕세정王世貞[4] 두 선생의 문집을 읽기 좋아했다. 두 문집의 훌륭한 점을 덮을 수는 없지만, 그들의 핵심적인 이론[5]이 안고 있는 큰 오류가 후학들을 오도하였으므로 변석하지 않을 수 없다. 창명 이반룡이 왕세정에게 써 준 서문에 "옛 글에 견주어 문장을 다듬어서, 차라리 이치를 잃어버리더라도 피하지 않았다"는 말이 있다. 공자가 말한 '의미를 전달한다辭達'는 것도 바로 이 이치를 전달한다는 것이니, 이치가 없으면 무엇을 전달하겠는가? 『서경書經』의 이전二典이나 삼모三謨, 『논어』·『맹자』는 물론, 제자백가로서 이치를 논하지 않은 사람이 있었던가? 도가道家는 청정의 도리를 논하였고, 법가法家는 상벌賞罰의 이치를 밝혔으며, 음양가陰陽家는 귀신의 이치를 서술하였고, 묵가墨家는 검소함과 사랑의 이치를 내세웠으며, 농가農家는 농사와 잠업蠶

---

1) 이전二典.
2) 삼모三謨. 이것들은 모두 상서尙書의 편명인데 가장 오래된 문자로 전한다고 한다.
3) 명대明代의 의고주의자로 이른바 "후칠자後七子"의 영수 중 한사람.
4) 역시 명대의 후칠자의 한 사람. 이들은 모두 모사와 복고를 주장하였다.
5) 지론持論.

業의 이치를 서술했고, 병가兵家는 기이와 정통을 변화시키는 이치를 나열했다. 또 한·당·송의 여러 유명한 문장가들, 예컨대 한漢의 동중서董仲舒와 가의賈誼, 당唐의 한유韓愈와 유종원柳宗元, 송宋의 구양수歐陽修, 소순蘇洵, 소식蘇軾, 소철蘇轍, 증공曾鞏, 왕안석王安石이라든지, 국조國朝의 왕수인王守仁과 당순지唐順之 같은 문인들은 모두 이치가 가슴에 채워지고 나면 문장은 거기에서 따라나왔다. 이런 분들이 억지로 고인에 의지하여 이치를 잃어버린 소견을 펼친 것이 있는가?

봉주 왕세정의 「예원치언藝苑巵言」에 대해서는 일일이 다 논박할 수 없지만, 그가 이반룡李攀龍에게 써준 서문[6]에 "육경은 이치의 집합체[7]로 이치를 다 모았으니, 더 이상 글을 지어낼 것 없다"고 한 말을 살펴보자. 창명 이반룡은 억지로 옛사람에 의지하여 이치를 잃고 있는 것인데, 봉주 왕세정은 오늘날 사람에게도 이치가 있다는 사실을 용납하지 않고 있으니, 이게 무슨 말인가?

왕세정은 이러한 일시적인 회피의 말로써, 몇몇 식자들이 모방주의자라고 조롱한 것을 해명하려 한 것이지만, 후학들을 정

---

6) 증이서贈李序.
7) 이수理藪.

신없이 취하게 만들어 오늘날까지 깨우치지 못하도록 한 해독을 모르고 있다. 그러나 그의 병통은 고인의 글을 모방한 데 있지 않고 무식한 것에 있다.

만약 가슴 속에 자기 생각이 가득 차 있다면, 먹을 갈고 붓을 휘두를 겨를도 없는 것이다. 송골매는 토끼를 보자마자 공중에서 내리 떨어지면서도 혹 놓칠까 전력을 다한다. 무슨 남는 힘과 시간이 있어서 고인의 문장을 인용하고 있겠는가? 그러므로 배우는 사람들이 진실로 그 배움으로부터 이치를 생성해 내고, 이치로부터 문장을 만들어 낸다면, 비록 고인의 글을 모방하라고 몰아치더라도 그렇게 되지는 않을 것이다.

전편에서 모방을 반대하던 작자는, '오늘날에도 이치는 있게 마련이다'라는 주장으로 '육경 이상의 새로운 이치가 있을 수 없다'고 한 말을 논박한다. 글쓰는 사람의 시대와 공간을 진리의 가치로 인식한 것이다.

오늘날의 우리들은 어떠한가. 이른바 방법론이라는 이름으로, 학자들의 논문은 외국이론으로 점철되어 있다. 옛날 시골학자들이 『논어』, 『맹자』를 이끌어야 말을 할 수 있었던 것처럼,

자기 언어를 쓰지 않았다면 백지를 낸 것이다

오늘의 학자들은 공자, 맹자의 자리에 서양사람의 이름을 걸어 놓고 논의를 시작한다. 우리의 자료는 예증으로 양념처럼 들어가 있을 뿐이다. 새로운 학문적 조류라는 명분으로 허다한 외국이론이 소개되었지만 우리의 삶에 뿌리박은 이론은 체계화되지 않아 늘 시작에 머물러 있다. 서양의 학문적 패션에 따라 새로운 유행이 파도처럼, 태풍처럼 밀려왔다가 사라졌지만, 남아있는 서적 중에서 다시 들여다볼 만한 것이 얼마나 되는가. 주간지처럼 사라져 가는 유행이 학문이라는 이름으로 반복되면서, 우리 학문을 황폐화시키고 있는 것이다.

이 글은 우리 시대, 우리 공간에 맞는 학문이 무엇인가 하는 화두를 남겨주고 있다.

제3부 원종도 소품문

대립 속에서 뽑아낸 자기 목소리
「中郞先生全集序」

중랑선생中郞先生은 어려서부터 총명해서 약관의 나이에 진
사에 올랐다. 문집이 세상에 전하니, 『폐협집敝篋集』은 그가 학
동시절과 과거시험 학생을 거쳐 처음 등제했을 무렵에 지은 것
이고, 『금범집錦帆集』은 오문吳門(吳縣城. 지금의 蘇州市)의 장으
로 지낼 때, 『해탈집解脫集』은 병 때문에 오문의 장 노릇을 그
만두고 오·월 땅의 여러 산수를 유람할 때, 『광릉집廣陵集』은
오 땅을 떠나 진주眞州를 떠돌 때, 『병화집瓶花集』은 경조京兆
에서 태학박사에 제수되고 의조儀曹(禮部)에 보임 되었을 때,
『소벽당집瀟碧堂集』은 휴가를 청해 유랑호柳浪湖 주변으로 돌
아와 은거하던 6년 동안에, 『파연집破硯集』은 다시 의조에 보
임되어 사신으로 나가던 때, 『화고유집華嵩遊集』은 전부銓部(吏
部)의 관리로 진중秦中(關中. 지금의 陝西省)에 시험을 담당하러

갔다가 돌아올 때, 각기 지은 것이다. 선생은 진중에서 돌아온 후 병이 깊어져, 산으로 돌아온 지 몇 달 만에 돌아가셨다. 그의 남은 글들은 『속집續集』 2권으로 묶였다.

　『금범집』이나 『해탈집』에 들어 있는 그의 시문들은 사람들의 집착과 구속을 깨뜨리려는 의도를 가지고 있다. 때문에 때로 유희어가 사용되었지만, 역시 비상한 재주와 대담한 성격을 담고 있다. 세상 사람들의 비방이나 칭찬에 무심한 채 오로지 토로하고 싶은 것을 표현해 낸 것이다.

　황노직黃魯直[1]은 일찍이 말한 바 있다. "노옹의 글씨는 본래 일정한 법이 없었다. 세간의 온갖 인연들을 마치 모기떼가 모였다 흩어지는 것처럼 보고, 어느 한 가지 일도 마음에 가로 걸어 두는 법이 없었다. 그래서 필묵을 가려 선택할 것도 없이, 종이를 접하면 그대로 글씨를 쓰고, 종이가 다 떨어지면 그만이었다. 다른 사람들의 품평이나 비평에 마음 쓸 겨를도 없었다. 나무인형이 박자에 맞춰 춤추는 것을 보고 신기해 하다가, 춤이 끝나면 그만 조용해지는 형세 같은 것이 세상의 품평이다." 이야말로 선생이 하신 말씀과 다름이 없다.

----

1) 황정견黃庭堅: 송대의 서예가로, 행서와 초서로 일가를 이루었다고 알려져 있다.

선생이 쓰신 글은 비록 세상의 빈축과 조소를 면하지 못하였지만, 그러나 그 뛰어난 아취와 세속을 넘어선 재주는 그 자체로 세속적 글쟁이들이 미칠 바가 아니었다. 소년시절의 작품들은 지극히 통쾌한 마음이 넘쳐흘러 가라앉지 않았고, 핍진한 정취와 경치는 가까이 눈앞에 있는 듯 결코 멀게 느껴지지 않았다. 깊은 마음에서 우러나오는 지혜로운 말은 날카롭고 우렁찬 소리를 냉랭히 쏟아내어, 모두 속된 마음을 씻어내고 끓어오르는 번뇌를 제거할 만했다.

그뿐이랴. 배움이 해마다 깊어지고 필력이 세월을 따라 노성해 갔으니, 『파연집』 이후로는 한 글자도 내력이 없는 게 없었고, 생동하지 않는 말은 한 마디도 없었다. 깨우침을 담고 있지 않은 글은 한 편도 없었으니, 호랑이처럼 보여서 활을 당겼더니 그 돌을 깨고 들어갔다는 화살처럼 굳세었고,[2] 물 속에서 피어난 연꽃처럼 빼어났다. 그의 글에는 마힐摩詰(唐 왕유王維)도 있고, 두릉杜陵·창려昌黎·장길長吉[3]·원백元白도 있으며, 게다가 중랑 자신도 있었다. 마음에 기쁨이 있으면 붓이 절로 그

---

2) 서한西漢때의 '비장군飛將軍'이란 별명을 가졌던 이광李廣이 누워있는 바위를 호랑이로 알고 화살을 쏘았는데, 화살이 돌을 뚫고 들어갔다는 고사가 있다.
3) 장길長吉: 이하李賀.

대립 속에서 뽑아낸 자기 목소리

마음을 함께 하였고, 여러 악기소리를 모아 순정하고 완전한 소리를 성취해 내었다. 여덟 줄기 강물을 끌어들여서도 다른 맛이 없도록 하였으니, 진실로 하늘이 부여한 능력이지 사람의 능력이 아니었다. 하늘이 그의 삶을 늘려 주었더라면, 후대 사람들의 가슴을 얼마나 넓혀 주었을지, 안목을 얼마나 틔어 주었을지 모를 것이다. 조화옹조차 이 사람을 시기해서 조화의 비밀을 다 드러내는 것을 달갑게 여기지 않았는지, 나이 겨우 마흔 남짓에 돌아가셨다. 참으로 애통하다!

전에 집안에서 문집을 판각하기는 하였으나 정밀하지 못했고, 오 땅에서 만든 문집은 정밀하기는 했으나 두루두루 갖추지를 못했다. 또 근래에는 간행하는 자가 더욱 많아졌는데, 『광언狂言』 같은 위서도 섞여 있어서 안타까웠다. 내가 신안新安 교위였을 때 비로소 가집家集을 가져다 자구를 검토하여 소년 시절의 정확치 않은 말을 솎아내고 나이와 체에 따라 나누어 하나의 문집을 엮었다.

아! 송·원 이래로 시문이 번성하기는 했지만 비루하고 거칠었다. 본조에 여러 군자들이 등장해서 그것을 바로잡을 때, 문장은 진한시대를, 시는 성당시대를 준칙으로 삼으니 사람들은 비로소 고법이 있다는 것을 알게 되었다. 그 후 문사들이 부화뇌동하여 표절을 하게 되었는데 그것은 마치 모조한 가짜 참정讒

鼎(노魯나라 국보의 하나인 솥의 이름)과 고觚(술잔)같이 모양만 비슷할 뿐 신기한 골격이 없었다. 선생께서 나오셔서 그러한 풍조를 정돈하니, 그제서야 비로소 작법을 주체로 삼으면서 의견을 다듬는 태도를 버리고, 의견을 주체로 하여 문장 작법을 운용하게 되었다. 격식을 따지는 상투적인 문장을 주고받던 습성을 일거에 씻어내어 정채로운 시문이 비로소 나타나게 되었다. 그것은 마치 이름난 초목이 찬바람을 쐬어 시들시들 마르다가 밝은 햇빛이 비추자 모두 싱싱해진 것과 같았다. 또 흐르는 샘물이 막혀서 나날이 썩어가다가도 그 물길을 하루만 터놓으면 물결이 춤추듯 출렁이며 흘러 넘치게 되는 것과 같았다.

이제야 천하의 지혜롭고 재주 있는 선비들은 알게 된 것이다. 사람의 정신은 다함이 없어서 찾으면 찾을수록 더욱 솟아난다는 사실을. 그리고 서로 함께 각자의 기이한 능력을 드러내고 끊임없는 변화를 추구하면, 사람마다 지니고 있는 진면목이 문장 속에 흘러 넘치게 된다는 사실을. 다시 말해 모나고 둥근 것, 검고 흰 것이 서로 대립되고, 순수한 것과 잡티 섞인 것들이 뒤섞여 나오지만, 이것들이 모두 그 나름의 장점을 가지고 불후의 정신을 만들어 가는 것이니, 이런 점에서 선생의 공은 위대한 것이다.

구습에 젖은 여러 문인·학자들은, 혹 선생이 젊었을 때 쓴

두서너 편 희작을 들어 그것을 일정한 틀로 간주하고서, 고법을 무시하는 태도가 선생으로부터 시작되었다고 말한다. 그러나 그들은 선생의 글 전체를 읽어보지도 않았던 것이고, 게다가 위서에 현혹되었던 것이니, 전혀 이상할 것도 없다.

이제 선생의 전집이 갖추어져 있으니, 일단 마음 속에 '원중랑'이라는 세 글자를 떨쳐버리고, 다만 아직 드러나지 않은 전 시대 사람의 시문이 우연히 세상에 나온 것이라고 생각하고, 처음부터 끝까지 주의 깊게 읽으며 살펴 보라. 그러면 깊이 들어가기도 전에 그 글의 맛을 대충이나마 느낄 수 있고, 법식이 있는지 없는지의 여부도 저절로 판단하게 될 것이다. 어째서 자신들의 고집스런 마음을 바꾸지 않고, 겨우 선생 글의 표제만을 보고서 머리를 흔들고 눈감은 채 함부로 선생을 비난하는가!

선생의 언어를 한두 가지 배운 적이 있는 사람들은 대략이나마 형세를 파악하고, 선생께서 젊었을 때 우연히 지은 소탈 평이한 글을 가져다가 본받고 배워나가려 하였다. 그러나 결국 그들은 비속한 글을 짓기도 하고, 섬세하고 기교로운 글을 짓기도 하고, 넓게 트인 글을 짓기도 하였다. 이것은 마치 온갖 꽃들이 피어 있는 곳에는 가시나무꽃이 필 때도 있고, 샘물이 흐르는 곳에는 때로 더러운 물도 흐르는 것과 마찬가지다. 이런 현상은, 까마귀 오烏 자와 어찌 언焉 자를 거듭하여 세 번을 쓰게 되면 말 마馬자로 잘못 쓰게 되는 것[4]과 같은 잘못이니, 이것이 어찌 선생의 본뜻이라 할 수 있겠는가!

한 마디로 말해서, 하늘이 낳은 선생의 특이한 재주는 세상 사람들과는, 보통사람과 신선 사이 같은 격차가 있다. 그의 학문은 깊이 생각하고 깨닫는 가운데 나온 것으로, 그 가운데 남은 것을 가지고 문자를 지으니 실로 진룡眞龍이 떨어뜨린 한 방울 비와 같은 것이다. 그 근원을 찾아보지 않고 억지로 배우려고 하였으니, 그들이 선생을 닮지 못한 것은 당연하다. 그 핵심은 여러 사람들의 안목으로 자신을 비우고, 뭇 사람의 마음으로 자신을 신령하게 하고, 아름답지 않으면 억지로 사랑하지 않고, 사랑하지 않는 것은 억지로 전하지 않는다는 것이다. 이제 아름다워서 사랑하고, 사랑해서 전하는 사람들을 이미 많이 볼 수 있으니, 양웅[5] 처럼 훗날 자신을 알아줄 사람을 기다릴 필요는 없을 것이다.

선생의 학문은 은밀히 숨기고 가리는 것을 주로 삼았기 때문

---

4) 書經三寫 烏焉成馬(경전을 세 번 베껴 쓰게 되면 오烏와 언焉이 말馬 자가 된다) 속담이 있다. 글자 형태가 비슷하여 잘못 쓰게 된다는 의미다.
5) 자운子云: 한대漢代의 양웅揚雄. 그가 장독을 덮은 것을 보고 사람들이 비웃었는데, 후세에 틀림없이 자신을 알아주는 사람이 있을 것이라고 하였다 한다.

대립 속에서 뽑아낸 자기 목소리

에, 그가 이룩한 경지는 헤아릴 수 없다. 한 평생 인재를 양성하고, 온후하고 고아하게 근원적 생명력에 동화되었다. 만약 그가 뜻을 폈더라면 만물이 각기 제자리를 찾게 만들었을 것이다. 현령이 되어 전선銓選을 담당하며 그러한 영향력을 조금은 발휘했으나 애석하게도 끝내 재주를 다 베풀지 못하고 말았다. 별도로 기록한 것이 있으므로 여기에 더 이상 부연하지 않는다.

작자인 원중도袁中道(자字 小修, 1570~1623)는 공안파 삼형제, 즉 삼원三袁의 막내다. 둘째 형인 원굉도 문집의 서문을 쓰면서 그는 형의 삶과 문학관뿐만 아니라 자신의 문학적 견해까지 드러내고 있다.

원굉도와 원중도의 문학관의 핵심은 한 마디로 진솔함이다. '주관적 의견을 주체로 문장 작법을 운용하였지, 작법을 주체로 의견을 다듬지 않게 되었다'는 문장가. 그러나 그는 세상에 받아들여지지 않았다. 올바른 주장을 가지고 세태에 휩쓸리지 않는 사람이 세상에 받아들여지지 않는 것 또한 자연의 이법임을 그도 알았을 것이다. 그러기에 그는 외로운 길을 스스로 선택한 고독자였을 터였다.

고독한 학자와 시인들이 많다는 것은 그만큼 세상이 바로 돌아가지 않는다는 증거다. 그러나 그런 세상은 그래도 희망이 있다. 의지하고 기댈 가치가 구석에서나마 향기를 피우고 있기 때문이다. 어지러운 세상인데, 모두가 세속에 휩쓸려 외로움을 느끼는 학자와 시인도 없는 세상은 어떤 기대로 살아야 하는가.

대립 속에서 뽑아낸 자기 목소리

제 4 부

장대 소품문

장대張岱(1597~1679)

　자字는 종자宗子·석공石公. 호號는 도암陶庵. 산음인山陰人(지금의 浙江省 紹興). 16세 때부터 변문騈文을 지었고, 음악에 통하여 거문고를 타고, 희곡을 쓰고, 말도 잘 탔다고 한다.

　『석궤서石匱書』는 명말明末의 역사를 기록한 것으로, 국가가 망한 현실을 통탄해 하고 정치사회를 비판하는 내용이다. 낙척불기落拓不羈하며 유람을 즐긴 그의 소품은, 풍경·세정·풍속·기예 등 일상적 소재로 사회현실을 반영하였는데 간결하고 생동한 문체로 유명하다.

　장대는 세속적으로 평가받는 인물보다는 소외된 인물 속에서 진솔한 인간을 찾을 수 있다고 믿었다. 「여약수선생전余若水先生傳」의 주인공은 숭정崇禎말에 진사를 지내다가 청淸나라가 중원에 서자 일체 교류를 피하고 농사를 짓는 인물이다. 농부의 몸에 충절을 감춘 인물인 것이다. (「여약수선생전余若水先生傳」, 『낭현문집琅嬛文集』).

　「노운곡전魯云谷傳」의 노운곡魯云谷은 작은 약방을 열고 차를 마시고 악기를 다루며 산다. 그러나 '문장에 밝지 않으면서도 시의詩意를 간직하고, 색감을 이해하지 못하지만 화의畫意를 가지고, 시장을 벗어나지 않으면서도 산림의 마음을 간직한 존재이다. (「노운곡전魯云谷傳」, 『낭현문집琅嬛文集』)『낭현문집琅嬛文集』, 『서호몽심西湖夢尋』, 『석궤서石匱書』, 『도암몽억陶庵夢憶』 등이 있다.

편벽된 다섯 사람이 품은 진실
「五異人傳」

장대張岱는 말한다. 내 일찍이 말했거니와 한 가지 편벽된 버릇이 없는 사람은 사귈 수 없으니, 깊은 정이 없기 때문이고, 허물이 없는 사람은 사귈 수 없으니, 진실한 기운이 없기 때문이다. 우리 집안 서양瑞陽 어른은 돈에, 염장鬐張 어른은 술에 편벽되었고, 숙부는 자기 고집에 빠져 있었다. 아우 연객燕客은 토목土木에, 아우 백응伯凝은 책에 편벽되었는데, 모두 외곬로 깊은 정에 빠져서 작게는 허물이 되고 크게는 성벽이 되었다. 다섯 사람이 세상에 전해지려는 뜻을 두지는 않았지만, 그 사람들이 이러한 편벽된 버릇을 가지고 있으니 전하지 않을 수 없어 「오이인전五異人傳」을 쓴다.

1. 할머니 단추를 팔아 떠난 할아버지

우리 집안 여방汝方 할아버지의 호는 서양瑞陽으로, 우리 할
아버지보다 연세가 몇 위시다. 글을 읽기는 하셨으나 공부로 성
공하지 못했다. 수공업이나 상업에 종사해 보기도 하셨으나 모
두 성취하지 못해서 마땅히 하시는 일 없이 가난하였다. 모씨某
氏를 아내로 맞아들였으나 제대로 거두지 못하자, 그 부인이 부
잣집의 빨래나 침선을 도와서 겨우 입에 풀칠을 하며 살았다.

하루는 앉아서 큰아들 수정守正을 가르치려는데 마침 그 날
은 정월 초하루였다. 문득 아침 끼니거리도 없다는 것을 알고
는 울면서 아내에게 말하였다.

"내 당신과 살면서 이렇게 씻은 듯이 가난하지만, 그렇다고
다시 벼슬길에 연연해 보았자 구렁텅이에 빠질 것이 틀림없소.
북쪽으로 올라가 몇 년 장사나 해보고도 싶었지만 여비가 없어
못하였소. 지금 우리 처지가 나가서 일을 해도 죽고, 가만있어
도 죽게 되었소. 그러니 앉아서 죽기보다는 차라리 나가서 죽
는 것이 나을 것이오. 나는 아무 것도 가진 게 없는데 당신 옷
깃에는 아직 은단추 두 개가 남아 있으니, 진작 날 주었어야 할
것 아니오."

부인이 그 은단추를 잘라내어 주자 서양은 급히 은 가게로

달려가 녹여서 은전 석 냥을 마련했다. 서양은 그 반을 부인에게 나눠주며 말씀하셨다.

"당신은 이걸로 며칠 양식을 하다가, 열흘쯤 지나거든 부잣집으로 가서 입에 풀칠이나 하며 계시오. 나는 이걸 여비로 내일 떠나리다."

두 사람은 울며 이별하였다. 다음날 어두운 새벽에 우산을 등에 메고 길을 나서서 전당강錢塘江을 건너 북관문北關門에 이르렀다. 그곳에서 뱃사람 일에 필요한 밧줄을 사가지고 양식선糧食船의 수부가 되었다. 몇 달 만에 서울에 이르자, 보방報房[6]에 들어가 공문서를 써서 전하는 일을 해서 밥을 얻어먹고 하루에 은 한 푼씩을 받았다.

이렇게 떠돌이 생활을 한 지 20여 년 만에 백여 금을 모으게 되었다. 그 돈으로 예부禮部에 일을 주선해서 왕부과王府科의 관리掾史가 되었다. 그런데 예부의 여러 부서에서 하는 일은 권세가 대단했지만, 왕부과는 청한직淸閒職이라 문 앞이 적막했다. 일을 하는 것은 한 달에 며칠 되지도 않았고 남은 시간에는

6) 한나라 때 제후들은 서울에 집邸을 마련해 두고 연락처로 삼았는데, 당나라 때의 번진藩鎭에서도 서울에 집을 마련해 두고 공문서의 연락처로 삼았다.

편벽된 다섯 사람이 품은 진실

문을 닫아걸고 적막히 보내야 했다. 서양은 일도 없었지만 그렇다고 돌아갈 집도 없어서 날마다 왕부과에 앉아 지낼 뿐이었다. 그럭저럭 10여 년 만에 연사장掾史長이 되었다.

어느 날 낮잠에서 막 깨어나니 대들보 위에서 쥐들이 종이를 끌고 다니는 소리가 시끄럽게 들렸다. 얼른 일어나 소리를 질러 쫓았더니 문서 한 권을 땅에 떨어뜨리고 달아났다. 주워 보니 그 문서는 바로 초왕부楚王府의 보생 공문서報生公文書였다. 서양은 그것을 상자 속에 보관해 두었다. 그러던 어느 날 일 없이 낮잠을 자고 있는데 몇 사람이 와서 급히 문을 두드렸다. 이유를 물어 보니 연사에게 공문서公案를 찾아달라고 온 사람들이었다.

서양이 나타나자 그들은

"연사는 어디에 계시오?" 하였다.

서양이

"내가 연사요" 하자

"우리들은 초왕부의 교리들인데, 국왕승계의 일을 하기 위해 종인부宗人府에 갔다가 보생 문서를 잃어버렸습니다. 하는 수없이 귀사貴司에 와서 원본原案을 좀 찾아볼까 합니다. 연사께서 문권들을 한 번 정성껏 조사해 주셨으면 합니다. 만일 원안을 얻을 수 있다면 팔천 금을 드리겠습니다."

"제가 한 번 본 적이 있긴 한데, 어딘지 잘 기억이 나질 않소. 그 정도의 수고비로는 별로 내키지 않소."

"원문을 얻을 수 있다면 그 돈의 배를 드리겠소."

마침 서양은 막 소변을 보고 난 참이라 한기가 나서 진저리 치며 고개를 흔들었다. 그 모습을 보고,

"그것도 적다면 이만 금을 채워 드리죠."

서양은 속으로 희희낙락해서 사방을 두리번거리며 그 사람 귀에 대고 속삭였다.

"조용히 하시오. 내일 일찍 모처某處로 돈을 가져오면 그 원안을 드리겠소."

찾아온 사람들이 고마워하며 돌아갔다.

다음날 서양은 원안을 몰래 그들에게 내다 주고는 은 이만 냥을 얻었다. 사람들이 그에게 그 돈을 써서 벼슬에 나가라고 권하자, 서양은 탄식하며

"사람들이 정말로 자족할 줄을 모르네. 내 아내의 옷깃에 달린 단추를 떼 내 온 후 얼마나 세월이 지났는가? 시골노인네가 되어 따뜻하고 배부르게 지낼 수 있다면 만족이지, 만족이야."
하였다.

그리고는 서울 숙위宿衛를 찾아가 사령장 한 통을 받고는 선비의 진현관進賢冠을 쓰고 금의환향錦衣還鄉했다. 전에 그의 아

내가 낳은 아이는 벌써 30여 세로 이미 유학생儒學生이 되었고, 결혼까지 해서 서양에게 손자가 되는 아이를 두고 있었다. 부자가 서로 만나서도 서로 알아보지 못할 정도였다. 서양이 전답과 주택을 마련해서 살림을 이룬 지 20여 년이 지나자, 부자라는 소리를 듣게 되었다. 나이 팔십 넘도록 부부가 해로했다.

손자 장대張岱는 말한다. "서양 큰할아버지께서는 검루黔婁만큼이나 가난했지만 무례하게 주는 음식은 입에도 대지 않으셨다. 빈손으로 도시로 가셔서 30여 년 인고의 세월을 보내다가, 묵은 종이 뭉치 속에서 이만 금의 돈을 손바닥 뒤집듯 쉽게 얻으셨다. 그 옛날에는 부부간에 소 거적을 덮고 마주보며 울만큼 가난했건만 이제 도주공陶朱公만큼 부자가 되고, 명리名利한 사람 축에 들게 되었으니, 어이 뛰어난 인걸이 아니겠는가! 돈이 넉넉히 생기자 귀거래사를 읊고서, 갈매기 백로처럼 세상을 잊고 바둑 장기로 세월을 보내며, 버슬 없이 부자로 오래오래 사시었다. 월나라에서 패자가 된 다음에 또다시 제나라에서 재상 노릇을 하지 않으셨으니, 그의 넓은 가슴과 식견은 도주공 범소백范少伯[7]보다

---

7) 초楚나라 범여范蠡. 그는 월나라에 들어가 월왕 구천과 함께 오吳나라를 멸망시키고 제나라로 들어가 이름을 바꾸어 삼 년 안에 부자가 되었는데, 제나라 왕이 그가 현명하다는 것을 알고 초빙하여 재상을 삼았다. 도陶 땅에 살아서 도주공陶朱公이라 호를 하였다.

한 등급 위일 것이다."

　작자 장대는 서문에서 편벽된 버릇이 없는 사람과 흠이 없는
사람은 사귈 가치가 없다고 말한다. 진실에 대한 기상이 없다
는 것이다. 여기서 편벽됨이란 한 가지 확신을 밀고 나가는 힘
일 것이다. 한 가지 확신에 미쳐보지 않은 사람은 결코 성공하
지 못한다는 것이다. 세상기준으로 미쳤을지라도 자기 확신 끝
에 성공하는 사람들을 이인으로 간주한 장대는 오늘날의 기준
으로 보면 개성주의자라고 할 것이다.

　어느 시대나 보편적 가치의 기준에서 보면 지나치게 튀는
개성주의자는 핍박을 당한다. 한 가지에 몰두하는 편벽주의자
에게 그 핍박은 단순히 넘어야 할 산이 아니라 그를 그답게 만
들어주는 환경인 셈이다. 그것이 단순히 고통이라면, 그 안에
즐거움이 없다면 오랜 시간 동안의 숙성은 어려울 것이다.

　중년이 지난 사람들은 누구나 그런 기억 하나는 있을 것이
다. 2, 30년 만에 만난 어렸을 적 못난 코흘리개가 한 분야에서
일가를 이루며 형형한 눈빛을 보였을 때의 그 대견함과 친구로
서의 자랑스러움, 그리고 은연중 느끼는 부러움. 이런 주인공들

이 바로 세상 한 구석에서 오랜 숙성을 거쳐 온 편벽의 '완성품'일 것이다.

2. 염라를 무서워하지 않았던 술꾼 할아버지

집안 할아버지 여삼汝森의 자字는 중지衆之인데, 몸집이 크고 수염이 많아서 사람들이 '장비수염(髯張)'이라 불렀다. 술을 좋아해서 새벽부터 저녁까지 깨어있을 때가 없었다. 오후에는 두건을 벗고 가슴을 열어 제치고 수염으로 채찍을 만들어 꼬리처럼 턱 아래로 드리우고 계셨다. 사람을 만나면 소리쳐 불러 세워 집으로 끌고 가서 문을 닫아걸고 미친 듯이 마셔대는데, 한밤중이 되어도 자리에서 일어날 줄 몰랐다. 달 밝은 저녁이나 꽃 피는 아침이면 취하지 않는 날이 없으니 사람들이 모두 꺼리고 피했다.

그러나 성품이 산수山水를 좋아해서 우리 할아버지께서 유람을 떠나신다는 말을 듣고 지팡이와 신발을 준비하여 함께 떠나서는 돌아올 줄 몰랐다. 경술년에 할아버지께서 구리산九里山을 닦아 곧바로 노봉爐峯에 오르는 길을 열려고 염장에게 그 일을 맡도록 하셨는데, 장공령張公嶺에 이르러서 그 일을 계속할 여력이 없게 되었다. 이때, 염장은 그 해에 우리 할아버지를 따라 안탕雁宕산을 유람하면서 나한동羅漢洞에 들어가서 성상聖像 구경하던 일을 기억해냈다. 동굴 끝에 한 노인의 상이 있는데, 쪽을 찐 두 여인상이 곁에 서 있었다. 그때 스님이 알려주기를, "이 노인상이 유처사劉處士이신데, 처사가 발원發願하여 나한동을 단장하다가 힘이 모자라자, 두 딸을 팔아서 일을 마쳤답니다. 그래서 이렇게 장엄하게 모셨는데, 쪽을 찐 두 여인상은 바로 그 두 딸입니다." 하였었다.

장비수염 할아버지는 분연히 당신의 첩을 팔아 스스로 유처사처럼 해 보려고 하였다. 그런데 우리 할아버지께서 "아녀자의 도리를 군자는 따르지 않는다"고 놀리셨다. 이 말을 전해들은 사람들이 입에 머금은 것을 뿜어낼 정도로 웃어댔다. 그런데, 이로 인하여 점점 장비수염 할아버지를 돕는 사람들이 생겨서 산으로 오르는 길은 마침내 완성되고 첩 역시 곁을 떠나지 않게 되었다.

그 이듬해 임자년에 용산 남쪽에 집을 짓는데, 먼저 정자를 얽고 손님을 맞이해서 술을 마셨다. 우리 할아버지에게 그 정자의 이름을 여쭈자, 할아버지께서는 '인승引勝'이라 하시고는 「인승헌설引勝軒說」을 지으셨다. 그 글은 다음과 같다.

내 아우 중지衆之가 술을 즐기는 성품이라, 한 말 술이 배에 차게 되면 곧 쓰러지듯 누워서는 하늘이 잠자리가 되고 땅이 장막이 된 것조차 모른다. 내 그래서 일찍이 중지에게는 완적阮籍과 같은 흥취가 있다고 인정했다. 용산의 남쪽에 거처를 정했을 때, 거처가 아직 이루어지지 않았는데 먼저 정자 하나를 얽어서 손님을 맞이하며 "저는 하루도 술 없이는 못삽니다"라고 하였다. 그리고는 내게 정자 이름을 청해, 내가 '인승引勝'이라고 이름하자, 중지는 눈을 똑바로 뜨고 쳐다보며, "이건 무슨 말입니까? 저는 뜻을 모르겠군요. 말과 뜻이 서로 벌어지도록 짓지는 마십시오." 하였다. 내가 천천히 "술이란 바로 사람을 경치 좋은 곳〔景勝地〕으로 이끌어주는 것"이라는 왕위군王衛軍의 글을 인용해 주었다. 말이 채 끝나기도 전에 중지가 뛸 듯이 "뜻은 이해하지 못하겠지만 술을 말씀하셨으니 됐습니다." 하였다.

대개 세상 사람들은 뜻을 얼기설기 엮느라고 글을 읊조리며 괴로워한다. 그러나 반 글자도 쓸만하게 짓지 못하는 것은 의미에 구속되어 연연하기 때문이다. 게다가 글의 뜻은 지극히 세밀한 것임에도, 거칠게 부귀富貴에 대해서나, 또는 크게 생사에 대해서까지 얼기설기 엮어내서 끝내 이해할 수 없게 만들어 놓는다. 심지어는 부귀를 좋아해서 사생을 버린다든지, 사생을 존중해서 부귀를 벗어 던진다고 하는데, 이러한 두 가지 태도가 모두 구속된 것인지를 모르고 있다.

중지衆之의 술보다 더 깊은 뜻을 가진 것이 있는가. 중지가 일찍이 "천자는 부귀로 다른 사람들을 얕볼 수 있지만, 나는 벼슬이 없어도 천자보다 더 다른 사람을 가볍게 볼 수 있으니, 내 어찌 천자를 두려워하랴! 염라대왕과 노자는 생사로 사람들을 을러대지만, 나는 을러대면 바로 떠난다. 어찌 염라를 두려워하랴!"라고 하였다.

이렇게 말 할 수 있었던 것은 술에서 얻은 바가 온전했기 때문이다. 술에 대해 온전한 사람은 그 정신이 어떤 일에도 놀라지 않는다. 호랑이도 잡아먹을 수 없으며 수레에서 떨어져도 다치지 않는다. 그는 생사도 초개같이 여기는데 하물며 부귀에 대하여, 또 글의 뜻에 대해서는 어떠했겠는가.

이렇게 보면, 중지는 글의 뜻을 이해하지 못했다고 했지만 이미 이해했던 것이다. 그 때문에 내가 그의 정자에 편액을 써 주고 설說을 지었으며 내선來善에게 부탁해서 기기記를 짓게 했다. 우리 두 사람이 막 종이를 펴 놓고 먹을 갈자 중지가 다시 뛸 듯이 말했다. "이리 와 술이나 드십시다." 내가 웃으면서 내선來善에게, "술은 중지의 장기인데, 어떻게 그와 앞 다툼을 할 수 있겠는가. 게다가 중지는 술만 아는 사람인데, 그대와 나는

편벽된 다섯 사람이 품은 진실

눈을 감고 깊은 생각에 빠져 글 뜻 찾기에만 골몰하고 있으니 이게 바로 뜻에 구속된 게야." 내선이 내 말을 듣고 술 생각에 입맛을 다셨다. 그리고는 지묵紙墨을 버리고 중지에게 달려가 술을 마셨다. 내선과 중지가 술을 흠뻑 마셔대며 "우리는 고래처럼 마실 겁니다." 했다. 내가 제일 술을 못 마셔서, 소동파 같이 술잔을 쥐처럼 홀짝였을 뿐이다.

장비수염 할아버지는 인승헌引勝軒에서 거의 20여 년을 웃으며 노닐다가, 후에 술로 병을 얻어 67세에 돌아가셨다.

손자 대岱는 말한다.

"술을 좋아하지 않는 사람은 자기의 기질〔氣〕을 지닐 수 있지만, 술을 좋아하는 사람은 멋을 가질 수 있다. 진정 멋을 지닐 수 있는 사람에게는, 꽃피는 아침 달뜨는 저녁의 청산녹수靑山綠水가 모두 술 속의 멋이다. 다만 세상 사람들이 그 멋을 깨닫지 못하니 안타까울 뿐이다. 옛 사람이 이르기를 '실컷 술 마시고 『이소離騷』를 읽는다면 명사라고 할 만하다' 하였는데, 보통사람으로서 실컷 술을 마실 수 있다면 거기에 더 『이소離騷』까지 읽을 필요가 있겠는가. 장비수염 할아버지는 비록 글 뜻을 이해하지는 못했지만, 그러나 나는 말한다. 그 뱃속에 가득 찬 것이 모두 이소였다고.

장대는 술꾼의 진실을 이야기하고 있다. 술과 술꾼에게 진실이라는 의미를 부여한다. 도로를 제대로 닦기 위해서 첩을 팔겠다는 진심으로 길이 완성된다. 술꾼이되 술 자체에 빠진 사람이 아니었던 것이다.

부귀를 탐내지 않으니 천자도 두렵지 않고, 죽음을 두려워하지 않으니 염라대왕도 두렵지 않다는 술꾼의 마음은 진솔 그 자체다. 지식인들의 헛된 고담준론보다 술은 진실을 담고 있었다. 이것이야말로 술의 원초적 힘으로, 진실을 실천하는 하나의 기제였던 것이다.

오늘날은 술 권하는 사회라고 한다. 더러운 세상을 잊기 위해 술을 마신다. 어떤 사람은 우정을 위하여 또는 인간관계를 부드럽게 하기 위해 마시기도 한다. 술 앞에서는 원수 사이도 없다고 말하기도 한다. 기업에는 술 상무라는 직책도 있다고 소문이 나 있다. 이런저런 이유로 한국사람은 세계에서 제일 술을 많이 마시는 술꾼으로 알려져 있다. 술꾼 염장 할아버지가 살아있다면 그는 오늘 우리 술꾼들을 대작할까.

3. "내 관에 송진을 넣어 호박을 만들라"

열째 작은아버지 욱방煜芳의 호는 자연紫淵이신데, 구산九山 큰아버지와 한 어머니 아우(同母弟)다. 어려서 아버지가 돌아가시자 어머니 진태군陳太君의 사랑을 독차지했다. 성품이 강퍅해서 얘기를 나누기 어려울 정도였는데, 장성해서는 그 성격이 더 심했다. 그러나 공부를 좋아하고 글을 잘 지어 약관에 박사제자博士弟子에 보임되었다. 주고시관主考試官인 모육慕蓼과 왕공王公이 그 재능을 알고 발탁해서 30여 년 동안 학교學校에 근무하며 생계를 이었다.

작은아버지가 온 세상에 아무도 없는 듯 여기시니, 왕래하는 사람이 거의 없었다. 서로 알고 지내는 사람들이라고 지목한 사람이래야 왕경서王耿西, 유신후劉迅侯, 장전숙張全叔과 왕수중王修仲 형제 등 너댓 명뿐이었다. 그러나 이 사람들하고도 예를 갖춰 만나는 것은 일년 중 불과 며칠뿐이었고, 평상시에는 서로 활을 당기듯, 칼과 창을 겨누듯 하였다. 그러니 몇 년 뒤에는 이 사람들과도 모두 원수가 되어 서로들 만나지 않겠다고 다짐하는 사이가 되었다.

무진년戊辰年에 형 구산九山이 진사에 오르자, 나라에서 진사에 오른 것을 알리는 기旗와 편액을 그의 집으로 보냈다. 작은 아버지는 "하찮은 자라새끼 같은 진사進士가 어떻게 이 자연의 눈에 들어온단 말인가!" 하며 그 일을 업신여기고 꾸짖었다. 그리고 나서는 그 기旗를 찢어 밥 짓는 노비의 바지를 만들고, 깃대를 잘라서 아궁이 땔나무로 썼으며, 현판을 쪼개서는 돼지우리 목책으로 써 버렸다.

구산九山이 민閩 땅 남평현南平省으로 첫 벼슬길을 나가자, 구산의 아들 묵묘墨妙가 공손히 조카의 예를 갖추며 온갖 꾀로 작은아버지의 비위를 맞추었다. 자연이 매우 기뻐하며, "내가 너를 보아 남평성南平省 어머니 댁으로 가서 네 아버지를 한 번 만나겠다"고 하였다. 묵묘墨妙가 발이 빠른 노비를 구산에게 보내서 이 소식을 알리자, 구산은 선하령仙霞嶺 밑에 수레와 말을 모아 놓고 아전과 서리들을 백 리 밖 길목까지 보내어 마중하였다. 그런데 열째 삼촌 자연은 모부인母夫人을 뵙고 나서 구산과 인사를 나눈 후에는 더 이상 말을 하지 않았다. 구산이 좋은 말로 꾀어 보아도 묵묵부답일 뿐이었다.

어느 날 자연은 서실에 들렀다가 소장訴狀 무더기 속에서 무과 출신 어떤 사람이 다른 사람을 고발한 소장을 보고 매우 화를 내며 책상을 던져 엎고, 그 소장을 쥐고 고래고래 소리를 지르며 나왔다. 시종이 얼른 구산에게 알리자, 구산이 화들짝 놀라 달려와서 연유를 물었다. "동생은 무슨 일로 화를 내시는가?" 자연은 화를 씩씩거리느라 말도 못한 채, 다만 무과 출신의 이름을 가리키다가, "이 못된 놈을 빨리 사람을 보내 잡아오도록 하시오!" 하였다. 구산은 "알았네, 알았어" 할 뿐 더 이상 묻지 못하고, 서리에게 체포장을 내라고 분부했다. 그러자 자연이 발을 구르며 "무슨 일을 이렇게 더디 하시오! 간단한 호출장으로 잡아와도 늦을 텐데 체포장이라니요!" 하였다. 구산이 호출장을 내서 그 무과인을 불러오게 하고 얼른 자연에게 가서, "무과인을 잡아왔는데 어떻게 처리할까?" 하였다. 자연이 "호되게 30대를 때리고 사형수 옥에 가두시오." 하였다. 구산이 "그를 문책할 때 무슨 죄목을 대지?" 하자, 자연이 "통렬히 꾸짖으면 그만이지 죄목은 무슨 죄목이오!" 하였다. 구산은 하는 수 없이 그의 말을 따랐다. 자연은 관청 안에 앉아서 매질하는 소리와 처참하게 울부짖는 소리를 듣고는 자신의 가슴을 쓸어내리며 "이제야 화가 풀리네." 하였다.

구산이 관청으로 가서 알려주자, 자연은 "매질했소?"라고 물었다. "30대를 때렸네." "상처가 났소?" "상처가 심하다네." "옥에 가두었소?" "중죄인 옥에다가 가두었네." 그러자 자연은 "됐어요, 됐어." 하고는 그제서야 구산과 말을 텄다.

며칠이 지나, 구산은 자연이 얼굴에 희색을 띠고 있는 틈을 타 낮은 소리로 물었다. "그 무관 아무개는 죽어도 풀어주지 않겠네만, 도대체 그가 우리 동생에게 무슨 죄를 지었는데, 이 토록 원한을 갖고 있는지 모르겠네?" 자연이 웃으며 "그 사람이 제게 무슨 죄를 지었겠어요. 소흥紹興의 무과에 든 장전숙張全叔이 나를 괴롭혔던 일이 미워서 그랬지요. 형님께서 제 청대로 이 사람을 혼내주셔서, 이 장자연이가 무과에 든 사람도 때릴 수 있다는 것을 장전숙이 알게 해 주셨소" 하였다. 그 말을 듣고 구산은 자기도 모르게 실소하였다. 이렇게 해서 잡혀 왔던 무과인을 내보내 주었는데, 그는 이런 중형을 받고도 끝내 그 이유를 알지 못했다. 그로부터 며칠 되지 않아 자연이 행장을 꾸려 갑자기 떠나려고 하였는데, 구산은 그러라며 잡지를 못하였다.

경진년庚辰年에는 지방 추천 선비인 세진사歲進士로서 천자가 행하는 전시과殿試科를 보러 서울로 갔다. 당시 사종황제思宗皇帝는 조정의 신하들이 일을 못하는 것이 마땅찮아 파격적으로 인물을 등용하려고 하였다. 이부吏部에 명령해서 육부六部의 급사중給事中[8]을 뽑고, 아울러 주군州郡에서 추천된 선비 중에서 쓸 만한 인재를 뽑으라 하였다. 그런데 이부에서 선발 명

---

8) 시종侍從·규간規諫의 직책을 맡고 육부 감찰하였음.

단에 여전히 주군의 추천 선비들을 포함시키지 않자 마침내 주현州縣의 향시에 합격한 공사貢士와 향시 합격자인 세공사歲貢士 64명을 향시출신의 자격으로 모두 진사시에 응시토록 명했다. 그리고 공석으로 남아 있는 중앙관직을 조사해서 이 사람들로 다 채워 넣도록 했다.

이 시험에서 자연은 19등으로 합격했고, 형부刑部의 귀주사 주사貴州司主事에 보임되었다. 반평생을 영락한 채 지내다가 이처럼 좋은 시절을 만나게 되니, 배운 것을 있는 대로 발휘해서 영명한 황제에 보답하려 하였다. 부서 업무를· 관리하면서 소신껏 시비곡직을 가리고, 조금이라도 거슬리면 크게 화를 내고 따져서 동료들의 눈총을 받았다. 대사구大司寇와 함께 관청 일을 의론할 때마다 말이 조금이라도 분명하지 않으면 곧바로 질책하고, 심지어 느닷없이 꾸짖는 말이 튀어나오기까지 하여 대사구의 마음을 불안하고 두근거리게 만들었다.

형부刑部에 몸담은 지 몇 달이 지나자 규정에 따라서 감옥을 담당하는 제뇌提牢직을 맡았다. 옥에 갇힌 자들 중에는 고관과 진사들이 많이 있었는데, 자연은 그들을 봐주지 않고 질책했다. 범법자에게는 옥리들을 시켜 매질을 하게 하였다. 또 비밀부서로 하여금 항상 출입명부를 놓고 방문한 사람 이름을 기입하게 하여, 밤이면 명부를 가져다 보고 그 위에 '아무개는 신薪형,

아무개는 대벽大辟형, 아무개는 능지凌遲형'이라 써 넣었다. 다음날 그 명부를 꺼내 놓으면 사람들이 모두 놀라 달아났다. 어떤 사람이 이런 일에 대하여 옳지 않다고 간하였다. 그러자 자연은 "나는 형관이고, 법은 죄에 따라 시행하는 것이 당연하오. 지금 내 앞에 있는 사람들 가운데 사면해줄 만한 사람이 없으니 한탄스러울 뿐이오"라고 하였다.

형부의 전례에, 귀주사貴州司가 각 부 서판書辦들의 잘잘못을 살피게 되어 있었다. 그런데 어느 날 자연은 좋지 않은 소문을 듣고 나서 불현듯 다른 사람에게 "아무의 죄가 극악하니 내 손으로 틀림없이 처단하려 하오." 하고 발설을 하였다. 서판書辦 중에 권아무개權某라는 자가 "어찌 먼저 손을 쓰지 않을 수 있겠는가?" 하고는 마침내 언관을 선동하여 탄핵하고 해임케 해버렸다.

자연은 화병이 나서 복수腹水가 열 되 가량 차올랐는데, 회안淮安땅에 이르러서는 더욱 심해졌다. 당시 양주군 사마司馬벼슬에 있던 이유숙二酉叔이 회안에 머무르면서 선정船政을 다스리고 있었다. 그는 자연을 청강포 선사禪寺에 머물게 하고 의원을 불러 병을 살피게 하였다. 그러나 자연은 의원을 보면 의원을 나무라고, 약을 보면 약을 욕했다. 땔나무와 쌀을 보내면 땔나무와 쌀을 욕하고, 안주와 과일을 보내면 그것을 욕했다.

또 옆에서 모실 사람을 보내면 그를 나무랐다. 이유숙이 보낸 서리들이 명을 받들고 자연을 뵈면 바로 침을 뱉고 욕하면서 이유숙에게 징계하라고 하였다. 매일 몇 차례씩 이런 일을 하면서도 만족하지 않았다. 이유숙은 마침내 자연에게 회초리를 보내어 직접 그들을 징계토록 했는데, 자연은 하루 종일 때리는 것도 모자라 밤에도 때려 대니, 그들은 모두 달아나 버렸다. 그렇게 되자 이유숙을 닦달하여 다시 다른 사람들을 대령케 하였고, 이러기를 두 달 동안이나 계속했다. 그러던 어느 날 병이 깊을 대로 깊어졌는데, 입으로는 여전히 다른 사람을 욕하였다. 그렇게 욕을 주절대며 세상을 하직하였다.

죽기 보름 전에 양선陽羨 이중방李仲芳이 이유숙의 부서에 있으면서 특별히 크고 화려한 사기 대야를 만들었었는데, 자연이 그에게 의흥 옹관宜興瓦棺을 하나 구워 달라고 청하면서, 이유숙에게는 송진을 많이 사달라고 부탁하였다. "내가 죽거든 의관을 잘 입혀 염해 주시고, 송진을 녹여 옹관에 가득 부어 주시오. 한천 년쯤 후에는 송진이 호박이 될 것이오. 그러면 마치 파리나 개미가 호박 속에 박힌 것처럼 이 장자연이를 들여다볼 테지. 속에 보이는 것이 사랑스럽지 않겠나?" 하였다. 그는 이렇게 황당한 환상을 하였다.

조카 대岱는 말한다. 자연 숙부는 고집이 세고 꼬인 분이라 함께 말을 나누기 어려울 정도였으니, 망령된 사람이었다고 하겠다. 그러나 손에서 책이 떠날 날이 없을 정도로 독서를 좋아했고, 지은 글 또한 정교하고 면밀했으니, 그렇게 보면 그는 결코 망령된 사람이 아니었다.

숙부의 이러한 삶의 행태는 마치 형가荊軻가 스스로 자객이 된 것과 마찬가지다. 사마천은 형가를 드러내 표현하기를 "깊이 잠심해서 글을 읽었다"고 하였다. 형가가 기를 부리고 강퍅하게 굴었던 것은 실로 숙부와 다를 게 없었다. 그는 그 후에 노나라 구천에게 미움을 받아 그와 도모하던 일을 그만두자 시서詩書를 공부하는 데 힘을 쏟아서, 마침내 세상 사람들로 하여금 그를 자객으로만 보지 않게 만들었던 것이다.

함께 친구로 지낼 사람 하나 없는 안하무인. 형님의 진사합격 깃발을 찢어 노비들의 바지로 만든 오만함. 그러나 지위가 높은 대사구의 잘못을 질책하는 강직함은 그 괴팍한 성격에서 오는 것이었다.

강퍅한 엄격성과 부드러운 자애로움이 조화를 이루기 어려울 때 강직함은 처신에 손해가 된다고 우리는 믿고 있다. 현실

편벽된 다섯 사람이 품은 진실

에 이 강직함을 용납 받지 못해 관직에서 쫓겨난 자연은 죽음조차 괴팍하다. 옹관 속에 들어가 송진 호박이 되겠다는 고집은, 비감하면서도 희극적이다.

그러나, 천 년 뒤 호박이 된 자신이 참 멋있을 거라는 주인공의 절대적 자신감을 우리는 얼마나 가지고 있을까. 그렇게 천 년 뒤까지 세상과 당당히 맞설 자신감을 가진 사람을 오늘날에도 만날 수 있을까. 우리는 천추 후세와 겨뤄볼 자신이 있는 고집을 지켜주고 보살펴 주고 있는가.

4. 계수나무를 땔감으로 쓴 괴팍한 동생

아우 악嶽은 처음에는 자字를 개자介子라고 하였는데, 나중에는 연객燕客이라고 하였다. 세상에 장보생張葆生 선생이라고 알려진 분이 그의 아버지다. 어머니 왕王부인은 이 아들 하나만을 낳아서 지나치게 사랑한 나머지 그를 조급하고 비틀린 성품으로 키웠다. 그의 그러한 성품은 스승도 어떻게 깨우쳐 줄 수 없었고, 아버지도 풀어줄 수 없었으며, 호랑이나 이리 같은 사나운 짐승도 저지할 수 없었다. 칼이나 도끼 같은 날카로운 무기로도 겁을 줄 수 없었고, 귀신으로도 놀라게 할 수 없었고,

천둥벽력으로도 흔들 수 없었다.

여섯 살 때, 좋은 술을 달다고 마시면서 몇 되나 훔쳐 마셨다가 술독 밑에서 죽은 듯 취해 쓰러져 있는 것을 이튿날까지 계속 물을 먹여서 소생시켜 낸 적도 있었다.

일곱 살 때 소학小學에 들어갔는데, 입으로 글을 읽어가며 곧바로 외웠다. 자라면서 점점 그의 명민함이 보통사람들과 다르게 나타나더니 서사書史를 두루 읽을 때에도 한 번 보기만 하면 즉각 기억하였다. 그렇게 해서 시가詩歌와 사부詞賦, 서화書畫와 금기琴碁, 생소笙簫, 현관絃管, 축국蹴鞠과 탁기彈棋 놀이, 박육博陸과 투패鬪牌 같은 도박, 창 다루기, 승마와 활쏘기, 북치고 노래하기, 분장하고 무대에 오르는 배우노릇, 책 강의나 농담, 완함阮咸 뜯기와 투호投壺놀이 등 모든 유희와 잡기를 마음만 먹으면 입신入神의 경지에 들게 하였다. 이 때문에 그의 집에는 무람없이 구는 손님들과 심심풀이 친구들이 수없이 드나들며 시간을 보내고 장난을 쳤다. 그렇지만, 조금이라도 마음에 맞지 않으면 나무라며 쫓아 버려서 전날 어울리던 사람이 방금 전에 사라진 것을 모르기도 하였다.

심지어는 잉첩이나 시종, 노비들에게도 그렇게 대했다. 한번은 수백 금을 주고 첩을 샀는데, 하룻밤을 지내보고 마음에 차지 않자 바로 내보내고는 눈앞에 얼씬거리지 않는 것만을 시

편벽된 다섯 사람이 품은 진실

원해 했다. 어울릴 만한 사람을 가리거나 가치를 따지지도 않아서, 문객을 내치거나 종을 내보내면서도 아까워하지 않았다. 노비 중에 그를 화나게 하는 자가 있으면, 수백 대 매질을 해서 피투성이가 되어도 꿈쩍하지 않았다. 그래서 사람들이 그를 이광원李匡遠의 육고취肉鼓吹에 비했다.

제수弟嫂 상商부인이 돌아간 후로는 성품이 더욱 급해졌다. 한 번은 쫓겨난 계집종을 무슨 잘못인가로 때렸는데, 그 남편이 독약을 마시고 죽어 버린 일이 있다. 종의 친척들이 그 시신을 끌고 아우의 집으로 쳐들어와서는 시체를 집안에다 묻으려고 했는데도 꿈쩍하지 않았다. 수천 명 구경꾼들이 그 계집종의 살가죽이 찢어지고 문드러진 것을 보고 아우성을 치며 아우의 집을 불사르려 덤벼도 꿈쩍하지 않았다. 아우의 장인인 상등헌商等軒 선생과, 친척인 기세배祁世培 선생이 이런 상황을 조절하는 글을 써내지 않았더라면 민심이 흉흉해져서 민란이 날 뻔하였다. 그래도 아우는 여전히 조급하며 난폭했고, 끝내 그런 성품을 고치지 않았다. 혹 그에게 잘못한 사람이 있으면 반드시 송사를 벌여, 끝까지 이기려고 하였다. 그 송사가 한두 해를 끌어도 지겨워하지도 않았고, 비용이 수천 금이 들어도 아까워하지 않았다.

이보다 앞서 신미년辛未年에는, 집 서쪽에서 기이한 돌을 보고 수백 명 인부를 시켜 파서 씻고 다듬어 몇 길 높이가 되는 석벽을 끌어내 놓았는데, 자못 우뚝우뚝 보기가 좋았다. 사람들이, 그 석벽 아래에 연못을 깊이 파서 비치게 만들면 더 오묘하겠다고 하자, 아우는 곧바로 바위 아래를 파서 몇 이랑 되는 연못을 만들려고 하였다. 바위에 삽이 들어가지 않자 석공을 시켜 한 길 남짓 바위를 파서 물을 찰랑거리게 채웠다. 사람들이 또, 연못이 아름답기는 하지만 그 근처에 큰 꽃나무가 없는 게 아쉽다고 하자, 연객燕客은 곧바로 오래된 매화와 소나무, 진차滇茶, 배꽃 나무 등을 두루두루 구하였는데, 크고 튼실한 것만을 골랐다. 그 나무들이 얼마나 큰지, 집 담장을 부수고 수십 명이 끌고 들어와 심었는데, 자라지 못하고 심은 지 며칠 만에 말라죽었다. 그러자 또다시 큰 나무를 구해 심으니, 그제서야 보기 좋은 울창한 숲이 되었다. 아우는 이런 일을 하느라 며칠 만에야 겨우 밥을 먹을 수 있을 정도였다. '계수나무를 잘라 땔 나무로 쓴다'는 옛말이 있더니, 그보다 몇 곱절은 더 비싸게 값을 치렀다.

그러나 안타깝게도 석벽이 벌어지며 이끼가 자라지 않자, 석청과 석록石綠을 많이 사 들였다. 그리고 문객 중에 그림 잘 그리는 사람을 불러서 붓으로 바위의 굴곡과 중첩을 그려 넣게 했다. 비가 와서 그림이 지워지면 다시 같은 모양을 그려 넣었다.

아우는 어떤 물건을 보고 마음에 들면 온갖 수단을 써서 사들이며, 돈 쓰는 것을 아까워하지 않았다. 무림武林에서 금붕어金魚 수십 마리를 보고는 삼십 금을 주고 사서 작은 동이에다 길렀는데, 동이가 뒤집혀서 물고기들이 강으로 빠져나가 한 마리 남지 않았지만 아우는 태연자약하게 웃어 넘겼다. 또 무척 아끼는 옛날 노리개가 있었는데, 조금이라도 깨지거나 터지면 기필코 고치곤 하였다.

또 한번은 오십 금에 명나라 선덕 연간에 만든 선동로宣銅爐 하나를 샀는데 화로의 겉 색깔이 별로 아름답지 않았다. 어떤 사람이, 불을 때면 자연 오묘해질 것이라고 하자 연객은 한 바구니나 되는 숯으로 불을 피워 화로가 금방 용광로처럼 타오르자 '아'하며 감탄했다. 한번은 소경사昭慶寺에서 삼십 금을 주고 영벽연산靈璧硯山을 샀다. 벼루에 조각된 봉우리들이 기묘하고 뾰족했는데, 거기에 백토白土를 넣고 새겨서 '청산백운靑山白雲'이라고 쓰여 있었다. 돌이 꼭 기름 바른 듯 윤기가 나서 정말 수백 년 된 진품이었다. 연객은 이리저리 자세히 살펴보더니, "산 아래쪽 바위덩어리를 덜어내 뚫는 게 낫겠다"며 큰 못으로 후벼파니, 두 조각으로 쩍 갈라져 버렸다. 연객은 성을 내며 철송곳으로 자단紫檀 댄 자리를 쳐 가루가 되도록 부셔서 서호西湖에 버리고는 시동侍童에게 발설하지 말라고 하였다.

이런 일 때문에 숙부께서 모아온 많은 골동품 중에서 연객의 손에서 결단난 게 부지기수였다. 숙부께서 연객에게 전답 오백 묘와 백금 수천 냥을 넘겨주었는데 그렇게 다 써 버렸다. 숙부께서 벼슬살이할 때 받은 공전이 팔백 묘 가량에다가 20여 년을 저축해 모은 재산을 모두 그 손으로 탕진해 버린 것이다. 노복들은 사지死地로 몰아내고, 공전은 헐값에 팔아 넘겼다. 숙모가 감춰둔 골동 보물과 견직물과 옷치레들, 값으로 치면 적어도 이삼만 금은 가는 것들을 모두 아우가 탕진했다.

둘째 숙부께서 청강포淸江浦에서 돌아가시자, 나와 연객이 달려가 상을 치렀는데, 숙부께서 저축하신 봉록 만여 금과 이만여 금 정도 되는 고완古玩·폐백 등의 재물이 그 손에 들어간 지 반년도 안 되어 역시 탕진되었다. 이 때문에 당시 사람들은 아우를, 네 가지를 탕진한 어홍魚弘에 견주었다.

을유년에 강江 땅에서 간사干師가 일어나자, 연객은 노왕魯王에게 책략을 간하여 관직을 제수 받으려 했다. 그런데, 연객이 짚신을 벗고 옥을 허리에 차려고 하자 주관자가 곤란해했다. 이에 연객은 화가 나서 관직을 받지 않았는데, 얼마 있다가 황제의 외척과 연결되어 파격적으로 총융總戎에 오르게 되었다.

병술년 청나라 군사들이 월 땅에 침입하자 연객은 끝내 항전하다가 순사殉死했다. 죽음에 임해서 종복에게 "내가 죽거든 내

시체를 전당강錢塘江에 버려라. 말가죽으로 시체를 싸지 못하거든 가죽부대에다 싸서 버려도 괜찮다"고 하였는데, 후에 과연 그 말대로 되었다.

　형 대岱는 말한다. 도석량陶石梁 선생이 일찍이 "진회秦檜는 천고의 간인姦人이지만 그래도 한 마디 말은 취할 것이 있는데, '벼슬살이란 책 읽는 것과 같아서 빨리 하면 쉽게 끝나 맛이 줄어든다'고 한 말이다"라고 하셨다. 내 아우는 독서와 벼슬살이뿐 아니라, 산수유람·정원 개축·골동 수집·기예 수련에 이르기까지 모든 일을 일념으로 빨리 이루려고 하지 않은 것이 없었다. 그래서 거칠고 지리멸렬한 결과를 가져왔고, 그 과정에서 감흥도 식어버려서 분명 완미할 수도 없었을 것이다. 아우는 비유하자면 돌을 좋아하였던 송대宋代의 화가 미불米芾과 같았다. 미불은 원하는 것을 손에 넣으면 바로 손상시켜서, 빨리 이루어지는 것을 바라지 않고 빨리 썩어버리기를 바랐다. 누가 내 아우를 진회秦檜보다 지혜롭지 못하다고 생각할 수 있겠는가!

　아무도 억제할 수 없을 만큼 성격이 삐뚤어졌지만, 일에 빠지면 끝없이 거기에 빨려 들어가는 동생. 그래서 어떤 놀이나 잡기에도 능하고, 뜻하는 것이 있으면 앞뒤를 가리지도 않는다. 그러니 물려받은 가산은 순식간에 날려 보냈다.

그러나 청나라 군사가 들어왔을 때 죽음으로 막아선 것은 바로 삐뚤어진 그였다. 장대는 그의 소비성, 낭비성을 일컬어 모든 것을 소진시켜 천천히 이루려는 태도였다고 역설의 논리로 설명한다. 비극미, 역설미의 소유자라는 것이다. 그의 꺼리지 않는 소비와 낭비벽을 치졸한 자기현시가 아니라 심리적 미감을 완성시키기 위한 고통의 제의라고 해석한 것이다. 그는 허무주의자였을까, 낭만주의자였을까, 아니면 쾌락주의자였을까.

5. 천개의 손과 눈을 가졌던 맹인 동생

아우 배배의 자字는 백응伯凝이고 아명兒名은 사사獅였다. 다섯 살 때 조부祖父 지정공芝亭公이 남직南直 휴령 현령休寧縣令으로 부임할 때 따라갔다. 백응은 단 것을 좋아했는데, 마침 휴령 현休寧縣에 단 음식이 많아 밤낮으로 그것을 먹어대더니 몸이 야위고 배가 불러오는 감질疳疾에 걸려 두 눈을 잃었다. 조모 왕王부인께서 그에게 사랑을 쏟아 천하 명의를 불러 진료하며 수천 금을 들였지만 낫지 않았다. 어떤 사람은 '사獅'라는 그의 이름이 장님이었던 사광師曠의 사師와 같으니 그것이 혹 전조 前兆가 된 것 아니냐고 하였다.

백웅은 비록 맹인이었지만 독서를 좋아하여, 사람을 고용하여 읽어주면 귀로 들으면서 곧바로 외울 수 있었다. 주회암朱晦庵의『통감강목通鑑綱目』을 들은 지 백여 번에, 거기에 나오는 성씨姓氏·세계世系·지명地名·연호年號 중에 한 사람이나 사건을 지적하면 그 시말始末을 다 꿰고 있었다. 어두운 새벽부터 한밤중까지 글 읽어주는 것을 반복하여 들으면서도 싫증을 내지 않아, 읽어주는 이의 혀가 아플 정도여서 글 읽어주는 사람을 교체시켜 주기에도 바빴다.

그가 읽은 것은 경사자집經史子集으로부터 제자백가弟子百家·패관소설에 이르기까지 매우 다양하였다. 그 중에서도 의학서 읽기를 좋아해서『황제소문黃帝素問』『본초강목本草綱目』『의학준승醫學準繩』『단계심법丹溪心法』등 의학 요법에 관한 책을 모두 모아 두었다. 그렇게 해서 서가에 모인 의서醫書가 수백 여 종이었고, 11명의 고용인을 두고 그것을 읽어 나갔는데, 귀로 들으며 바로 외우면서, 마음을 다해 이치를 탐구하였다. 또 명의名醫 장경악張景岳이 묶은 여러 책들을 모두 수집해서 밤낮으로 연구하더니 결국 그 정수를 터득하였다.

병을 진단할 때엔 마음을 가라앉히고 온 신경을 집중하였는데, 손 감각으로 바로 병을 알아냈다. 백응은 여유가 있을 때마다 많은 약재藥材를 저장해 두었는데, 약재를 볶아 조제하는 방법에 아주 정통해서 약재를 끓이고 볶고 찌고 굽는 일을 옛 뇌공雷公의 고법古法대로 했다. 그래서 약재의 종류와 쓰임에 대해 정통하지 않음이 없었고, 그 약재를 복용하면 효험을 보지 않는 경우가 없었다. 게다가 백응은 매사에 정성스럽고 자상하며 조신해서 손을 씻지 않은 상태로는 약 주머니를 열지 않았다.

돈 한 푼 없이 와서 약을 가져가는 병자가 수십 명이 되어도 백응은 싫어하지 않았다. 수백 제 약이나 수십 금 비용이 들어도 아까워하지 않았다. 아들 수화당壽花堂이 아버지를 이어서 가루약과 환약丸藥으로 월越 땅 사람들을 감동시켰다. 백응의 십대조인 감호부군鑑湖府君이 월군越郡 지방의 명의이셨다. 그가 연 약방이 양절兩浙 지방에서 으뜸이었는데, 그 음공陰功으로 자손이 번창했다고 하였다. 옛 말에 "공후公侯의 집안에는 반드시 그 선조 같은 인물이 다시 나온다"고 하더니, 백응은 이 감호부군鑑湖府君의 후신인 것 같다.

백응은 아버지 육부六符 숙부를 일찍 잃었는데, 숙모께는 사랑을 받지 못했다. 여러 번 가족을 이별하게 되자 백응은 하늘에 간절히 기도하더니 마침내는 모자간에 화목한 관계를 회복

편벽된 다섯 사람이 품은 진실

했다. 조부께서 연세가 높아지시자 안부를 자주 여쭤 그 마음을 기쁘게 해 드렸다. 사당이나 분묘墳墓를 가꾸고, 송사와 시비를 가리고, 농토 소출을 나누거나, 위급하게 대처할 일이 생기거나, 불공정하거나 법에 어긋나는 놀라운 일이 집안에 생기면, 백응이 모두 올바르게 풀어나갔다. 그래서 그의 집에는 늘 사람의 출입이 잦았는데, 모두 일일이 맞아 주어서 불만을 가지고 가는 사람이 없게 하였다.

그러면서도 백응은 틈만 나면 골동품을 완상하거나 정원을 손질하여 화초와 나무를 심고, 서화書畫에 대해 담론하기를 좋아하였다. 특히 비둘기나 황로, 두루미나 당나귀 기르기를 좋아했다. 골패 노름, 장기, 의복 짓기, 노복 다스리는 일에도 못하는 게 없었고, 또 즐기지 않는 것이 없었다.

그의 장인이 강간江干에서 군대를 감독하고 있을 때, 백응은 양식을 조달해 주고 창봉술槍棒術을 가르치고, 진영과 군대를 정비하고 진법을 강술했다. 머리가 셋에, 팔이 여섯, 천개의 손과 눈千手千眼을 가졌더라도 할 수 없는 일을, 백응은 맹인으로서 어깨를 떨치며 앞장서서 닥치는 대로 해내었다. 두 눈이 멀었지만, 그에게는 오관이 다 필요한 것이 아니었던 것이다.

계묘년 8월 갑자기 병이 나서 백응이 일어나지 못하자 온 나라 사람들이 땅을 치며 애석해 했다. 사람들은 말했다. "두 눈이 온전했더라도, 그처럼 총명하고 재략이 있을 수는 없었을 것이다. 그렇다면 두 눈 멀쩡한 세상 사람들은 모두 백응 같아야 할 텐데 그 중에 백응만한 사람이 몇이나 되는가!"

형 대쑹는 말한다. 내가 강소성江蘇省 송강현松江縣에서 당사아唐士雅란 사람을 만났는데, 그는 다섯 살에 실명失明하고, 귀로 시서詩書를 배워서 읽은 글이 만권이 넘었다. 그의 저서로 『당시해唐詩解』『인물고人物考』가 있는데, 인용하거나 주注를 달 필요가 있을 때에는 아무리 궁벽진 책이라도 모두 찾아 뒤졌다. 그가 시문을 지을 때에는 입으로 줄줄 읊어대었기 때문에 받아쓰는 사람의 손이 미처 따라가지 못할 정도였다.

일찍이 어떤 사람이 내게 말하였다. "제가 부질없이 만 권의 책을 가지고 있지 사실 낫 놓고 기역자도 모르는 것이지요. 만일 윤회를 한다면 저는 다음 세상에서는 한 글자도 모르는 무식쟁이가 될 터인데, 이 세상에서의 업보 때문일 겁니다." 내가 그를 보매, 외모가 소박 누추하고, 문을 닫아걸고 깡말라 앉은 모습이 나무인형 같았다. 그 사람은 내 아우 백응과 같은 다재다능과 임기응변의 재치, 박식과 영민을 닮으려 하였지만 만분의 일에도 이르지 못하였던 것이다.

내 보건대, 백응의 학문은 좌구명左丘明을 닮았고, 재주와 식견은 진晉나라 사광師曠과 닮고, 강개하고 호협한 기상은 고점

리高漸離와 같았다. 놀랍게도 백응은 그 한 몸에 이 모두를 갖추고 있었다.

소경인 백응伯凝은 쓸데없이 만 권 책을 쌓아놓은 사람과 대비되는 지혜와 식견의 소유자다. 이처럼 「오이인전五異人傳」의 다섯 주인공들은 외면적으로는 사람들의 기준에 모자라지만 내면의 가치를 가진 사람들이다. 진실은 조정에 있는 것이 아니라 초야에 묻혀 있다는 사실을 증거하는 인물들이다. 작가 장대의 진실을 포착하는 시각과 그 소품문이 빛나는 것은 이런 인물들 때문이다.

내면에 감춰진 진실을 보는 작자의 눈은, 소외된 인물을 발굴할 뿐 아니라, 겉으로는 그럴듯하지만 내면에 부조리를 가진 인물을 폭로하기도 한다. 「왕학함선생전王謔庵先生傳」의 주인공 왕학암이 그 예이다. 그는 권위적인 친구를 촌철살인의 언어로 굴복시키고, 금광을 열어 백성을 괴롭히려는 중앙관리를 교묘한 말장난으로 물러가게 한다. '총명하여 말이 교묘하고, 사람들과 농담을 기탄없이 하는' 주인공은 작자의 또 다른 분신으로, 이면의 진실을 엿보는 눈을 가진 트릭스터였다.

필자는 이 다섯 명의 전기를 읽으면서, 파란만장한 우리 나라 근대사를 상징하는 초야의 인물이 누구일지 생각해 보았다. 그러나 정치인들, 즉 정사正史에 이름을 내건 인물밖에 떠오르는 사람이 없었다. 필자의 독서력이 약하고, 연대기를 외우던 초등학교 때의 역사인식밖에 가지지 못한 때문일 것이다.

편벽된 다섯 사람이 품은 진실

『월산오일기越山五佚記』의 작은 서문

『越山五佚記』「有小序」

월越 땅의 산수 조산曹山과 후산吼山은 사람이 만든 것이어
서 하늘이 주재할 수 없었다. 괴산怪山은 땅이 옮긴 것이어서,
하늘이 막을 수 없었다. 황탁산黃琢山과 아미산蛾眉山은 사람이
숨긴 것이어서, 하늘이 드러낼 수 없었다. 나는 하늘을 보조하
는 뜻을 가지고 월 땅의 잃어버린 다섯 산山에 대하여 기록한
다. 만든 것도 하늘이 만든 것이고, 옮긴 것도 하늘이 옮긴 것
이고, 숨긴 것도 하늘이 한 것이다. 그러므로 장대張岱의 공공功
은 여와씨보다 못할 것이 없다.

장대張岱의 『월산오일기越山五佚記』는 이렇게 서문序文을 앞

세운 다음 사람들이 잊고 지내는 지방 다섯 명산名山을 독자에게 환기시키고 있다. 앞에서 본『오이인전五異人傳』처럼 소외되어, 의미를 잃어버리고 있었던 존재를 세상에 드러내는 것이다.

작가는 이 산을 만든 것은 하늘이지만 자신이 정신精神과 필력筆力으로 그 하늘의 창조創造를 재창조再創造하고 있다는 주장을 하고 있다. 잃어버렸던 다섯 산山의 의미를 확인하는 자신이야말로 산山에 새로운 생명을 부여하는 것이니, 창조주創造主 여와를 능가한다고 하였다. 장대는 존재의 확인자, 의미의 창조자가 되는 것이다.

왜 이런 자부심을 가지게 되었을까. 필자는 이 글을 읽으면서 일제시대 때 유행했던 금강산 여행 체험과 학생시절 읽었던 노산 이은상의 국토일기를 떠올렸다. 나라가 어려운 시절, 정신적으로 의지할 데 없는 보통 사람들에게 잊었던 국토의 아름다움과 그 기상을 깨우쳐 주고 있다는 점에서 모두 같은 기능을 하고 있다고 생각했던 것이다. 작가는 이렇게 불모의 세상에서 새로운 의미를 열어주고, 보지 못하였던 세상을 보여주는 창조주인 것이다.

『월산오일기 越山五佚記』의 작은 서문

서호 눈 구경
湖心亭看雪

숭정 5년 12월 서호에 갔다.

큰 눈이 사흘 동안 내려 호수에 사람과 새소리가 모두 끊겼다. 이날 눈이 그쳐 작은 배를 내어, 털옷을 입고 화롯불을 끼고 홀로 호심정湖心亭에 가서 눈 구경을 했다.

안개 긴 송강松江은 넘실대고, 하늘과 구름과 산 그리고 강, 상하 온 세상이 일색으로 희다. 호숫가에 드리운 모습은 오직 한 줄기 흔적으로 남은 긴 제방堤防, 점 박힌 것 같은 호심정湖心亭, 겨자씨 같은 나의 배, 그 배에 탄 낟알 같은 두세 사람뿐이다.

정자에 이르니 두 사람이 담요를 깔고 대좌해 앉았고, 한 동자童子가 술 주전자를 데우는데 마침 끓고 있었다. 나를 보더니 기뻐하여 "호수에 다른 분이 계실 줄이야." 하며 이끌어 같이

마셨다. 나는 크게 세 잔을 무리하게 마시고 떠나며 그 성씨를
물으니 금릉인金陵人으로 나그네라 한다.

배를 내릴 때 사공이 수다를 떤다. "상공을 미쳤다고 할 수
없겠네요. 상공처럼 미친 사람이 또 있으니."

호심정은 서호 가운데 있는 작은 섬에 올라앉은 정자다. 그
래서 호심湖心이라 하였다. 사람과 새소리가 끊긴 호수에 작은
배를 타고 들어가는 광경은 서사敍事이되 서정抒情이고, 설명說
明이되 묘사描寫다.

'긴 제방堤防의 흔적과 점 박힌 것 같은 호심정湖心亭, 겨자씨 같은 나의 배, 그 배에 탄 낱알 같은 두세 사람' 이런 그림을 통하여, 눈 덮인 서호를 호흡하는 작자의 감정은 독자의 것이 된다.

'세상이 온통 희다上下一白'에서, '온통〔一〕'이라는 표현으로 눈 덮인 광대무변의 서호는 극대화된다. 상대적으로 자아는 '작은 흔적〔一痕〕, '한 점〔一点〕', '한 알의 씨〔一芥〕'로 극소화된다. 서호의 흰 눈은 더욱 넓어지고 자아는 더욱 작아져 경외로운 자연 앞에 작은 인간이 대비되는 것이다.

자아와 서호의 이러한 대비는 자아가 철저히 서호와 흰 눈의 한 부분이 되었다는 뜻이다. 자아를 흰 눈에 맡겨버렸다는 정경교융情景交融의 또 다른 표현인 것이다.

그래서 사공은 그를 말미에서 미친 사람이라고 말한다. 서호의 흰 눈에 취해서 미친 사람이 된 것이다. 내가 본 서호의 눈 경치는 이렇게 장대했고, 나는 그 속에 씨알처럼 묻혀 있었으며 그 경치에 미치도록 취해 세상을 잊었다는 고백을, 자아는 사공의 입을 빌려 마무리하는 것이다.

장대의 유기 소품문은 앞에서 본 원굉도의 글과 마찬가지로 자연과 자아가 의미를 상호 창출하는 감정 교융과 압축적 사실 묘사가 이루어진다는 점에서 닮고 있다. 이런 체험을 통하여 자연과 함께, 고단한 세속의 자아는 녹색을 띠게 되는 것이다.

말처럼 팔리는 여인들
楊洲瘦馬

    양주에는 날마다 첩으로 팔리는 수마瘦馬의 몸으로 먹고사는 사람이 수십 여 명이다. 첩을 두려는 사람들은 절대 자기 마음을 드러내지 않는다. 슬며시 뜻을 알리면, 소개꾼 할미인 아파牙婆와 중매인이 그 집 문 앞으로 모여든다. 마치 파리가 냄새 나는 고기에 달라붙어서 휘둘러 때려도 떠날 줄 모르는 것과 같다.

    아침이 밝으면 서둘러 집을 나서 제일 먼저 도착한 중매인이 그 사람을 끼고 간다. 늦게 도착한 중매인들은 발꿈치를 연이어 줄줄이 뒤를 따르며 서로 틈을 엿본다.

    수마瘦馬의 집에 이르러 좌정하면 차를 내온다. 중매쟁이가 수마를 부축하고 나와 이른다.

    "소저, 손님께 인사를 올리거라." 절을 한다.

"앞으로 걸어 가 보거라." 걸어간다.

"소저, 몸을 돌리거라." 몸을 돌려 밝은 데를 보고서니 얼굴이 드러난다.

"소저, 손을 들어 잘 보이도록 하거라." 소매를 다 벗기매 손이 나오고, 팔뚝의 피부가 드러난다.

"소저, 상공을 바라보거라." 눈을 돌려 언뜻 바라보면 눈 모습이 드러난다.

"소저 몇 살인가?"

"몇 살입니다." 목소리가 드러난다.

"소저, 다시 걸어 보거라." 손으로 치마를 잡으면 발이 보인다.

그런데 발을 보는 법이 있으니, 문을 나갈 때 치마폭에서 먼저 소리가 나면 틀림없이 큰 것이다. 치마에 높은 곳이 걸려서 사람이 나오지 않았는데 발이 먼저 나오면 틀림없이 작은 것이다.

"소저는 돌아가거라."

한 사람이 들어오고 한 사람이 또 나간다.

한 집에서 이렇게 다섯, 여섯 사람을 본다. 눈에 드는 사람이 있으면 금비녀를 머리에 꽂아주는데 이를 "삽대揷帶"라고 한다. 마음에 들지 않으면, 중매할미나 그 집안 시비에게 돈 수백 전을 인사로 주고 다른 곳으로 보러 나간다. 한 중매할미가 지치면 또 다른 중매할미들이 발을 이어 기다리고 있다. 하루 이틀 지나고 4, 5일이 넘어도 지치지도 않고 또 그치지도 않는다.

그러나 그렇게 오륙십 명을 보아도 천편일률적으로 '흰 얼굴에 붉은 적삼' 모습일 뿐이다. 처음 글자를 배우는 사람이 한 글자를 익히다가 백 글자나 천 글자에 도달하면 처음 배운 글자마저 잊어버리는 것과 마찬가지다. 여자를 고르는 사람은 자기의 마음과 눈이 뜻하는 바가 서로 달라지는 걸 느낀다. 그래서 누굴 보거나 조금도 끌리는 데가 없게 되는 것이다. 이렇게 되면 부득불 서둘러 그럴듯한 명분으로 그 중 한 사람을 정하게 된다.

삽대를 한 다음에는 여인의 본가에서 붉은 단자를 하나 내어 놓는데, 그 위에는 손님이 떠나실 때 채단 약간, 금화金花 약간, 예물 약간, 옷감 약간을 허락 받는다고 적혀 있다. 손님이 그 글대로 재물과 비단을 허락하면 주인은 돌아가시도록 인도한다.

손이 머무는 집에 미처 도착하기 전에, 북·음식 쟁반·홍색, 녹색 등불·고기와 술 같은 것들이 문 앞에서 미리 기다리고 있다. 순식간에 예물과 돈, 떡과 과일이 갖추어 지면, 북을 치며 인도해 간다. 반리 쯤 가면 꽃가마·꽃 등불, 손에 드는 불, 손님맞이 불막대, 점쟁이, 손님맞이꾼, 종이와 초, 과일, 희생으로 바치는 동물과 감주 등이 문 앞에 기다리고 있다. 요리

사가 지고 온 짐 속에는 채소와 과일, 고기, 국물, 꿀떡, 탁자, 방석, 술병, 술잔과 젓가락, 용龍자와 호虎자를 쓴 종이, 수성신을 그린 그림, 혼례 때 던질 채색실과 과일, 신랑신부가 잡을 붉은 옷감 필, 작은 창기, 악기 등이 모두 갖추어져 있다. 아뢰는 말도 기다리지 않고 또 주인의 명도 필요 없이 꽃가마와 새색시 가마가 친영을 한다. 북을 치고 등불을 밝히고 신랑이 탈 가마와 새색시의 가마가 일시에 도착한다. 신랑이 절을 하면 신부가 자리에 오르고, 창기들이 시끌벅적 노래를 부른다. 정오가 다가오면, 서로 인사하면서 갑자기 흩어지는데 서둘러 다른 집으로 달려가 다시 이런 일을 반복한다.

수마瘦馬란 축첩시장에서 사고 팔리는 여자다. 양주 사람들은 가난한 어린 계집애를 사서 글과 가무 등을 가르쳐 부자들에게 첩으로 팔아 큰 돈을 벌 수 있었다고 한다.

팔려나가는 어린 여자들의 모습이 마치 우시장에서 소를 사고 팔 때의 광경을 카메라로 찍은 것과 같다. 독자는 자신이 그 현장에 있는 것 같은 시각視覺을 가지게 된다. 대화법을 이용한 장면 설정과 촛점화된 현장고발現場告發을 통해 독자는 인격을 상실하고 매물賣物로 나온 여인을 만나게 되고, 축첩제도의 비인간성에 접하게 되는 것이다.

오늘날에도 쇼윈도 속에서 상품화되어 있는 여인들이 있다. 그리고 그 현장을 고발하는 방송카메라를 우리는 텔레비전 속에서 만난다. 상품화되는 여인은 시대를 넘어서 존재하는 인류의 제도인가.

외운 것이 실력인가
夜航船

천하의 학문은 밤배 속에서 가장 대처하기가 어렵다.

시골의 비속한 선비들은 학문을 하면서 영주 18학사와 운대 28장수의 이름 외우기 같은 일에 힘을 써서 조금이라도 이름이 틀리면 입을 가리고 웃곤 한다. 저들은 모두 18학사나 28장군을 제대로 모르는 사람들이다. 그 이름을 일일이 기억하지 못하더라도 실제 학문적 문리에는 해가 되지 않는다. 그럼에도 불구하고 이름 하나 잘못 대는 것을 심히 부끄럽게 여기고 있다. 이래서 거리의 사람들은 입으로 수십 명 이름을 외워 대면, 박학하고 재주 있는 선비라고 간주하는 것이다.

나는 소흥부紹興府의 팔현八縣을 생각할 때면 여도현余姚縣 풍속을 떠올린다. 어린 학생들이 모두 독서를 하고 있었지만, 20세가 되기까지는 이룬 것이 없다가 그 다음에는 손재주처럼 익숙해져갔다. 온갖 천한 공업과 성리학·통감강목 같은 것 모두가 난숙하게 되어 우연히 한 가지 사실을 물어도 인명과 관작, 연호, 지방 등을 조금도 틀리지 않고 대답하게 되었다.

학문적으로 부유하기가 두 발 달린 책장 같으면서도, 문리와 이치를 따지는 데에는 이익이 없다면, 그는 낫 놓고 기역자도 모르는 사람과 별로 다름이 없는 것이다. 어떤 사람은 말할 것이다. "그 말대로라면 옛날 사람의 이름은 모두 기억할 필요가 없겠습니다, 그려." 나는 대답한다. 그렇지는 않다. 이름이 문리와 관계가 없다면야 기억하지 않아도 무방하다. 좌전에 전하는 상고시대 고신高辛씨 시대의 여덟 명 재덕지사와, 고양씨高陽氏 시대의 여덟 재사, 『후한서後漢書』에서 전하는 주주·준俊·고顧·급及의 등급에 속하는 각각 여덟 명 이름이 그에 해당한다.

그러나 문리에 관계되는 이름은 기억해야 한다. 예컨대 『상서尙書』에 전하는 사방의 제후 네 사람, 고대 마을의 교화를 맡은 세 장로長老, 『전국책』에 전하는 장곡(노비)·서부인徐夫人 같은 사람의 이름이다.

옛날 한 중과 선비가 밤배에 같이 탔다. 선비의 고담준론高談峻論에 마음이 위축된 중은 자면서도 다리가 오그라졌다. 그러다가 중은 이 선비의 말에 앞뒤가 맞지 않는 곳이 있다는 것을 알아채고는 말했다.

"여쭙건대 담대멸명澹台滅明은 한 사람인가요, 두 사람인가요?"

"두 사람이지."

"그렇다면 요순堯舜은 한 사람인가요, 두 사람인가요?"

"당연히 한 사람이지."

중이 말했다.

"그러면 소승 다리 좀 쭉 뻗겠습니다."

나의 이 책은 보기에는 극히 천박한 일을 담고 있지만, 온 힘을 써서 기록한 것이니, 중이 다리를 뻗지 못하게 할 수 있다면, 다행이겠다. 그래서 밤배라는 뜻으로 「야항선」이라 이름한다.

박학다식이 중요한가, 사물의 이치를 이해하는 문리가 중요한가. 문리를 이해하는 데 도움이 안 되는 지식은 외울 필요가 없다는 장대의 주장은 마치 인터넷 시대에는 더 이상 지식이 아니라 그 지식을 통괄하고 재구성하는 창조력이 중요하다는 논리와 통한다. 물론 창조력이 기본적인 지식이 없는 상황에서 나올 리는 없을 것이다. 그러나 아직도 필자가 어렸을 적

외운 것이 실력인가

에 음조에 맞춰 '마젤란 세계일주, 콜럼버스 신대륙' 하면서 외우던 상황은 달라진 것 같지 않다. 세계일주를 하고 신대륙을 발견한 것이 지구가 평평하다고 믿었던 사람들에게 어떤 충격이었는지, 그것이 어떻게 삶의 틀을 바꿔놓았는지에 대한 의문을 필자는 대학 이후에야 가지게 되었었다.

이름 외우기를 실력으로 알면서도 『논어』에 나오는 '담대멸명'을 두 사람이라고 대답하는 선비를 조롱하는 중의 대비적 모습. 이는 마치 탈춤에서 무식한 양반과 공격적인 말뚝이가 벌이는 언어유희言語遊戲처럼 골계적이다.

탈춤의 언어가 우리에게 가식적 양반을 다시 보게 만들 듯 장대張岱의 시각은 사회 인식의 확대경 역할을 하고 있다. 그의 산문은 마치 오늘날의 카메라 고발을 보는 듯하다.

십 리 연꽃 속에 잠이 들어
西湖七月半

7월 15일 중원절[1] 서호는 볼 것이 하나도 없다. 오직 중원절 사람 구경하는 사람을 볼 수 있을 뿐이다. 7월 중원절 구경하는 사람은 다섯 부류로 나누어 볼 수 있다.

그 하나는, 여러 층 높은 배(樓船)에서 피리와 장구 소리를 들으며 높은 아관을 쓰고 성대한 주연을 여는 사람들이다. 환한 등불 아래 배우와 노복들의 소리와 모습이 어지럽게 어울린다. 이렇게 명목으로는 달을 보지만 실제로 달을 보지 못하는 사람들을 볼 수 있다.

---

1) 7월 15일을 중원절中元節이라 하는데, 사람들은 불사佛事를 하여 귀신을 섬긴다. 항주 사람들은 지금까지 이날 서호에 나와 노니는 관습이 있다.

유계고喻繼高,
〈하화원앙도荷花鴛鴦圖〉,
중국 현대.

그 하나는, 누선을 탄 명문가의 소녀와 규수들이다. 어여쁜 아이들이 웃고 떠들며 놀잇배의 천장 없는 갑판을 둘러싸고 좌우를 곁눈질하며 바라본다. 이렇게 몸은 달빛 아래 있지만 실제로는 달을 보지 못하는 사람들을 볼 수 있다.

그리고 배 위에서 노래를 부르는 기생들과 해제일을 맞은 한가로운 중이다. 천천히 술을 마시며 길게 노래를 부르고, 부드러운 피리소리와 유장한 현금소리 울리고, 퉁소소리와 노랫소리가 서로 어울리면서 달 아래 서있다. 이렇게 달을 보면서도 자신이 달구경하는 것을 다른 사람이 보아주기를 바라는 사람들을 볼 수 있다.

또한 배도 수레도 타지 않고, 적삼도 두건도 쓰지 않은 사람들이다. 술과 음식에 취하여 셋씩 다섯씩 무리 지어 서로 부르면서 인파 속으로 들어가 소경사昭慶寺와 단교斷橋에서 큰소리로 떠들며 부르짖는다. 취한 척하면서 박자도 곡조도 맞지 않는 노래를 부른다. 이렇게 달을 보기도 하지만, 달구경하는 사람도 바라보고, 달구경하지 않는 사람도 쳐다보면서, 실제로는 아무 것도 보지 않는 사람을 볼 수 있다.

마지막으로 작은 배에서 비단 휘장을 내리고 단정히 앉아 화로에 차를 끊이는 사람들이다. 새하얀 사기그릇 잔을 조용조용히 건네주며 좋은 벗, 아름다운 사람들과 달을 맞이하며 함께

십 리 연꽃 속에 잠이 들어

자리를 하고 있다. 나무 숲 그림자에 몸을 숨기기도 하고 시끄러움을 피해 호수 안쪽으로 들어가기도 한다. 이렇게 달을 구경하지만, 사람들이 그들이 달구경하는 것을 볼 수 없는, 작위적인 달구경을 하지 않는 사람을 볼 수 있다.

항주 사람들은 평시 서호를 유람할 때, 사시巳時(상오上午: 9~11시)에 나와서 유시酉時(하오下午: 5~7시)에 집으로 돌아간다. 원수 보듯이 달빛을 피하는 것이다. 그런데 이 날은 좋은 밤이라고 하여 열을 지어 다투어 나온다. 성문을 지키는 군졸에게 술과 돈을 주며 위로하는 사람도 많다. 가마꾼은 횃불을 높이 들고 호숫가에 늘어서 기다린다. 배가 들어오면 뱃사공을 재촉하여 급히 배를 단교斷橋에 대게 하고 서둘러 성대한 군중 속으로 빨려 들어간다. 그래서 이경(9~11시) 전에는 사람 소리와 온갖 악기소리가 마치 물이 끓는 듯, 지진이 일어난 듯하다. 악몽 끝에 놀라 신음소리를 내듯, 벙어리나 귀머거리가 된 듯 아무소리도 들리지 않는다. 큰 배와 작은 배가 일제히 강기슭에 정박하면, 보이는 것이 아무 것도 없다. 삿대가 서로 부딪치고, 배가 서로 닿고, 어깨와 어깨가 서로 부딪치며, 얼굴과 얼굴이 서로 마주 바라볼 뿐이다.

잠시 후에 흥이 다하여 관리들이 연석을 파하면, 종들이 가마 앞을 비켜서라고 소리를 지르며 앞으로 나아간다. 마부들은 배를 탄 사람들에게 성문이 곧 닫힌다고 소리를 지르고, 등불과 횃불은 늘어선 별처럼, 화살촉처럼 달려 나간다. 기슭 위의 사람들도 행렬을 따라서 문으로 몰려나가면, 그 숫자가 점점 줄어들면서 순식간에 모두 흩어져 없어진다.

그때 우리 일행은 비로소 배를 가까운 기슭에 대고, 단교斷橋에 석등을 밝힌다. 그 위에 자리를 깔고서 객을 부르며 취토록 마신다. 이때 달빛은 거울을 새로 닦은 듯하다. 산은 다시 단장을 한 듯, 호수는 다시 세수를 한 듯하다. 이윽고 가늘고 길게 소리하는 사람이 나오고, 나무 아래에 그림자를 숨기던 사람들도 나온다. 우리 일행은 정감이 통하는 말을 주고받으며 함께 앉아 있다. 고아한 벗이 오고, 명기名妓가 이르고, 술과 음식이 잘 차려지고, 피리소리와 가창 소리가 시작된다. 달빛이 푸르게 빛나고, 동쪽 하늘이 서서히 밝아오면 객들은 서서히 흩어져 간다. 우리 일행은 배를 풀어놓고 십 리 연꽃 가운데서 단잠이 들었다. 향기가 사람을 건드리고 맑은 꿈속에 취한다.

신선하고 특이한 형식으로 잘 알려진 글이다. 평상시에는 서호의 달빛에 아무 의미를 두지 않으면서도, 중원절 '좋은 밤'이

십 리 연꽃 속에 잠이 들어

라는 이름에 취하여 달은 제쳐놓고 달놀이를 하는 대중심리를 풍자한다. 세상 인파가 서호 달빛과 어울리지 못함을 '역亦, 역亦, 불불不不'이라는 수사법으로 부정하면서, 자신의 달놀이는 '시始…시始' '부復…부復'라는 어법을 써서 자신이 '비로소' 달빛과 어울리고 있다는 자부심을 표현한다.

장대는 십 리 호수 위에 펼쳐진 연꽃 향기에 취하여 잠이 든다. 그가 연꽃에 취하는 것이 아니라 연꽃이 그를 품에 안으면서 비로소 그 향기를 발한다. 연꽃 사이에서 꿈에 빠져 있는 그는 그대로 서호의 한 부분이다.

필자는 새벽의 찬 달빛 속에 하얗다 못해 푸른빛을 쏟아내는 매화를 보고 하늘로 머리를 들던 젊은 시절 병영에서의 기억이 살아났다. 가끔은 눈을 감고 자연과 하나가 되던 느낌을 살려 내 보는 것이 도시에서 살아가는 한 방법이다.

태워 버릴 수 없는 공명심

陶庵夢憶自序

도암陶庵(장대 자신의 호)은 국가가 패망하여 돌아갈 곳이 없게 되자 놀랍게도 머리를 풀어헤치고 산에 들어가 야인野人이 되어 버렸다. 옛날 친구들이 독사나 맹수를 본 듯 놀랄 터인지라 감히 접촉을 하지 않았다. 스스로 만시輓詩를 짓고[1] 자살하고자 했으나 『석궤서石匱書』를 완성하지 못해 아직도 세상을 바라보며 숨을 쉬고 있다. 그러나 술병과 쌀독은 늘 텅 비고, 아궁이에 불을 피우지 못할 지경이 되었다. 이때에야 나는 비로소 수양산의 백이숙제 두 노인이 끝내 굶어 죽으면서도 주나라 곡식을 먹지 않았다는 고사는, 실제로 후세 사람들이 꾸며낸 말이

---

1) 장대는 스스로 화만가사和挽歌辭 3수를 지었다.

라는 사실을 알게 되었다.

굶는 여가에는 붓을 잡고 희롱하기를 즐겼다. 지난날 왕가王家·사가謝家 같은 부유한 집에서 자라며 호화로움을 일삼다가, 마침내 오늘 같은 인과응보를 당한 것을 생각하고, 나는 삿갓을 쓰고 대나무 신을 신으면서, 좋은 머리장식과 신발을 원수처럼 여긴다. 거친 승복과 갈옷을 걸쳐서, 옛날 입었던 고급 갓옷과 모시옷에 빚을 갚고, 가볍고 따뜻한 사치스런 옷에 원수를 갚는다. 콩잎과 거친 쌀을 먹으며, 고기음식과 잘 다듬은 쌀에 앙갚음을 하고, 맛있고 좋은 음식에 원수를 갚는다. 멍석을 깔고 돌을 베면서 좋은 침상과 베개를 원망하고, 따뜻하고 부드러운 잠자리에 원수를 갚는 것이다. 문지도리 대신 새끼줄로 문짝을 매고, 깨진 항아리로 창문을 내면서[2], 창문을 시원하게 내는 사치를 원수로 생각한다. 매운 연기와 똥으로, 눈과 코에 보복하며, 향기로운 자태에 원수를 갚는다. 걸어다니고 짐을 짊어지면서, 발과 어깨에 보복을 하니, 이는 가마와 심부름하는 종을 원수로 여기는 것이다.

온갖 죄업은 인과응보의 과정에서 생겨난 것이다. 닭 울음소

---

2) 옹유승추甕牖繩樞: 깨진 항아리의 입을 창으로 하고 새끼를 지도리에 맨다는 뜻으로 빈한한 집의 모습.

리 들리는 새벽 침상에서, 청명한 마음을 일깨워 내 생애를 돌아보매, 화려했던 모습은 모두 허망하여 오십 년 삶이 한갓 꿈이다. 한단지몽邯鄲之夢[3] 남가일몽南柯一夢 같은 이 허망함을 어떻게 이겨낼 것인가. 아득한 옛일을 떠올리며, 기억되는 대로 기록하여 가지고 불전佛前에 다가가니 한 가지 한 가지가 모두 회한이다. 되돌아보건대, 분별되어 떠오르는 것은 세월이 아니라 지나온 내 삶의 발자국이고, 가문과 파벌이 아니라 생각과 의지다.

우연히 생각되는 것이 있으니, 마치 옛 길에서 노닐며 친구를 만난 것 같다. 성곽은 아무 변함이 없는데, 사람들이 감정을 드러내니, 정말로 어리석은 사람 앞에서는 꿈을 이야기할 수 없음이라.

옛날에 서능西陵의 파발꾼이 다른 사람의 술 단지를 짊어지고 가다가 다리를 잘못 디뎌 항아리를 깨뜨렸다. 품삯을 받을 수 없다는 생각에 멍하니 앉아 망상을 하였다. '이것이 꿈이라면 얼마나 좋을까!' 어떤 가난한 선비는 향시鄕試에 합격해서

---

3) 원문은 황량黃粱(메조). 당나라 심기제沈旣濟가 지은 『침중기枕中記』에 노생盧生이 감단邯鄲의 여관에서 도인 여옹呂翁을 만나 그가 주는 베개를 베고 꿈속으로 들어가 온갖 부귀를 누리고 깨어 보니 집주인이 하고 있던 조밥이 아직 익지도 않고 있었다고 한다.

바야흐로 녹명안鹿鳴宴[4]에 참석하게 되었는데, 황홀하여 정말 사실이 아닌 것처럼 생각되었다. 그래서 자기 팔을 깨물며 말하였다. '이것이 꿈인가 생시인가?' 이 두 사람의 일은 모두가 같은 꿈이다. 그런데 한 사람은 꿈이 아니라며 두려워하고, 한 사람은 꿈일까 두려워하였으니, 두 사람 모두 어리석기는 한 가지다.

나는 지금 긴 꿈에서 서서히 깨어나 글 쓰는 일을 일삼고 있으니 이 또한 한 번의 잠꼬대다. 진실로 한탄스럽다. 한단邯鄲의 꿈에서 깨어난 뒤에, 여생이 얼마 남지 않은 노생盧生이 황제에게 표를 올려 왕희지·왕헌지 부자의 글씨를 모사해 세상에 전하기를 바랐던 것처럼, 나도 지혜를 업으로 태어난 문인으로서 공명심을 버릴 수가 없다. 공명심의 뿌리는 불가의 사리처럼 단단해서 세상을 태울 맹렬한 불꽃도 태워버릴 수가 없는 것이다.

이 글은 『도암몽억』이라는 8권으로 된 책의 서문이다. 이 책

---

4) 지방관리들이 과거합격자와 과거관리자를 초청하여 행하는 연회.

은 시정에 오가는 온갖 소리, 생활의 자잘한 이야기, 방언 등을 담고 있다. 생활의 현장을 기록하고 있으면서도 그것을 꿈결 속의 일로 간주한다. 아마도 망한 나라에서 목숨을 부지하고 산다는 치욕과 후회로 자신의 과거와 현재를 모두 한 편의 꿈으로 간주하고 싶었을 것이다.

백이숙제가 결코 굶어 죽은 게 아니라고 말한다. 배고픔이란 의리상 참을 수 있는 것이 결코 아니라는 것이다. 이민족치하에서 먹으면서 살아남은 치욕을 말하는 것이다. 치욕이 깊을수록 현실은 더욱 꿈같았으리라. 그러기에 깨진 항아리를 붙잡고 꿈이기를 바라는 파발꾼 이야기 속에서, 망한 조국을 보며 울부짖고 있는 자신을 느꼈을 것이고, 과거합격 축하잔치에 초대되어 꿈이 아니기를 바라는 시골선비에게서는 사치를 누렸던 젊은 시절의 자화상을 보았을 것이다.

이러한 회한과 허무 속에서 불꽃 속에서도 녹지 않는 사리처럼 단단해 가는 좋은 글에 대한 욕망은 무엇을 표현하기 위한 것이었을까. 잘못된 역사에 대한 무한책임, 망국의 책임자로서 느끼는 결코 꺼질 수 없는 반성의 '사리'였을 것이다.

요즘에 다시 정치권에서 '과거사 정리' 문제가 시끄럽다. 반성도 시대에 따라, 사람에 따라 의미가 다르다. 정치적 투쟁을 위한 반성도 있고, 마음을 정리하기 위한 반성도 있다. 그런데 반성의 눈물조차 수단화되어서 아무도 눈물의 진실성을 믿지 않는 시대가 되었다. 반성은 난무하지만, 바탕이 정리되는 마음이 없다. 장대가 보여주는 것처럼 잘못된 행동에 대하여 '원수 갚는' 쓰라린 실천이 없기 때문이다.

내가 쓴 묘지명
自爲墓誌銘

촉蜀나라 사람 장대張岱는 호號가 도암陶菴이다. 어려서는
귀족의 자제로 태어나 화려함을 지극히 좋아하였다. 잘 꾸민
서재를 좋아했고, 아름다운 계집종을 좋아했고, 미소년을 좋아
하였다. 좋은 옷과 맛있는 음식, 준마駿馬, 화려한 등불과 꽃불,
좋은 공연, 악기 연주, 골동품, 꽃과 새를 좋아했다. 게다가 차
와 귤에 빠졌었고, 책벌레가 되었으며 시 짓는 일에 몰두하였
다. 반생을 이런 데 힘썼지만, 그 모두가 꿈같은 환상이었다.

나라가 깨지고 집이 망하여 산으로 피신하니 남은 것이라고
는 부서진 책상, 깨진 솥단지와 병난 거문고, 더러 모자라는
몇 질의 서책과 이 빠진 벼루 같은 것뿐이었다. 갈옷을 입고
거친 음식을 먹었지만 늘 아궁이에 불도 때지 못하였다. 20년
전을 돌이켜 생각하니, 격세지감隔世之感이 절로 솟는다.

스스로 헤아려 보매, 이해할 수 없는 일곱 가지 일이 있다. 한 때는 갈옷 입은 빈천한 사람으로서 위로 공경대부가 되려 하였다. 그런데 지금은 명문의 후예로서 아래로 거지와 함께 지낸다. 귀천이 혼란된 것이니, 첫 번째 이해할 수 없는 일이다.

재산이 보통도 되지 않으면서 석숭의 금곡[1] 못지 않은 정원을 가지려 하였다. 그런데 세상에 재산을 모을 지름길이 많았음에도 홀로 청렴하게 어릉於陵[2] 땅을 지키고 있었다. 그렇다면 빈부가 혼란되었으니, 두 번째 이해할 수 없는 일이다.

서생書生으로서 전장戰場을 누비고, 장군將軍으로서 문장文章을 맡았었다. 이는 문무가 섞인 것이니 세 번째 이해할 수 없는 일이다. 위로 옥황대제를 모시면서 아첨하지 않았고, 아래로 전원의 거지아이를 도우면서도 우쭐대지 않았다. 존귀함과 비천함이 어지러워졌으니 이것이 네 번째 이해할 수 없는 일이다.

약할 때는 얼굴에 침을 뱉고, 무례한 행동을 당할 때는 홀로 말을 몰아 적에게 돌진하였다. 이는 너그러움과 용맹에 배치되는 것이었으니, 다섯 번째 이해할 수 없는 일이다.

---

1) 금곡金谷: 하남성 맹현孟縣에 있는 진晉대의 부자 석숭石崇의 정원.
2) 산동성의 한 지역. 제나라 진중자陳仲子가 자기의 형이 만종의 녹봉을 받는 것이 불의하다고 생각하고 어릉땅에 은거하였다.

이익과 명예를 다투는 데는 기꺼이 뒷줄에 서면서도 극장에서 유희를 볼 때에는 즐겨 남 앞으로 나갔다. 그렇다면 느리고 빠른 것이 잘못된 것이니, 여섯 번째 이해할 수 없는 일이다.

저포놀이를 하고 바둑을 둘 때에는 승부勝負를 따지지 않으면서, 차 마시며 물맛을 보는 데는 승강灘江 물인지 치강淄江 물인지를 따졌다. 그렇다면 지혜와 어리석음이 뒤섞인 것이니 이것이 일곱 번째 이해할 수 없는 일이다. 이 일곱 가지는 나 자신도 이해하지 못하는 일이니, 어떻게 다른 사람이 이해해 주기를 바라리오.

그러므로 나는, 부귀한 사람이라고 할 수도 있고, 빈천한 사람이라 할 수도 있다. 지혜로운 사람이라 할 수도 있고, 바보 같은 책벌레라 할 수도 있다. 또 강인한 사람이라 해도 되고, 유약하다고 해도 되고, 조급하다고 해도 되고, 게으르고 산만한 사람이라고 해도 된다.

글씨를 배워도 성취하지 못하였고, 검을 배워도 성취하지 못했다. 절의를 배워도 이루지 못했고, 문장을 배워도 이루지 못했다. 선학을 배우고, 불교를 배우고, 농사일을 배워도 모두 이루지 못했다. 세상 사람들이 패악한 사람이라고, 폐물이라고, 완악하다고, 둔재라고, 졸음꾼이라고, 도깨비라고 불러도 참고 견딜 수밖에 없었다.

처음 자字는 종자宗子였는데, 사람들이 석공石公이라고 불러 석공을 자로 삼았다. 책 쓰기를 좋아해서 그가 쓴 책으로 「석 궤서石簣書」, 「장씨가보張氏家譜」, 「의열전義烈傳」, 「낭현문집 瑯嬛文集」, 「명역明易」, 「대역용大易用」, 「사관史關」, 「사서우四 書遇」, 「몽억夢憶」, 「설령說鈴」, 「창곡해昌谷解」, 「쾌원도고快園 道古」, 「혜낭십집傒囊十集」, 「서호몽심西湖夢尋」, 「일권냉설문 一卷冰雪文」이 세상에 전한다.

만력萬曆 정유丁酉 8월 25일 묘시卯時에 태어났다. 노국魯國 재상 대척옹大滌翁[3]의 적자嫡子였고, 어머니는 '도의인陶宜人'[4] 이라 하였다. 어려서 기관지를 앓아 10년 동안을 외할머니 마태 부인馬太夫人 손에서 자랐다. 외할아버지外太祖 운곡공雲谷公은 양광兩廣의 관리였는데 장생우황환藏生牛黃丸을 대나무 상자에 가 득 채워 놓으셨다. 내가 출생 후 16살 때까지 그것을 모두 먹고 서 병이 나았다. 6살 때, 외할아버지 우약옹雨若翁이 나를 이끌 고 무림(武林: 항주)으로 가서 미공眉公 선생[5]을 뵙고 그 문하에 들어가 전당현錢塘縣 유객遊客이 되었다. 미공 선생이 할아버지

---

3) 장대의 부친 장요방張耀芳을 지칭한다. 노번장사사우장사魯藩長史司右
   長史 제수되어 국상國相이라 하였다.
4) 의인: 명청대의 5품관의 처와 모를 의인이라 하였다.
5) 진계유陳繼儒(1558~1639): 저명한 시문 서화가.

께 "듣자니, 손자가 글 응대를 잘한다는데, 내 직접 시험해 보리다." 하더니, 병풍에 있는 이백李白의 기경도騎鯨圖를 가리키며 읊었다. "태백太白이 고래를 타고, 채석강采石江 달을 잡도다." 이에 나는 "미공眉公이 사슴을 타고, 전당현 가을바람을 치시네." 하고 응하였다. 미공眉公은 크게 웃으며 벌떡 일어나 말하였다. "어떻게 이런 영준한 인재를 얻을까. 내 작은 친구로세." 그분은 나에게 천추千秋에 남을 업적을 펼치려 하였다. 내가 어떤 일도 성취하지 못하리라는 것을 어찌 짐작 하셨으랴!

갑신甲申[6] 이후엔 유유 홀홀히 지냈다. 죽을 수도 없고 살 수도 없었다. 백발노인으로 겨우겨우 세상을 바라보며 숨이나 쉴 뿐이었다. 그러면서 어느 아침이슬보다 더 빨리 사그라지고 초목처럼 썩어질 것을 두려워하던 중, 왕적王積[7]과 도잠陶潛, 서문장 등이 모두 스스로 묘비명墓碑銘을 지은 것을 떠올리며, 나도 그들을 모방하여 짓는다. 겨우 구상을 하였지만 사람됨됨이나 글재주가 모자라는 것을 깨닫고는 두 번이나 붓을 거두었었다. 그러나 나의 버릇과 단점이라도 전할 수는 있을 것이었

---

6) 숭정 17년(1644). 바야흐로 명왕조가 사그라지고 청왕조의 시작이 눈 앞에 전개되던 시기이다.

7) 585~644.

다. 일찍이 항왕리項王里[8]의 계두산鷄頭山에 묘를 준비해 놓았
는데, 벗 이연재李硏齋가 그 무덤 광중에 대하여 쓰기를 "슬프
다. 명나라 저술가로 대선비인 도암 장공陶庵張公의 광중이다."
하였다. 동한시대 양홍梁鴻[9]은 고사高士로서 춘추시대 자객 요
리要離[10] 무덤 가까이 자리를 잡았는데, 나는 이를 염두에 두고
항리項里에 묘를 마련하였다. 명년에 나이 70이 되니 죽어 장
사한다. 그 날이 어느 날인지는 모르니 기록하지 않는다. 그 비
명은 아래와 같다.

　　"가난한 석숭은 금곡 같은 화려한 정원을 가졌고, 맹인 변화卞
和는 형산 옥을 바쳤다. 늙은 염파廉頗 장군은 탁록涿鹿땅에서
싸웠고, 궁형을 당한 사마천은 역사의 새 장을 열었다. 식탐 많
은 소동파는 고죽 땅에 귀양 가 굶어죽었다. 오고대부五羖大夫
백리해百里奚가 어찌 스스로 양피 다섯 장에 팔리려 했으리.[11] 달

---

8) 소흥부 서쪽의 항리산 아래. 항량項梁과 항적項籍이 여기에 거처하였
　　다는 전설이 있다.
9) 동한東漢시대의 사람.
10) 춘추시대 자객. 오공자吳公子를 위해 경기慶忌를 찔렀는데, 경기는 그
　　를 오히려 놓아주었다. 오나라로 돌아온 그는 강을 건너자 자살하였다.
11) 백리해가 진秦나라를 도망하여 초楚나라 사람들에게 잡혀 있는데 진
　　의 목공穆公이 알고 다섯 장 양가죽으로 그를 사서 돌아오게 하여 국

대명세 소품문

대명세戴名世(1653~1713)

　　자字 전유田有 · 갈부褐夫. 호號는 남산南山 · 우암憂庵. 안휘安徽 동성인桐城人. 그는 방포(方苞, 1668~1749)와 함께 동성파桐城派의 개조로 평가받기도 하지만 유파와 함께 논의되지 못하고 소외를 당하기도 한다. 『남산집南山集』으로 강희제 때 문자옥文字獄을 겪으며 죽었다. 양계초는 그를 '청대 두 역사가'의 한 명으로 평가하였다. 현전하는 『대명세집戴名世集』에는 52편의 전傳이 수록되어 있는데 명말 청초 동성 지역의 의병기록인 『혈유록孑遺錄』과 함께 역사의 이면에 버려진 인물을 발굴하고 있다.

　　그런데 대명세는 쉽게 동성파로 간주되지도 않는다. 문학사와 비평사에서 동성파로 쉽게 분류 기술하지 못하는 이유는 첫째 그가 독지獨知를 강조한 것이, 반의고를 내세운 공안파와 논리적으로 일치하는 양상이기 때문이고 둘째, 일반적으로 동성파 문인들이 청淸나라 말엽까지 정주 이학程朱理學을 종지로 체제내적 활동을 한 봉건 정통관념을 가졌다고 평가되는 데 비하여, 대명세는 건륭제 때 문자옥文字獄으로 처형된 체제 밖의 인물로 알려졌기 때문이며 셋째, 철학적으로 그는 특별한 견해가 없었다는 점이다.

술병을 차고 다닌 이인

一壺先生傳

일호선생一壺先生은 성명도, 어디 사람인지도 모른다. 찢어진 옷에 각건을 쓰고 미친 듯 거리낌이 없었다. 일찍이 등졓·내 萊 지역을 왕래하면서 노산勞山의 산수를 사랑하여 들어가 몇 년을 지내었다. 그는 떠났는가 하면 한참 후에 다시 나타나곤 하여 그 종적을 헤아릴 수 없었다.

술을 좋아하여 늘 술병을 차고 다녔기 때문에 사람들은 그를 일호一壺선생이라고 하였다. 그를 알아보는 사람이 술을 주면 그 집에 머물렀다. 틈을 타서 책을 읽을 때에는 한탄의 눈물을 흘리면서 중단하여 끝까지 읽지를 못하였다.

즉묵卽墨의 황생黃生, 내양萊陽의 이생과 잘 어울려 지냈는 데, 두 사람은 그가 보통사람이 아닌 것을 알고 존경으로 섬겼 다. 두 사람이 때로 선생이 머무는 곳을 찾아가면, 선생이 다시

두 사람의 집으로 오고가기도 하였다. 선생은 이 두 사람을 똑바로 바라보면서도 아무 말을 않다가 불쑥 "술이나 마시지. 내 자네들 때문에 취토록 마실라네." 하였다. 두 사람은 그가 마음에 불평이 있어 술을 먹고 일부러 함부로 행동하고 있다고 생각하고 조용히 그 연유를 물었지만 대답하지 않았다.

어느 날 이생은, 말을 타고 산길을 가다가 멀리 깊은 계곡에 복사꽃 수십 그루가 피어 한창인 것을 보았다. 한 사람이 나무 아래를 걷고 있었는데 마음 속으로 일호선생이 아닌가 하여 다가가니 과연 선생이었다. 바야흐로 병을 기울여 술을 마시고 있어 말에서 내려 함께 마시고 취해 헤어졌다.

선생은 종적을 도무지 알 수 없었다. 오래 머무는가 하면 문득 떠나가고, 한 번 가버리면 간 곳을 몰랐고, 그만 끝이거니 하면 다시 나타나곤 하였다. 강희 21년 즉묵을 떠난 지 오래 되었더니, 홀연 다시 나타나 절간에 묵었다. 평소 그와 왕래하던 사람이 보니 용모가 초췌하고 정신이 창황했다. 어딜 다녀왔느냐고 물어도 대답하지 않았다. 밤새도록 목놓아 울더니, 며칠 뒤에 마침내 목매어 죽었다.

찬하여 말한다. 일호선생은 아마도 보과장補鍋匠이나 설암화상雪菴和尙 같은 사람이 아니겠는가. 내 들은 바로, 그는 행동은 둔했지만 술에 취하면 크게 호령하며 천지를 조망하는 기개가 장엄하였다. 그러다가 홀연히 비분하여 돌아가고 난 뒤, 눈을 감고 만세를 다시 보지 않으니 그 무슨 까닭인가? 이생이 말하기를 선생은 돌아가실 때 벌써 70에 가까웠다 한다.

마음속 불평으로 술을 마시는 노인이란 점에서 원굉도袁宏道의 「취수전醉叟傳」의 주인공과 일치한다. 이 노인들에게 술을 권하는 사회 상황이란 명말의 부조리한 사회질서와, 청淸이라는 치욕적인 이민족 지배하에 살아가야 하는 고민이었을 것이다.

작자는 체제 내에서 현달한 자들이 부패하고 무능하여 명明이 망했다고 생각하고, 초야에 묻힌 사람들의 말없는 지조와 충절을 발굴하는 일을 하였다. "대신들이 모두 도적에게 천하를 어렵지 않게 넘겨주었으니, 신정지역 현령처럼 자기 성을 죽어도 버리지 않았다면 도적의 화가 이 지경에 이르렀겠는가?" "조 선생은 포의布衣로서 나라가 망하자 가정을 버리고 종신토록 품을 팔다가 죽었다. 저 임금의 총애로 부귀를 누리다가 얼굴을 바꾸어 원수를 섬긴 사람들이 선생을 보면 어떠할까?"

이렇게 그는 국사國史는 '숨기는 것이 있고 상세하지 않다'

고 비판하면서 야사를 추구하였다. 그의 야사와 인물전은 '옛 신하와 유민들은 사그라지고 문헌은 소멸되어 가니' 충신과 난적亂賊의 구별이 '후세에 전해지지 않음을 한탄'하여 찾아낸 역사의 보석이었던 것이다.

그 결과 그는 '패란悖亂' '광패狂悖'하다고 비난을 받았고, 광사狂士로 불리웠다. 필화사건으로 감옥에서 죽음을 맞이한 것은 그에게 열려 있는 당연한 길이었다. 술로써도 풀 수 없는 한을 안고 역사 앞에 순절한 역사가였던 것이었다. 이민족 지배를 겪은 우리가 후손들에게 읽힐 만한 야사는 어떤 것일까. 그런 역사를 기록한 역사가는 누구일까.

증조부의 은거지
響雪亭記

　나의 증조曾祖께서 용면龍眠땅에 은거하셨는데, 산길은 깊이 돌아 들어가고 봉우리들은 돌며 합쳐져 서로 안고 있었다. 뜰에는 사계절四季節 꽃이 피었다. 집과 백여 보步 떨어진 곳에는 계곡이 있다. 두 산이 끼고 있는 이곳은 온통 돌이어서 바닥도, 낭떠러지 언덕과 층계도, 움푹 패인 구덩이도, 물가도 온통 하나의 돌로 되어 굴곡져 내리고 있다. 그 깊은 곳에서 은은히 물 부딪치는 소리가 들려 나무다리를 타고 계곡을 따라 들어가면 특이한 경치가 나타난다.

　사방이 푸른 절벽인데 백 길 높은 암벽이 갑자기 끊겨서 오른쪽이 한 군데가 비었는데 그곳에서 계곡물이 솟아 내린다. 머리를 들어 물이 날리는 것을 보니 뿜어 덮는 격노한 모습이 하늘로부터 내려오는 것 같다. 물이 돌면서 못이 되었는데 버들잎 같은 큰 돌이 있다. 그곳에 나무를 가로질러 다리를 만드니, 물은 다리 아래로 보이지 않게 흘러 계곡溪谷으로 들어간다. 옆 삼면의 암벽 위에는 큰 나무가 모두 거꾸로 자란다. 가지와 줄기가 아래로 무성하게 늘어져 사계절 시들지 않는데, 뿌리가 석벽에 덩굴져 뻗어 마치 용의 비늘 같다.

석공石工을 시켜 왼쪽을 깎아 산으로 드는 계단을 내었다. 남쪽을 굽어들어 흙을 골라 정자亭子를 지었는데 폭포와 상대하고 있어 나무 사이에 날리는 물이 걸린 듯 보인다. 비가 온 다음에는 돌다리 위에 서서 말을 나눠도 들을 수 없었다. 나무다리를 여러 번 건너고 돌계단에 오른 다음에야 정자에 올라 귀엣말을 나눌 수 있었다.

전에 바위가 갈라지려 하여 작업을 하였는데 깨어져 다리 끝으로 내려앉아 수십 명이 앉아 마실 만하였다. 작은 물줄기가 그 바위에서 여러 번 굽이쳐 시냇가로 들어가는데, 물이 느려지면 술잔을 띄울 만했다. 폭포 꼭대기에는 고목이 한가히 누워 있는데 흐르는 물을 가까이서 바라보고 있었다.

용면 땅의 산수는 산맥이 길게 굽이치며 늘어진 것이 으뜸이었는데, 옛부터 그 경계가 열린 적이 없었다. 증조曾祖께서 '흐리지 않았는데도 늘 비가 오고, 무더운 여름에도 눈이 내린다'고 명銘을 쓰시었다. 그리고 그 정자亭子 이름으로 짓고 내게 기록하라 하셨다.

　　　　　　　　　✍

　작자 대명세의 할아버지가 은거하던 주변의 자연 경관이다. '흐리지 않았는데 비가 오고, 더운 여름에도 눈이 내리는' 신이한 경치는 그대로 세속의 기류를 초월한 은자의 기질이다. 시원한 폭포는 은자가 썩은 세상에 주는 청량감일 터이다. 그래서 은자인 조부가 머물고 있는 용면 계곡의 '특이한 경치'는 사람의 마음을 신선하고 경이롭게 하는 신비한 힘을 갖게 되는 것이다.

　아름다운 경치는 이렇게 그에 어울리는 인간의 청량한 영혼과 만나서 신비한 자연이 된다. 다행히 우리의 산천은 다른 어느 나라에 비해서도 아름답다.

이민족 땔나무가 된 계수나무
錄蔭齋古桂記

호구虎丘에서 3리 근접한 곳에 주朱씨의 정원이 있다. 주모朱某 선생이 창건한 곳이다. 원래는 채소 농사를 짓던 곳인데 선생이 사서 정원을 가꾸었다. 그 크기는 이백 묘였는데 수만 금을 들여 가꾸니, 죽목竹木과 수석水石·정자와 누각이 중첩하여 서로 그림자를 비추며 번화했다.

선생이 돌아가시게 되자 정원은 여러 아들에게 분배되었다. 그 셋째 아들 모씨가 동편에 녹음재綠蔭齋를 얻어 독서를 했다. 그가 때때로 친구들을 불러 술을 마시며 시회를 여니, 이때부터 주씨의 정원에서 녹음재가 가장 알려지게 되었다.

녹음재 동쪽에는 백여 살이 넘는 계수나무 한 그루가 있었는데 가지가 사방으로 뻗어내려 수십 명이 앉을 수 있었다. 꽃이 피면 나무 아래 손님을 불러 시끌벅적 놀았다. 푸른 나뭇잎이 늘어지고 무성하게 꽃이 가득하여 마치 장막이 쳐지고 울타리가 쳐진 듯하였다. 바람에 꽃잎이 날아 옷깃과 소매에 떨어져 내리면, 술잔 돌리던 사람이 몸을 굽혀 들어가서 나무뿌리를 에워싸곤 하였다. 이렇게 객들은 기쁜 마음으로 칭찬하지 않고 가는 사람이 없었다.

천표天標가 나를 이끌어 정원을 돌아보니 정자는 대다수 무너지고, 샘물은 마르고 돌은 퇴락했다. 남은 죽목竹木은 열에 한둘도 안 되었다. 창에는 이끼가 끼었고 정자는 풀이 에워싸서 옛 화려했던 모습을 다시 볼 수 없었다.

정원에는 옛부터 칠송초려七松草廬가 있었다. 칠송七松이란 것은 소나무 일곱 그루가 있었기 때문인데 송·원宋元 때 심은 것이었다. 몇 리 밖에서 보아도 구름 위에 우뚝 솟아 보였다. 선생이 돌아가신 후 칠송을 심은 땅은 모씨 소유가 되었는데 그가 도끼로 베어 땔나무로 때버렸다. 겨우 한 그루가 남았으니, 틀림없이 주朱씨네 담과 떨어져 있었기에 남을 수 있었다.

아, 물리物理의 성쇠盛衰는 어느 때나 있었다. 재질이 훌륭하면서 필부의 손에 욕을 당한 사람도 많다. 나는 이 일곱 소나무가 참으로 안타깝다. 그리고 그 때문에 계수나무의 경우를 다행으로 생각한다.

주씨네 정원의 부침으로 중국 역사의 성쇠를 말하고 있다. '좋은 재질로 필부의 손에 욕을 본 사람이 많다'라는 말은 정원 주인 '주씨朱氏'를 안타까이 여긴 것이다. '정자가 무너지고 샘물은 말라버린' 정원을 돌아보며, 작자는 자신의 고국, 주원장朱元璋이 세운 명明나라의 멸망을 곱씹고 있는 것이다. 송·원宋元 때부터 교목喬木처럼 우뚝 서있던 소나무가 모씨에게 소유권이 넘어간 이후 땔나무가 되어야 했던 사실, 즉 '좋은 인재가 필부에게 욕을 당하는 치욕'이란, 바로 오랑캐 청淸에게 지배를 받아야 하는 한족들의 수치를 말하는 은유다.

알아주는 사람이 없어도

慧慶寺玉蘭記

혜경사慧慶寺는 창문閶門[1]에서 사 오리 떨어진 한쪽에 자리를 잡고 있어 사는 사람이 적다. 서남쪽과 북쪽은 모두 평야다. 계미년, 갑신년 사이에 주죽타선생朱竹垞先生이 절에서 몇 칸 방을 빌려 저술을 하고 계셨다. 지난날 선생은 명明나라 역사를 기록하는 태사太史로서 명성이 높았는데, 강소성 순무사巡撫使인 송락宋犖의 귀한 손님이어서 송공이 수시로 방문하였다. 그에 따라 소주의 인사들도 그를 귀한 손님으로 대접하여 술을 들고 찾는 사람이 끊이지 않았다. 더불어 혜경사의 옥란玉蘭이 일시에 크게 유명해졌다.

---

1) 소주蘇州성의 북서쪽 문.

옥란은 불전佛殿 아래에 두 그루가 있었는데 높이가 몇 길이 되고, 이백 년이 된 것이라 꽃이 필 때 바라보면 눈이 오는 것처럼 무성하였다.

호구虎丘에도 옥란이 한 그루 있어 사람들에게 자못 이름이 있었다. 그런데, 호구虎丘가 번화해서 유람하는 사람들이 모여들어 쉽게 유명해진 것이지 실상 꽃은 혜경사에 있는 것이 훨씬 나았다. 그렇지만 만일 주선생朱先生이 태사太史라는 귀한 손님이 아니었다면 혜경사의 옥란은 끝내 아는 사람이 없었을 것이다. 한참 뒤 선생先生이 떠나고 절에 인적이 끊어지자 다시는 꽃을 보러 오는 사람이 없었다.

우리 집이 혜경사에서 일 리里쯤 떨어져 있었다. 정해년(강희 46년 1707) 춘春 2월 하릴없이 야외를 거닐다 문을 두드리고 들어가니 옥란이 막 예전처럼 무성하게 피어 있었다. 꽃은 때맞춰 피고 지며 자연법칙에 순응하여, 근본적으로 인간세상과는 상관이 없다. 사람이 알아준다고 무성하지도 않고, 몰라준다고 쇠락하지도 않는다. 지금 호구의 옥란은 그 자태가 점차 쇠락하는데 혜경사의 것은 옛날과 변함이 없다. 허명虛名은 믿을 게 못되고 그윽이 숨은 것이 오히려 영구할 수 있음을 보여주고 있는 것이다. 꽃은 미미한 존재이지만, 그 속에 느껴지는 이치가 있어 기록한다.

청나라 강희 16년(1707)에 쓰여졌다고 알려진 이 글은, 혜경사와 호구의 옥란을 대비시킴으로써 형평을 잃어버린 세상사, 즉 용렬한 자의 권세가 높아지고 능력 있는 사람은 오히려 매몰되는 세태를 풍자하고 있다.

그러나 작자는 '허명은 믿을 게 못되고 그윽한 이름이 오래 간다'고 사필귀정을 믿는다. 현실이 억울하고 어려울수록 당위적 질서가 회복되기를 바라는 믿음은 강해졌을 것이다. 이런 종류의 믿음은 위안을 주기도 하지만 때로 안타깝고 처연한 느낌을 주기도 한다.

시집을 잘 가는 방법
隣女說

　이웃 서쪽 집 여인이 비루했지만 시집을 잘 갔다. 동쪽 집
처녀는 정숙하고 예뻤지만 중매하는 사람이 없어 서쪽 이웃에
가서 물었다. "어떻게 해서 결혼을 하실 수 있었는지요?" 서쪽
이웃 여자가 말했다. "다섯 가지 방법을 썼지요." "무슨 말씀이
신지?" "누런 머리에는 기름을 바르고, 검은 얼굴에는 분을 바
르고, 큰 발은 싸매고, 때가 낀 몸은 옷으로 가리고, 사람이 오
면 차를 내어 놓았지요."

　"그래서 어떤 사람에게 시집을 가셨는데요?"

　"나는 선비, 장사꾼, 기술자, 일꾼, 거지, 이런 사람들과 모두
결혼을 해 보았지요."

　"당신을 비루하다고 하는 사람이 있으면 어떡하지요?"

　서쪽 집 여자는 어깨를 으쓱하고 목을 움츠리더니, 배를 움

켜쥐고 웃었다.

"아가씨, 나를 천박하다고 생각하시우? 이러니 아가씨가 나이 스물이 되도록 중매하는 사람이 없는 게지. 내가 세상 여자들을 많이 봤지만 다 나와 비슷합디다. 남정네들도 많이 봤지만 내 생각과 다른 사람은 없었구요. 그러니 누가 나를 천하다고 버리겠수?"

처녀가 말했다. "그래도 당신 생각과 다른 사람들이 있겠지요."
"내 생각과 다른 사람이 있다면 당신이 벌써 시집을 갔겠지."

처녀가 고개를 숙이며 탄식했다. 그러자 서쪽 집 여자가 말했다. "한숨쉴 것 없어요. 내가 당신 잘못을 따져보지요. 처녀가 장성했는데도 화장품 장수가 처녀處女의 집 문을 지나면서도 물건을 팔지 못했지. 여자女子들은 서로 모여 웃고 즐기는데 혼자서만 깊이 생각하며 함께 이야기를 나누지 않았지. 또 여자들이 수시로 하는 화장도 하지 않았어. 내가 당신 태도를 보니, 자신이 다른 사람과 다르다고 생각하는데, 당신은 정말 예쁘다고 생각하시우? 세상 사람들이 예쁘다고 부러워하는 사람이야말로 정말 예쁘다고 할 수 있는 거유. 그런데 당신에게 시선을 주는 사람을 못 만났으니 언제 짝을 찾겠누? 당신 성격과 외모가 그러면서도 자신이 스스로 중매쟁이가 되지 못하고, 오만하게 중매를 기다리니 그게 당신 잘못이유. 당신이 지난날의 모습을 바꾸고 새 단장을 하고서 문가에 기대어 웃으면, 좋은 결과가 있을 거유. 우리 집 문 앞으로 나던 발자국이 당신 집 앞에 가득할까 걱정하겠지."

처녀는 얼굴빛이 변하여 옷을 떨치고 일어나 서둘러 돌아갔다. 그리고는 죽을 때까지 왕래하지 않겠다고 맹세했다.

불공평한 세상에서 느끼는 억울함, 그런 가운데에서도 자신을 꿋꿋이 지켜 내려는 오기. 우리는 순진하게 예쁘면서도 시집을 못 가고 있는 처녀에게서 이런 감정을 확인한다.

화장으로 얼굴을 꾸미며 결혼에 성공하는 여자들은 오늘날에도 많다. 특히 인터넷 시대라는 오늘날에는 알맹이 없는 이미지를 대중매체에 실어 상품화하는 게 유행이다. 국민을 이끌 힘과 비전이 요구되는 국회의원이나 대통령 선거에서도 가공된 이미지가 선택을 강요한다.

교수들은 강의제목을 가볍고 싱그럽게 바꿔 수강생이 늘기를 기대한다. 대학 당국은 학과 이름이나 단과대학 이름을 그럴듯하게 꾸며 학생을 모집하려 한다. 강의내용을 혁신적으로 바꿔보려는 의지나, 새로운 학문체계를 세우려거나 강좌 당 학생 수를 줄이는 등 본질적인 개혁보다 이런 꾸밈이 더 유행이다. 교육당국이 본질적 측면으로 학교를 평가한다는 기대도 할 수 없다.

화장을 거부하고 본질적 '오기'를 가진 사람들은 답답한 원칙주의자가 되고, 현실에 뒤떨어진 사람이 된다. 그러나 진실한 아름다움이 꾸미기를 거부한 처녀에 의해 유지되듯이, 결국 인터넷 시대의 본질도 순실히 내용을 채우려는 사람들에 의해 채워질 것으로 믿는다. 이런 생각이 시대에 뒤떨어진 사람의 오기일까.

지초는 어지러운 세상에 헌상된다
芝石記

초동이 산에서 내려와 지초芝草 한 그루를 주며 말했다. "나무를 하다 산자락을 따라 물가에 이르러, 모래 속에 지초芝草가 있는 것을 봤습니다. 가는 풀에 섞여 있어 소나 양이 밟을까 걱정되어 가져왔습니다." 받아서 돌 화분에 심어 책상 위에 올려놓았다.

신령스런 지초[靈芝]는 돌을 뿌리 삼아 모래땅에 응결되어 자란다. 돌은 크기가 한 자도 안되었지만, 산봉우리와 암혈이 모두 갖추어져 있고, 그 곁 왼쪽 봉우리에 영지가 생겨 자란다. 여러 봉우리들이 우뚝우뚝 솟아나서, 그 하나하나가 마치 신의 조화가 도와 만든 것 같았다. 보는 사람들이 감탄하고 가지 않는 사람이 없었다.

지초芝草를 좋은 징조로 여기는 것은 오래된 일이다. 지초가

228
∷
제5부 대명세 소품문

나오면 반드시 상서롭고〔吉祥〕 좋은 일〔善事〕이 있으니, 지초는 이 때문에 생겨나는 것이 틀림없다고 한다. 그럴 수도 있을 것이다. 그러나 내 생각은 이렇다. 옛날 교만한 군주와 아첨배 신하들이 세상일이 한가롭지 않은 데에도 오직 지초 찾기에 열중하였다. 그래서 지초를 헌상하는 사람이 발꿈치를 부딪치며 도착하여 천하가 태평성대임을 드러내었다. 그러나 그때 천하에 과연 도가 있었으며 사방이 청명하였던가? 그렇지 않았다. 그렇다면 지초가 어찌 상서롭고 좋은 일 때문에 생겼다고 할 수 있겠는가?

그러나 신령한 지초는 산천의 순결하고 아름다운 기운을 받아서 생기는 것이니, 결국 천하의 상서로운 징조가 아니라고 할 수는 없을 것이다. 다만 오늘같이 어지러운 때에 조정에 천거되어 올라간다면, 이것은 정말로 덤불과 황초에 뒤덮이는 것보다 못할 것이다. 지금 이 지초는 다행히 조정에서 구하지 않았음에도 시골 나뭇꾼에게 발견되어 다시 내게까지 이르렀다. 나는 비루한 사람으로 세상일에 실의하여 세상을 버리고 초막을 어리고 있으니, 깊은 바위 골짜기에서 지내는 생활이 지초와 마찬가지다. 지초가 나와 같은 종류로, 내 거처에 욕이 되어서 그 본성을 잃게 되지는 않았으니, 다행이란 생각이다. 그래서 이 지석기芝石記를 쓴다.

예부터 사람들은 태평성대를 상징하는 징조를 만들어 왔다. 기린麒麟, 봉황鳳凰, 지초芝草… 이런 것들은 살기 힘든 어린 백성들에게 샘물 같은 역할을 하였을 것이다. 그러나 아이러니칼하게도 그런 것들이 나타나는 시대일수록 어지러운 시대였다는 사실은 역사가 증거한다. 메시아를 갈구하던 이스라엘 백성들이 누구보다 고달팠던 것과 마찬가지다. 백두산과 삼지연의 숲에 혁명과 정권의 상서로움을 예견하는 무수한 증거들이 나올 때마다 주민들의 생활은 더욱 힘들어 갔었다.

얼마 전 강원도 어디에선가 길조吉兆라는 흰 사슴이 태어났는데, 방송국에서 카메라를 들고 달려가 찍어대자 놀라서 스트레스로 죽었다고 한다. 길조吉兆 사슴의 죽음이 우리에게 오히려 길조吉兆가 될 수도 있을 것이다.

술로 풀어버릴 근심이라면 근심이 아니다
醉鄕記

옛날 내가 어느 시골 마을에 간 적이 있었다. 몸을 가누지 못하고 아득하여 도대체 분간을 할 수가 없었다. 하늘과 땅이 뒤바뀐 것 같고 해와 달이 빛을 잃은 것 같았다. 눈은 어릿어릿 분간이 되지 않고, 마음은 황홀하여 갈피를 잡을 수 없고, 몸을 가눌 수가 없었다. 사람에게 물었다.

"여기가 어딥니까?"

"거나하게 취하고 맛있는 음식을 먹으며 유유자적하니 바로 취향입니다."

"오호라, 여기가 바로 취향인가? 내 일찍이 유령劉伶과 완적 阮籍 등 죽림칠현에 대하여 들은 적이 있었더니, 옛 사람이 나를 속인 것은 아니었구나." 그 당시 신의 나라 중국 땅이 무너 지면서 중원이 솥단지 물처럼 들끓고 있었다. 그럼에도 세상 사람들은 거리낌없이 자기 마음대로 하고, 거꾸러지고 엎어지며 서로를 끌고 취향으로 몰려들었다.

생각건대 거기에 즐거움이란 없었을 것이다. 그래도 근심은 풀어버릴 수 있었을 거라고 생각하는 사람도 있겠지만, 풀어버릴 수 있는 근심이라면 그것은 진정한 근심이 아니다. 정말 근심이 있었다면 그것은 풀어버릴 수 없는 것이다. 설사 취향이라 하더라도 본질적인 근심을 실제로 풀어버릴 수 있는 것이 아니다. 그러니 취향에 들어간 사람들은 모두 근심이 없었다고 할 수 있을 것이다.

오호라. 유령과 완적 이래로 취향이 세상에 두루 퍼져 있다. 취향에는 사람이 있지만 세상에는 사람이 없다. 정신이 나가 떨어져서 한 번 들어가서는 나올 줄을 모른다. 들어가지 않고도 정신이 혼미해진 사람이 어찌 없으리오마는, 그럼에도 황혹하고 패란한 사람들이 그들을 비웃으니, 정말 취향에 취한 무리들이라고 할 수 있다.

유령과 완적처럼 취하여 들어가는 경지가 취향이다. 『진서晉書』의 「유령전」에는 그가 사슴이 끄는 마차를 타고 술병을 하

232

나 차고 다녔는데, 삽을 메고 다니는 사람을 뒤따르게 하고는 '내 죽으면 바로 파묻어라' 하였다고 한다.

그러나 작자는 세상을 잊기 위한 도피로서의 취향, 즉 술 마시기를 거부한다. '유령이나 완적처럼 술로써 잊을 수 없는 근본적인 문제를 우리는 안고 있다' '이 현실은 울분으로 해결해야 한다' 이러한 주장을 작자는 하고 있는 것이다.

술로 풀어버릴 수 없는 근심이란 바로 오랑캐에게 나라를 쥐어준 현실이었을 것이다. 작자는 이민족 치하에서의 염세주의나 아편중독 같은 현실도피를 경계하고 있는 것이다.

술이 가지고 있는 두 속성, 현실 위안과 현실 망각의 경계를 술꾼들은 어떻게 조절하고 있을까. 술을 잘 마시지 못하여 어느 한 곳에도 발을 못 담그는 필자는 항상 그것이 궁금하다.

술로 풀어버릴 근심이라면 근심이 아니다

왜, 세상에 의탁하여 욕을 당하는가
鳥說

내 서재 옆에 계수나무 한 그루가 서 있다. 그 나무 위에서 날마다 짝지어 우는 새소리가 들려왔다. 다가가 보니 두 마리가 나뭇가지 사이에 집을 지어 놓았는데, 땅에서부터 대여섯 자도 못 미치는 곳이어서, 사람의 손이 미칠 수 있었다. 새집은 등잔만한데, 정밀하고 견고하게 가는 풀을 얽어 만들었다. 손으로 움켜쥘 수도 없을 만큼 작은 암수 한 쌍의 새는, 맑고 깨끗한 색을 띠고 아리따웠지만 무슨 새인지는 알 수 없었다.

새끼가 알을 까고 나오자 암컷은 날개로 덮어주고 수컷이 먹이를 날라 왔다. 새끼에게 먹이를 줄 때마다 수컷은 집 위에서 멈춰 바로 내려오지 않았다. 내가 장난삼아 손으로 새집을 더듬으면 내려와 노려보며 울었다. 살짝 건드리면 조금 울고, 많이 건드리면 크게 울었다. 그러다가 손을 내리면 울기도 그쳤다.

어느 날, 밖에서 돌아와 보니 새집이 땅에 떨어져 있었다. 두 마리 어미 새와 새끼를 찾았으나 보이지 않았다. 물어보니 어느 집 종이 가져갔다는 것이었다.

안타깝도다. 이렇게 깨끗한 깃털과 맑은 울음소리를 가진 새가 어째서 깊은 산 울창한 숲에다 집을 짓지 않았을까? 잘못된 곳에 몸을 의탁하는 바람에 종놈에게 욕을 당해 죽었으니, 저 새가 어찌 이 인간세상을 너그럽다 여겼겠는가?

🐟

작은 새가 세상 속에 둥지를 틀다가 새끼를 잃는 모습을 통하여 처세의 어려움을 토설하고 있다. 자기가 있을 곳에 있어야 한다는 간단한 처세의 원리를 모르는 사람은 없다. 그것은 지키기가 어려운 것이다.

한때 독립운동가의 후손임을 내세워 독재정권을 꾸며주던 얼굴이 있었다. 산 속에 모셔진 조상을 정권 아래로 끌고 내려온 그 용기는 지금은 간 곳이 없다. 대학의 총장들이 대학이라는 이미지를 업고 세상에 나온 적도 많았지만, 세상도 학교도 나아진 것 없이 또 그렇게 사라졌다. 덕분에 세상 사람들은 이제 대학총장은 정치적인 사람들이지 학문적으로 훌륭한 사람이

왜, 세상에 의탁하여 욕을 당하는가

아니라는 사실을 굳게 믿게 되었다.

정권이 바뀔 때마다, 선거 때마다 거창한 명분으로 자기자리를 박차고 나가는 사람들이 많다. 먹을 것이 많다고 제 발로 동물원 우리 속으로 들어가는 야생동물 같다는 느낌이 든다. 곧 너무 살이 찌거나 저항력이 약해져 시들거리다가 사라진다.

자기가 해야하는 일을 못하고 남을 이용하고 싶어하는 사람들도 알아야 할 것이 있다. 종달새 한 마리를 잡아다가 조롱에 넣어둔다고, 아파트 베란다가 싱그러운 보리밭이 되는 것은 아니다.

군자의 문장은 담박할 뿐
與劉言洁書

언길言洁에게.

내가 평소에 책을 읽으며 문장이란 무엇인가를 고심하다가 차츰 큰 의문을 풀게 되었네. 내 생각으로는 문장의 도리가 비록 변화무쌍하긴 하지만, 핵심은 다른 것이 아닐세. 자연스러움을 따르면서 인위적인 조작을 하지 않는 것이지. 이렇게 하면 한 편의 글이 끝날 때 어지럽게 이어진 실마리를 볼 수 없을 것이네. 이것은 좌구명, 장자, 사마천, 반고 이래 여러 문장가들이 이견 없이 핵심으로 여기던 것일세.

무릇 문장을 짓는 도리는 어려운 것이네. 문장의 도리로서, 독서를 하지 않고 좋은 문장을 쓸 수 있는 경우는 없었지. 그러나 나는 내가 읽은 책을 들어내 내버리고 있네. 가지고 있는 책을 내가 잘 읽었다면 나의 문장은 벌써 좋아졌을 것이네. 오로지 내 생각에 집중하고 온갖 사유를 해 보며 어지러운 마음을 막아내면, 곧바로 내 몸은 세속을 떠난 곳에 자리잡게 되고, 상상의 나래를 광활한 공간에 두게 되네. 이것은 문자를 넘어선 곳에 정신을 노닐게 하는 것이지. 이런 다음에는 세상 사람들과 같은 말을 하지 않을 수 있게 되고, 세상 사람들과 같은 글을 쓰지 않을 수 있게 되어, 세상 사람의 입맛을 따르지 않을 수 있는 것일세. 그러므로 문장을 쓰는 데에는 자기만의 깨달음〔獨知〕보다 중요한 것은 없는 것이지.

지금 여기 어떤 사람을 대중들이 좋아한다면 그는 대중이 된 것이고, 군자가 그를 좋아한다면 그는 군자가 된 것일세. 그러니 군자는 대중들이 좋아하는 것을 부끄러워하는 것 아니겠는가. 대중들이란 귀와 눈으로 표절하여 꾸미는 것을 일삼고, 화려하고 아름다운 문자를 보면 자기 글을 엮을 때 부족하지 않을까 걱정하여 가져다 붙이는 사람일세. 그러니 그들의 글은 공허하여 아무 것도 없게 되는 것이지.

그러나 군자의 문장은 담백하네. 법도의 속박을 줄이고, 꾸밈도 버리고, 무소유가 되니, 바로 여기에 모든 것을 갖추게 되는 이유가 있는 것이지. 내가 전에 깊은 산 밀림 속에 들어갔더니 가시덤불이 내 발목에 걸리고 바위덩어리가 시야를 가려서 지척을 헤쳐가지 못한 적이 있었지. 나는 혹 실족할까 두려워 겨우 반걸음씩 떼어놓을 수 있었을 뿐이었네. 그런데 높은 산마루에 올라 내려다보니, 눈을 들면 천리가 보이고, 구름이 발 아래 있고, 아득히 끝이 없었네. 얼마 전에는 발해 바닷가에 유람을 갔었지. 하늘과 바닷물이 서로 닿아 있는데 파도가 용솟음을 치니 정신이 아득해 져서 사방을 둘러보아도 인간세상이 아닌 듯 하였네. 바로 이것이 자연스런 문장인 것일세. 글을 쓰는 도리는 이와 같은 것이니 어찌 어렵지 않겠는가?

내가 스무 살 때부터 문장에 뜻을 두었는데, 이때 나는 근심이 많고 정신이 황폐했던 데다가 하루 생계조차 편안치 못하였었지. 어릴 때부터 좋은 훗날을 기다리다 세월을 보내고 벌써 삼십 년이 지나니, 후회스럽고 부끄러운 마음을 어찌 말로 다 하겠는가. 수년 전부터 사방을 유람하면서 많은 선비들을 만나 보았으나 문장에 뜻을 둔 사람을 만나지 못하였는데, 유독 자네만은 근실하게 학문을 좋아하며, 고인의 뜻을 깊이 획득하였었지. 또 나를 재주 없다고 여기지 않고 문학에 종사할 만하다고 하니, 이는 내가 감당할 수 없는 말일세.

우연히 궤 속의 글을 정리하다가 병진년(강희 15년, 1676, 대명세 23세)부터 병인년(강희 25년, 1686)까지 10년간 저술한 「여중집蘆中集」, 「문천집問天集」, 「위학집圍學集」, 「암거천관집岩居天觀集」의 10분지 2, 3을 깎아 한 권으로 묶었으니, 청컨대 그대가 바로 잡아주시게나. 자네가 보존할 만하다고 여기는 것은 보존하고 그렇지 않은 것은 잘라버리게. 나는 장차 깊은 산에 들어가 땅을 일구며 독서하면서 지난날 품었던 뜻이 이뤄지기를 바랄 것이네. 그 또한 반드시 이루어진다고 할 수는 없겠지.

'나만의 깨달음'은 결국 산길을 홀로 걸을 수 있는 용기에서 얻어지는 것이다. 일체를 버리는 외로움을 감내해야 한다. '자연'을 담은 목소리는 '무소유' 속에서 나오는 것이다.

오늘의 문인 학자들은 '소유'를 실천하도록 강요받고 있다. 돈도, 명예도, 사회적 지위도, 제자도, 구름 떼 같은 독자들의 성원도 모두 소유한 사람이 명사다. 말 한마디하면 신문에 나는 발언권도 소유하고 있다. 그러나 말을 많이 할수록 발언권이 점점 약해지고 있는 이유는 무엇일까. 가진 것이 너무 많아 '소유의 편견' 때문에 '자연'을 잃어버린 때문일 것이다. 문인 학자들은 이데올로기조차 버리는 '무소유'꾼이 되어야 힘이 생길 것이다.

통신혁명으로 모든 지식은 공유지분이 되어가고 있다. 개인의 정서는 집단적 정서에 바로 동화되어 버린다. 그럴수록 결국 나만의 깨달음이 개성으로 강조되는 시대다. 그럼에도 우리는 나만의 길을 점점 상실해 가면서도 유행에 뒤지는 것을 두려워한다.

군자의 문장은 담박할 뿐

문장이 되면서 궁핍이 더해졌네
與劉大山書

작년 봄 정월, 그대를 찾아 강을 건너 이틀을 머물 때, 그대가
내어 보인 고문 십여 편은 모두 기이한 기운이 있었네. 그대는
정말 자신을 믿지 못하고, 오히려 헛되이 나의 문장이 옛사람의
법도에 맞는다면서, 문장의 기복변화와 생각의 짜임새에 대하여
물어왔었지. 나는 남경[1]으로 돌아가 궤짝에 넣어둔 글을 찾아서
모두 자네에게 주어 가르침을 받기를 바랐었네. 그런데 마침 그
대가 북쪽으로 북경지역을 유람하는 동안, 나 역시 동쪽으로 오
나라·월나라 지역을 돌아다니게 되어 끝내 그럴 수가 없었지.
금년 겨울, 금릉 지역 문인들이 나의 고문을 인쇄하고자 하였네.

---

1) 진회秦淮. 강소성의 율수현溧水縣에서 발원하여 남경성을 거쳐 양자강
에 들어가므로 여기에서는 남경을 비유하는 말.

나의 고문은 세상에 대한 울분과 증오를 담고 있어 감히 세상에 보이지 못하고, 언어 때문에 죄를 입을까 두려워하고 있었는데, 문인들이 자신이 소장하고 있던 초본 백 편을 판각하여 세상에 내놓았네. 간행이 완성되기를 기다려 당연히 역말 편에 그대에게 한 권을 보내네. 모두 좋은 글이 아닐세. 문장의 변화와 생각의 짜임새가 어떻게 그렇게 되었는지는 나도 설명을 할 수가 없으이. 자네가 꼼꼼히 다듬어 흠을 고치고 서문을 써서 책머리에 넣어주면 얼마나 좋겠는가.

글을 짓는 일이 똥덩이처럼 천박해진 오늘날에도, 나는 다른 취미 없이 오직 글짓기만은 염증을 내지 않았네. 또 한 평생을 지난 명나라 시대의 문헌에 마음을 두고, 20년 동안 그 유산을 수집하며 전고를 따져보니, 가슴 속에 백 권의 서적이 느껴지는 것이, 괴이하고 기이하고 물이 흘러 넘치듯 하여, 목을 건드리기만 하면 솟구쳐 나왔네.

게다가 나는 이런 고금의 대사大事는 감히 안이하게 할 수 없다고 생각하여, 명산에 들어가 정신을 깨끗이 하고, 밤이슬 기운을 마시면서, 숨쉬기도 조심하며 가다듬었네. 그러기를 오래하니, 드디어 핵심을 파악하고 체재를 갖추게 되어 바로 붓을 들게 되었네.

하지만 불행히도 집안에 초상이 계속 이어지고 번다한 일이 계속되었네. 사방으로 의식을 구하러 뛰어다니며 가난 때문에 일이 뒤틀려버리니 얼마나 애통한 일인가. 우리 현에 사는 방포方苞는 '문장이란 사람의 재주를 궁핍하게 하는 것인데, 기이한 문장을 쓰는 사람이 기이하게 궁핍하니, 대명세가 그러하다'고 하였네. 나의 문장이 방포가 말한 것처럼 기이하다고 할 수는 없지만 기이한 가난 때문에 저술을 하려 해도 할 수가 없었네.

남경南京에 여수라는 자가 비파를 좋아하여, 비파에 재주 있는 사람이 있다는 소리를 들으면, 불원천리하고 모셔다가 배웠다네. 비파 타는 손님이 오면 기꺼이 종일토록 앉아 배우기를 힘써서 결국 큰 재주를 익히고 남중南中 제일 고수라고 불리었네. 그러나 이 때문에 천금 재산을 날리고 의식조차 해결하지 못할 지경에 이르렀지. 그래서 거리에서 비파를 뜯고 구걸하며 살아갔지만 끝내는 알아주는 사람이 없어 굶어죽는 수밖에 없었다네. 결국 비파를 안고 남경 강가에서 굶어 죽었지.

지금 나의 문장이야말로 바로 여수의 비파와 같은 것일세. 그러나 비파는 서역 오랑캐의 악기일 뿐이니, 잘하거나 못하거나 따질 필요가 없을 것이네만, 우리 같은 사람들이 하는 일은 옛 어진 임금들의 유업으로서, 성인의 도리를 밝히고 천지의 미묘한 이치를 드러내는 것인데, 세상 인심에 따라 가난 때문에 오랑캐 악기처럼 중도에 어그러졌네. 그렇지만 비파를 깨버림으로써 가난과 굶주림에서 벗어나는 일은 여수도 하지 않았지.

슬프지 않은가. 비파 타는 일이 이루어짐으로써 죽음의 길이 가까워졌고, 문장이 이루어지면서 궁핍함이 더 심해지게 되었네. 그대가 눈썹을 쳐들고 옷깃을 떨치고 득의만만하게 내가 한 일을 본받는다면, 이는 바로 또 하나의 여수 같은 사람이 되는 것일세. 여수가 되어본 사람만이 비로소 여수의 음악을 이해할 수 있는 것 아닌가. 그래서 나는 자네가 내 글에 서문을 써주기를 바라는 것일세.

작자는 명나라 유민으로서 명사明史를 수찬하는 일에 집중해 왔다. 이 역사 쓰기는 현실 속에 자리 잡은 청나라를 거부하는 것이기에, 자긍심이 높아질수록 가난해 질 수밖에 없는 작업이다.

필자는 이와 반대로 이제는 망해버린 청나라 만주족의 신화에 일생을 건 사람을 만나본 적이 있다. 그는 자기 민족의 신화를 찾기 위해 신문기자직을 버리고, 한족 부인과 이혼을 하였다. 마침내 만주족 신화연구의 거두가 되었지만 그는 현재 병

문장이 되면서 궁핍이 더해졌네

든 몸을 지키기도 어려운 처지에 있다. 그의 집에는 황족이 쓴
족자가 흐린 불빛 속에 걸려 있었다.

나를 찾아 온 가난 귀신
窮鬼傳

궁귀窮鬼가 언제, 어디에서 나타났는지는 알 수 없지만 당唐 헌종憲宗 원화元和 연간에 처음 창려 한유昌黎韓愈에게 의지하여 붙었다. 한유는 오래도록 그와 살다가 감당할 수가 없어서 글을 지어 그를 쫓아냈다. 그래도 그는 떠나지 않고 도리어 한유를 어리석고 무지하다고 욕하였다. 한유가 죽자 의탁할 곳 없이 세상에 떠돌면서 한유 같은 사람을 찾아 따르려고 했으나, 구하지 못하였다. 구백 여 년의 세월을 보내고 나서야 강회江淮 지역에 피갈被褐 선생이 한유와 같다는 소문을 듣고는 소개도 거치지 않고 곧바로 피갈 선생 집을 찾았다.

"저는 옛날 한유 씨의 객이었사온데 선생께서 도의가 높다고 들었습니다. 삼가 선생의 문하에 의탁해서 힘써 선생을 모시고자 합니다."

피갈 선생은 자리에서 벌떡 일어나 물러서며 놀라서, "네가 온다면 장차 어찌하라구!" 하며, 손을 저어 물리쳤다.

"자네, 가 주게. 옛날 한퇴지는 자네 때문에 천하에 받아들여지지 못하고 비웃음과 모멸을 당했고, 의탁할 곳 없이 궁하게 되었네. 그의 「가난을 보내는 글送窮文」은 지금도 다시 볼 수 있지. 내게 매달리지 말고 가주게. 나도 어쩔 수 없으니 다른 사람에게 가보도록 하게."

"선생께서는 어찌 이리 매정히 저를 버리십니까? 다른 사람을 따르려 했다면 오래 전에 쫓았을 것입니다. 제가 선생을 따르려는 것은, 다른 사람을 쫓고 싶지 않기 때문입니다. 선생께서 어찌 이렇게 심히 저를 버리십니까? 제게 무슨 잘못이 있는지요"

"자넨 가난[窮]이라는 이름을 하고 있기 때문에 그 힘으로 정말 나를 궁핍하게 할 수 있지. 문장을 의론할 때에는, 입만 열면 하지 말아야 할 말을 하게 되니, 언어에 궁핍해질 것이고, 위에도 아래에도 구덩이가 널려 있어, 앞으로 가도 뒤로 가도 뒹굴어 넘어질 것이고 허리를 굽히고 아래위를 살피며 조심해 걸어도 이쪽저쪽에서 잡아당기니 행동도 굼뜨게 되겠지. 더러움을 뒤집어쓰고 뼈아픈 조롱을 받으며, 여러 사람의 비난을 근심하고 변명하기에 궁하게 될 것이고, 하는 일마다 반대를

248

당하고 세상의 도리에 어긋나게 되니 재주가 궁하게 될 것이지. 또 명성과 재산이 여러 사람을 움직이기에 부족하고, 호방한 기개와 세상에 대한 울분으로 세속과 어울리지 못하니, 남과의 교유에 궁하게 되겠지. 쓸데없는 책을 끌어안고 남에게 구속되지 않는 기상을 가지고서, 궁핍한 몸을 이끌고 냉대 받는 세상으로 들어가니, 집에서도 궁할 것이요 나라에서도 궁할 것일세. 자네가 나를 궁핍하게 만들 수 있는 사실을 내 일일이 열거할 수 없어 대략만 언급해 보았을 뿐이네."

궁귀가 말했다. "선생께서는 이런 것이 저의 죄라고 생각하시는지요? 말씀인즉 옳습니다. 그러나 제 죄가 가엽기도 하지만 그 공도 잊을 수는 없을 겁니다. 제가 자리를 잡는 곳에는 세상 모든 것들이 자리를 피하니, 그 때문에 선생께서 저를 버리시려 하는 것일 겁니다. 그렇지만 이런 구구한 세속 것들이 어떻게 선생을 가볍거나 무거운 존재로 만들 수 있겠습니까? 그러나, 저는 선생을 노래하도록 할 수도 있고, 울게 할 수도 있고, 감격시킬 수도 있고, 울분케 할 수도 있습니다. 또 선생이 홀로 무궁한 경지에 오가며 노닐게 할 수도 있습니다.

선생께서 말씀하신 여러 가지 일들이야말로 정말로 제가 선생께 애써 행할 일들입니다. 그런 것들이 무엇이 문제가 되겠습니까? 더욱이 한유 씨가 지금껏 불후의 이름을 떨치고 있는 것은 다 나의 힘입니다. 그러기에 한유도 처음엔 저를 의심했지만 마침내는 저를 편안히 여겼던 것입니다. 제가 세상을 떠돌아다닌 지 아주 오래 되었지만 의지할 사람이 없었는데 수천년 만에 한유 선생을 만났었고, 이제 또 천여 년 만에 선생을 만나게 되었습니다. 선생의 도를 바라보고 쫓아 온 사람이 한 사람도 없었지만, 제가 홀로 선생을 흠모해서 따라왔으니, 저와 선생과의 관계가 어찌 돈독해지지 않을 수 있습니까?"

이렇게 해서 피갈 선생이 그와 함께 살게 된 지 수십 년 만에 감당할 수 없을 만큼 심히 궁하게 되었지만, 그의 공도 적지 않았다.

하루는 궁귀가 선생에게

"제가 선생께 귀의하고부터 선생은 세상에 용납되지 못하고, 비웃음과 모멸을 받으시면서 돌아갈 곳이 없을 정도로 궁하게 되었습니다. 이 모든 것이 저 때문이니 저 역시 민망스럽습니다. 그러나 제가 선생께 힘써 행한 것은 모두 선생님께 좋은 보람이 되었습니다. 이제 다 되었습니다. 선생께는 이제 제가 소용이 없고, 저 또한 오래도록 감히 선생을 혼란케 할 수 없습니다."

말을 마치자 곧 일어나 총총히 가버리니, 그 간 곳을 알 수 없었다.

당唐의 문학가 한유韓愈는 「송궁문送窮文」이라는 희문을 지어 자신의 분개한 마음을 표현한 바 있다. 그는 가난 귀신, 즉 궁귀窮鬼를 지궁智窮, 학궁學窮, 문궁文窮, 명궁命窮, 교궁交窮의 다섯 가지로 분류하였다.

작자 대명세戴名世는 이 한유의 글과 제목을 차용하여, 자신을 궁핍하게 만드는 시대의 부조리에 대하여 울분을 표현하고 있다. 현실에 타협하지 않아 가난할 수밖에 없었던 한유와 자신을 일체화하면서 자신을 도리의 계승자로 자임하는 것이다.

화폐로 능력이나 인품이 평가되는 시대가 아니었기 때문에 작자 대명세는 가난 귀신을 집안에 두고 살았던 것일까. 봉양해야 할 부모가 안 계시거나 먹여 살려야 하는 처자식이 없었는가. 교육비가 오늘보다 적게 들었는가. 명품 옷이나 좋은 차가 없이도 체면이 유지되었기 때문일까. 아니면 적어도 한유 같은 사람의 도리를 이으면 이름은 남는다는 명분이 있어서였을까.

그대, 돈의 신이여
錢神問對

한 신이 있으니 붉은 색에 각진 눈을 하고 있었다. 얼굴에는 무늬를 새겨 넣었다. 그가 큰길 가운데 서니, 그 냄새가 멀리까지 퍼져갔다. 사람들이 모두 절을 하며 간절히 기원을 올리고 있는데, 혀를 차며 탄식을 하는 사람도 있었다.

내가 보고 말했다.

"이것이 어떤 신이오?"

여러 사람이 말했다.

"당신이 알 바가 아니오."

신에게 다가가 물으니 그 신이 이름을 대며 대답했다. 내 웃으며 말했다.

"자네 이야기를 오래 전부터 들었더니, 네가 이런 존재였구나. 어떻게 이렇게 여러 사람을 움직이느냐?"

"내가 세상에 노닐면 외경하고 공경하지 않는 사람이 없는데, 자네는 도리어 이런 저런 말을 해대니 그게 무슨 말인가?"

"내 자네 죄를 들어볼까? 자네는 녹여버려도 그 해독이 없어지지 않고, 끊어버려도 해악을 구제할 수가 없어."

신이 노하여 말했다.

"자네는 정말 어린애 같군. 똑똑하질 못해. 우연히 만나 여러 사람 앞에서 나를 욕하다니. 나의 공덕을 보시게. 해내외를 막론하고 내가 없으면 탄식소리를 내며 살아갈 방법이 없게 되지. 간혹 한둘 멋모르는 망령된 사람들이 나를 피하기는 하지만, 여러 공자와 귀인들은 모두 열심히 나를 둘러싸고 손을 비비며 눈을 맞추네. 뿐만 아니지. 서민들이나 비천한 사람들도 나를 죽기로 쫓지 않는 사람이 어디 있는가.

나의 성질을 들어 보시게. 흘러 뒹굴어도 끝이 없지. 오랜 세월을 거쳤지만 파괴되지 않고 나를 사랑하는 사람에게는 귀의하고 사랑하지 않는 사람에게는 사양하고 가지 않았다네. 내가 세상 사람들에게 구하는 일이 있었던가? 오직 세상 사람이 내게 구할 뿐일세. 관리들은 내가 없으면 즐거워하지 않고, 장사치들은 내가 없으면 서로 통하지 않고, 교유하는 사람들에게는 내가 없으면 믿음이 두터워지지 않지. 문장은 내가 없으면 고귀해지지 않고, 친척은 내가 없으면 서로 화합치 못하네. 그러니 사람들은 내가 있으면 살고 내가 없으면 죽는 것일세.

그러기 때문에 나를 도둑질하는 사람은 높은 고관이라도 감옥도 마다 않고 가게 되고, 나를 소유하기를 원하는 사람들은 한 푼이라도 빠뜨릴까 이해득실을 분명히 따지고 밝히는 것일세. 그런데 자네는 무슨 말을 그렇게 하는가? 다시는 자네를 만나고 싶지 않으이."

이에 내가 말하였다.

"그렇군. 내 한 번 간단히 말해 보겠네. 옛날 사람들이 처음 살았을 때는 소박 간소하여, 수천 년을 밭을 갈고 우물을 파먹고 살면서도 천하가 태평 안락하여 세상에 일이 없었네. 그때에 자네가 있었던가? 자네가 세상에 나오고부터 무게를 따져 제도를 정하고, 오수五銖니 반냥半兩이니 하는 진한대秦漢代의 수량이 생겨나고, 모나고 둥글게 그 모양을 정해 세상에 유포하니, 사람들의 마음을 현혹시키고 온갖 시비가 일어난 것이지.

이에 용렬하고 간사한 사람들은 자네를 기준으로 인간의 경중과 고하를 논하였지. 그래서 어떤 사람은 땀을 흘리며 다른 사람에게 종속되기를 애걸하기도 하네. 아니면, 온 심력을 기울이고 험난한 길을 걸으며, 죽기로 부자되기를 힘쓰면서, 남에게 해가 되더라도 내 이익을 도모하려고 서로 싸우고 있지. 심지어는 법을 어기며 간악한 행위를 하고, 남을 죽이고 무덤을 도굴하기도 하고, 도박을 하기도 하고, 뛰쳐나가 도적 떼가 되기도 하지.

너희들은 관리의 득실에도 관여하여 정사가 뇌물로 이루어지고, 백성을 두드려 골수를 빨고 서로 돌려가며 착취하지. 그러니 세상에 너의 손에 죽은 사람이 이루 헤아릴 수가 없어. 흙과 나무를 다듬어 신상神像을 만들어 억지로 의관을 갖춰 입혀놓고는, 양과 이리처럼 강퍅하고 탐욕스런 무리들이 가난하고 외로운 사람들을 포악하게 괴롭히기도 하지. 자네는 이루 헤아릴 수 없이 포악한 행동에 힘을 보태 준 것일세.

포악한 소인들이 처소의 궤짝에 넣어 자물쇠를 잠가 숨겨놓고는 싸움을 조장하고 잘못을 덮었지. 또 정의를 피하고 사악함을 추종하여, 의로운 선비와 어진 사람들이 두려워서 자기 기개를 펼 수 없도록 만들었지. 덕을 닦을수록 가난해지고 문장이 뛰어날수록 궁핍하게 만들었지.

게다가 자네는 분분히 천하를 뛰어다니며 호걸들을 거꾸러뜨리고, 세상풍속을 어그러뜨리며, 그 냄새를 세상에 널리 퍼뜨렸네. 그리고 그 맛을 느끼는 사람들이 모두 미혹에 빠지는 병에 걸려버렸네. 자네를 보면 사모하고, 자네 소리를 들으면 생각하고, 얻으면 기뻐하고, 잃으면 슬퍼하고 있지. 있어도 없어도 불평이 생겨나고, 탐욕과 인색이 이어져 인의로운 마음을 막아버리네. 해와 달을 가려서 세상 사람들이 갈팡질팡 갈 곳을 모르고 오직 자네만을 쫓아가고 있어."

"당신의 말은 정말 옳소 그러나 나의 도리야말로 바로 내가 신이 될 수 있는 이유가 아니겠소 당신이 어찌 그것을 다 이해하겠소?" 신은 이렇게 말하더니 하늘을 보고 웃고는 머리를 숙이고 걸어갔다. 사방을 살펴보고 손을 들어 이별을 하자, 여러 사람들이 함께 끌어안고 가 버렸다.

앞에서 읽은 「궁귀전」과 짝이 되는 글이다. 위진남북조 시대의 성공수成公綏와 노포魯褒의 『전신론錢神論』의 전통을 이어받으면서 돈의 문제를 직설적으로 설파하였다.

돈의 위력은 어느 원자폭탄보다 크다. 뜻 있는 선비와 영웅도 파괴하고, 영혼 구제를 내세워 삼천 년을 살아온 종교조차 그 앞에 무릎을 꿇는다. 부모자식도, 사랑하는 남녀도 그 앞에서는 무너진다.

생존이 문제가 되지 않은 오늘의 풍요 속에서도 돈은 신이다. 아니, 물질적으로 풍요로울수록 전신錢神의 위력은 더욱더 커진다. 덩치가 커질수록 더욱 두렵고 무시무시한 철 불가사리다.

역설적이게도 돈의 신은 몸집이 작을수록 감동적이다. 천 원짜리가 전화선으로 쌓여 가는 모금운동에는 눈물이 함께 흘러간다. 돼지 저금통을 들고 나온 고사리 손에는 영혼의 떨림이 있다.

　그럼에도 우리는 돈을 굴리고 싶어한다. 마치 시지프 신화의 주인공처럼.

소경 아닌 자 누구인가, 눈뜬 자들이 장님이오
盲者說

동네에 눈 먼 소년이 점을 치며 살았는데 악기도 잘 다뤘다. 이웃 어떤 사람이 그를 불러 위로했다.

"나이가 몇이냐."

"열다섯 살입니다."

"언제 눈이 멀었는고."

"세 살 때입니다."

"그러면 눈이 먼지 12년이 되었군. 어둡고 깜깜한 상태에서 종종걸음으로 다녀야 되고, 웅대한 천지天地, 밝게 빛나는 일월日月, 흐르고 우뚝 선 산천山川, 아름다운 용모容貌, 화려한 궁실宮室, 이런 것들을 볼 수 없으니, 얼마나 슬픈 일인가. 내 자네를 위로하고 싶네."

맹인盲人이 웃으며 대답했다.

"당신의 말은 단지 맹인이 소경 노릇 하는 것만 알뿐이지, 맹인 아닌 사람이 모두 소경노릇 하는 것은 모르는 말씀입니다. 장님을 어찌 눈멀었다고 할 수 있겠습니까? 내 눈은 비록 볼 수는 없지만, 사지四肢와 온몸이 멀쩡하여 눈 때문에 망동妄動 하지는 않습니다. 다른 사람을 대할 때는 목소리를 들어 그 성 씨姓氏를 알고, 그 어조語調를 분간하여 시비是非를 가리며, 걸 어다닐 때에는 평탄한가 비탈졌나를 가늠해서 걸음을 빠르고 천천히 하여 넘어질 걱정이 없습니다. 내가 정통한 일에만 힘 써서 급하지 않은 일에 마음을 고달프게 하지 않고, 무익한 일 에 힘을 쓰지 않고, 내 기술을 팔아 배불리 먹고삽니다. 이렇게 사는 것이 오래 습관이 되어서 내가 눈이 먼 것을 병으로 생각 하지 않습니다.

지금 세상 사람들은, 예의에 어긋나는 행동을 즐겨하고, 쓸데 없는 구경을 좋아해서, 어떤 일이 눈앞에 닥쳐도 제대로 볼 줄 을 모르고, 겨우 보더라도 멀리 보질 못합니다. 현명하고 어리석 은 등급을 판별하지 못하고, 옳고 그름이 눈앞에 있어도 분간하 지 못하며, 이해가 다가와도 살피질 못하고, 치란治亂의 연고緣 故를 헤아릴 줄 모릅니다. 시서詩書와 사물이 앞뒤에 놓여 있어 하루 종일 그걸 보면서도 그 뜻을 몰라서 도리에 어긋나는 행동 을 하며, 갈팡질팡 넘어지고 엎어지면서도 깨닫지 못하여, 마침

소경 아닌 자 누구인가, 눈뜬 자들이 장님이오

내 그물 속에 빠져들고 함정에 드는 사람이 많습니다.

하늘은 사람을 사랑하는 마음이 매우 깊어, 운동하고 지각하고 인식하는 도구를 주었건만, 사람이 그 준 뜻을 잃어버리고, 빌린 것을 가지고 자기 몸을 괴롭히는 것이 어찌 유독 눈뿐이겠습니까?

모두가 어둡고 깜깜한 상태에서 종종걸음으로 다니고 있다고 할 수 있으니, 세상에 소경 아닌 사람이 그 누구입니까? 소경이 나 혼자뿐입니까? 내가 눈을 흘겨 뜨고 사방을 돌아보며 말할 수 있거니와, 저들은 나를 한 순간도 모욕할 수 없습니다. 당신 같은 사람이 자신을 애달파하지 않고 나를 애달파하며, 자신을 위로하지 않고 나를 위로하니, 나는 반대로 당신을 애달파하며 당신을 위로합니다."

그 사람이 대답을 못하고 나에게 와서 그 이야기를 하니, 내가 듣고 기이하게 생각되어 말했다.

"옛날에는 고瞽와 사史가 각기 방사方師와 태사太史가 되어 교육을 맡았고, 태사와 눈동자 없는 수瞍와 시력이 없는 몽矇이 노래를 불러 교화를 도왔으니, 진나라의 사광師曠이나 정鄭나라의 사혜師慧가 그런 사람이다. 자네가 말한 맹인도 그런 사람이 아니겠는가." 이를 보는 사람이 부끄러움을 알기를 바라며 그 말을 기록한다.

눈 뜬 세상 사람 중에 장님 아닌 사람이 없다는 이 「맹자설」은 이지의 「동심설童心說」과 마찬가지로 세상에 통용되는 가치를 부정하는 역설적 시각을 보여주고 있다.

이런 역설은 지식인조차 점차 청淸나라에 귀속되어 가면서 진실과 거짓, 옳고 그름을 구별하지 못하게 된 현실에 대한 비판이다. 선비와 관리들이 '이름을 팔아 녹祿을 구하면서도 염치를 모르는' 현실이 이런 역설을 만든 것이다. 나체로 지내는 흑인국黑人國에서는 얼굴 하얗고 옷 입은 사람이 오히려 조롱받고, 사람마다 혹이 달린 제·노齊魯 지역에서는 혹 없는 사람을 오히려 불구라고 부르는(증조참기서贈趙驂期序) 것처럼 세상이 뒤집혔다는 통탄이다.

이 시대 눈을 뜨고 거리를 활보하는 장님은 어떤 사람들일까. 누구나 다 도둑이라고 하는데, 자신은 지도자라고 생각하는 정치인들일까. 학생들은 손가락질을 하는데, 머리를 뒤로 젖히는 교육자들일까. 만원 전철에 서서 주식면을 들여다보는 직장인일까.

일찍이 장자는 나비가 된 꿈을 꾸며 스스로 물었다. 나비가 장자냐, 장자가 나비냐. 우리도 한번쯤 물어보자. 나도 눈 뜬

소경 아닌 자 누구인가, 눈뜬 자들이 장님이오

장님일까. 나는 무엇에 눈이 멀었을까.

제1부 원문

童心說

龍洞山童心說農敍西廂 末語云 知者勿謂我尙有童心可也 夫
童心者 眞心也 若以童心爲不可 是以眞心爲不可也 夫童心者
絶假純眞 最初一念之本心也 若失却童心 便失却眞心 失却眞
心 便失却眞人 人而非眞 全不復有初矣

童子者 人之初也 童心者 心之初也 夫心之初 曷可失也 然童
心胡然而遽失也 蓋方其始也 有聞見從耳目而入 而以爲主於其
內而童心失 其長也 有道理從聞見而入 而以爲主於其內而童心
失 其久也 道理聞見日以益多 則所知所覺日以益廣 於是焉又
知美名之可好也 而務欲以揚之而童心失 知不美之名之可醜也
而務欲以掩之而童心失 夫道理聞見 皆自多讀書識義理而來也
古之聖人 曷嘗不讀書哉 然縱不讀書 童心固自在也 縱多讀書
亦以護此童心而使之勿失焉耳 非若學者反以多讀書識義理而

反障之也　夫學者旣以多讀書識義理障其童心矣　聖人又何用多
著書立言以障學人爲耶　童心旣障　於是發而爲言語　則言語不由
衷　見而爲政事　則政事無根柢　著而爲文辭　則文辭不能達　非內
含以章美也　非篤實生輝光也　欲求一句有德之言　卒不可得　所
以者何　以童心旣障　而以從外入者聞見道理爲之心也

　　夫旣以聞見道理爲心矣　則所言者皆聞見道理之言　非童心自
出之言也　言雖工　於我何與　豈非以假人言假言　而事假事文假
文乎　蓋其人旣假　則無所不假矣　由是而以假言與假人言　則假
人喜　以假事與假人道　則假人喜　以假文與假人談　則假人喜　無
所不假　則無所不喜　滿場是假　矮人何辯也　然則雖有天下之至
文, 其湮滅於假人而不盡見於後世者　又豈少哉　何也　天下之至
文　未有不出於童心焉者也　苟童心常存　則道理不行　聞見不立
無時不文　無人不文　無一樣創制體格文字而非文者　詩何必古選
文何必先秦　降而爲六朝　變而爲近體　又變而爲傳奇　變而爲院
本　爲雜劇　爲西廂曲　爲水滸傳　爲今之子業　大賢言聖人之道皆
古今至文　不可得而時勢先後論也　故吾因是而有感於童心者之
自文也　更說甚麼六經　更說甚麼語孟乎

　　夫六經語孟　非其史官過爲褒崇之詞　則其臣子極爲贊美之語
又不然　則其迂闊門徒　懵懂弟子　記憶師說　有頭無尾　得後遺前
隨其所見　筆之於書　後學不察　便謂出自聖人之口也　決定目之

為經矣　孰知其大半非聖人之言乎　縱出自聖人　要亦有爲而發
不過因病發藥　隨時處方　以救此一等懵懂弟子　迂闊門徒云耳
藥醫假病　方難定執　是豈可遽以爲萬世之至論乎　然則六經語孟
乃道學之口實　假人之淵藪也　斷斷乎其不可以語於童心之言明
矣　嗚呼　吾又安得眞正大聖人童心未曾失者而與之一言文哉

忠義水滸傳序

太史公曰　說難孤憤　聖賢發憤之所作也　由此觀之　古之聖賢
不憤則不作矣　不憤而作　譬如不寒而顫　不病而呻吟也　雖作何
觀乎　水滸傳者　發憤之所作也　蓋自宋室不競　冠屨倒施　大賢處
下　不肖處上　馴致夷狄處上　中原處下　一時君相猶然處堂燕鵲
納幣稱臣　甘心屈膝於犬羊已矣　施羅二公　身在元　心在宋　雖生
元日　實憤宋事　是故憤二帝之北狩　則稱大破遼以泄其憤　憤南
渡之苟安　則稱滅方臘以洩其憤　敢問泄憤者誰乎　則前日嘯聚水
滸之强人也　欲不謂之忠義不可也　是故施羅二公傳水滸而復以
忠義名其傳焉

夫忠義何以歸於水滸也　其故可知也　夫水滸之衆何以一一皆
忠義也　所以致之者可知也　今夫小德役大德　小賢役大賢　理也
若以小賢役人　而以大賢役於人　其肯甘心服役而不恥乎　是猶以

小力縛人　而使大力者縛於人　其肯束手就縛而不辭乎　其勢必至
驅天下大力大賢而盡納之水滸矣　則謂水滸之衆　皆大力大賢有
忠有義之人可也　然未有忠義如宋公明者也　觀一百單八人者　同
功同過　同死同生　其忠義之心　猶之乎宋公明也　獨宋公明者身
居水滸之中　心在朝廷之上　一意招安　專圖報國　卒至於犯大難
成大功　服毒自縊　同死而不辭　則忠義之烈也　眞足以服一百單
八人者之心　故能結義梁山　爲一百單八人之主　最後南征方臘
一百單八人者陣亡已過半矣　又智深坐化於六和　燕青涕泣而辭
主　二童就計於混江　宋公明非不知也　以爲見幾明哲　不過小丈
夫自完之計　決非忠於君義於友者所忍屑矣　是之謂宋公明也　是
以謂之忠義也　傳其可無作歟　傳其可不讀歟

　故有國者不可以不讀　一讀此傳　則忠義不在水滸而皆在於君
側矣　賢宰相不可以不讀　一讀此傳　則忠義不在水滸　而皆在於
朝廷矣　兵部掌軍國之樞　督府專閫外之寄　是又不可以不讀也
苟一日而讀此傳　則忠義不在水滸　而皆爲干城心腹之選矣　否則
不在朝廷　不在君側　不在干城腹心　烏乎在　在水滸　此傳之所爲
發憤矣　若夫好事者資其談柄　用兵者籍其謀畫　要以各見所長
烏睹所謂忠義者哉

忠義水滸傳序

雜說

　　拜月西廂化工也　琵琶畫工也　夫所謂畫工者　以其能奪天地之
化工　其孰知天地之無工乎　今夫天之所生　地之所長　百卉具在
人見而愛之矣　至覓其工　了不可得　豈其智固不能得之與　要知
造化無工　雖有神聖　亦不能識知化工之所在　而其誰能得之　由
此觀之　畫工雖巧　已落二義矣　文章之事　寸心千古　可悲也夫
　　且吾聞之　追風逐電之足　決不在於牝牡驪黃之間　聲應氣求之
夫　決不在於尋行數墨之士　風行水上之文　決不在於一字一句之
奇　若夫結搆之密　偶對之切　依於理道　合於法度　首尾相應　虛
實相生　種種禪病皆所以語文　而皆不可以語於天下之至文也　雜
劇院本　遊戲之上乘也　西廂拜月　何工之有　蓋工莫工於琵琶矣
彼高生者　固已殫其力之所能工　而極吾才於旣竭　惟作者窮巧極
工　不遺餘力　是故語盡而意亦盡　詞竭而味索然亦

隨以竭 吾嘗攬琵琶而彈之矣 一彈而嘆 再彈而怨 三彈而向之怨嘆無復存者 此其故何耶 豈其似眞非眞 所以入人之心者不深耶 蓋雖工巧之極 其氣力限量只可達於皮膚骨血之間 則其感人僅僅如是 何足怪哉 西廂拜月 乃不如是 意者宇宙之內本自有如此可喜之人 如化工之於物 其工巧自不可思議爾

且夫世之眞能文者 比其初皆非有意於爲文也 其胸中有如許無狀可怪之事 其喉間有如許欲吐而不敢吐之物 其口頭又時時有許多欲語而莫可所以告語之處 蓄極積久 勢不能遏 一旦見景生情 觸目興嘆 奪他人之酒杯 澆自己之壘塊 訴心中之不平 感數奇於千載 旣已噴玉唾珠 昭回雲漢 爲章於天矣 遂亦自負 發狂大叫 流涕慟哭 不能自止 寧使見者聞者切齒咬牙 欲殺欲割而終不忍藏於名山 投之水火 余覽斯記 想見其爲人 當其時必有大不得意於君臣朋友之間者 故借夫婦離合因緣以發其端 於是焉喜佳人之難得 羨張生之奇遇 比雲雨之翻覆 嘆今人之如土 其尤可笑者 小小風流一事耳 至比之張旭張顚羲之獻之而又過之 堯夫云 唐虞揖讓三杯酒 湯武征誅一局棋 夫征誅揖讓何等也 而以一杯一局覷之 至眇小矣

嗚呼 今古豪傑 大抵皆然 小中見大 大中見小 舉一毛端建寶王刹 坐微塵裏轉大法輪 此自至理 非干戲論 徜爾不信 中庭月下 木落秋空 寂寞書齋 獨自無賴 試取琴心一彈再鼓 其無盡藏

不可思議 工巧固可思也 鳴呼 若彼作者 吾安能見之與

제1부 원문

題孔子像于芝佛院

人皆以孔子爲大聖 吾亦以爲大聖 皆以老佛爲異端 吾亦以爲異端 人人非眞知大聖與異端也 以所聞于父師之敎者熟也 父師非眞知大聖與異端也 以所聞于儒先之敎者熟也 儒先亦非眞知大聖與異端也 以孔子有是言也 其曰 聖則吾不能 是居謙也 其曰 攻乎異端 是必爲老與佛也

儒先臆度而言之 父師沿襲而誦之 小子朦朧而聽之 萬口一詞 不可破也 千年一律 不自知也 不曰 徒誦其言 而曰已知其人 不曰强不知以爲知 而曰知之爲知之 至今日 雖有目 無所用矣

余何人也 敢謂有目 亦從衆耳 旣從衆而聖之 亦從衆而事之 是故吾從衆事孔子于芝佛之院 [續焚書]

제2부 원문

徐文長傳

　　余一夕坐陶太史樓　隨意抽架上書　得闕編詩一帙　惡楮毛書
烟煤敗黑　微有字形　稍就燈間讀之　不覺驚躍　急呼周望　闕編何
人作者　今耶古耶　周望曰　此余鄉徐文長先生書也

　　兩人躍起　燈影下讀復叫　叫復讀　僮僕睡者皆驚起　蓋不佞生
三十年　而始知海內有文長先生　噫　是何相識之晚也　因以所聞
於越人士者　略爲次第　爲徐文長傳

　　徐渭字文長　爲山陰諸生　聲名藉甚　薛公蕙校越時　奇其才　有
國士之目　然數奇　婁試輒蹶　中丞胡公宗憲聞之　客諸幕　文長每
見　則葛衣烏巾　縱譚天下事　胡公大喜　是時公督數邊兵　威振東
南　介冑之士　膝語蛇行　不敢舉頭　而文長以部下一諸生傲之　議
者方之劉眞長　杜少陵云　會得白鹿　屬文長作表　表上　永陵喜
公以是益奇之　一切疏記　皆出其手

文長自負才略 好奇計 談兵多中 視一世士無可當意者 然竟不偶 文長旣已不得志於有司 遂乃放浪麴蘗 恣情山水 走齊魯燕趙之地 窮覽朔漠 其所見山奔海立 沙起雲行 風鳴樹偃 幽谷大都 人物魚鳥 一切可驚可愕之狀 一一皆達之于詩 其胸中又有勃然不可磨滅之氣 英雄失路托足無門之悲 故其爲詩 如嗔如笑 如水鳴峽 如種出土 如寡婦之夜哭 羈人之寒起 雖其體格時有卑者 然匠心獨出 有王者氣 非彼巾幗而事人者所敢望也 文有卓識 氣沉而法嚴 不以模擬損才 不以議論傷格 韓曾之亞流也 文長旣雅不與時調合 當時所謂騷壇主盟者 文長皆叱而奴之 故其名不出於越 悲夫 喜作書 筆意奔放如其詩 蒼勁中姿媚躍出 歐陽公所謂妖韶女老 自有餘態者也 間以其餘 旁溢爲花鳥 皆超逸有致 卒以疑殺其繼室 下獄論死 張太史元汴力解乃得出

晚年憤益深 佯狂益甚 顯者至門 或拒不納 時攜錢至酒肆 呼下隷與飮 或自持斧擊破其頭 血流被面 頭骨皆折 揉之有聲 或以利錐錐其兩耳 深入寸餘 竟不得死

周望言 晚歲詩文益奇 無刻本 集藏于家 余同年有官越者 托以抄錄 今未至 余所見者 徐文長集 闕編二種而已 然文長竟以不得志干時 抱憤而卒

石公曰 先生數奇不已 遂爲狂疾 狂疾不已 遂爲囹圄 古今文人牢騷困苦 未有若先生者也 雖然 胡公間世豪傑 永陵英主 幕

中禮數異等　是胡公知有先生矣　表上　人主悅　是人主知有先生
矣　獨身未貴耳

　　先生詩文崛起　一掃近代蕪穢之習　百世而下　自有定論　胡爲
不遇哉　梅客生嘗寄余書曰　文長吾老友　病奇于人　人奇于詩　余
謂文長無之而不奇者也　無之而不奇　斯無之而不奇也　悲夫

　　　　　　『袁宏道集箋校』(錢伯城箋校, 上海古籍出版社, 1981) 卷19,

　　　　　　　　　　　　　　　　　　　　　　　"瓶花齋集之七"

醉叟傳

醉叟者 不知何地人 亦不言其姓字 以其常醉 呼曰醉叟 歲一
遊荊澧間 冠七梁冠 衣繡衣 高權闊輔 修髯便腹 望之如悍將軍
年可五十餘 無伴侶弟子 手提一黃竹籃 盡日酣沉 白晝如寐 百
步之外 糟風逆鼻 徧巷陌索酒 頃刻飲十餘家 醉態如初 不穀食
唯唉蜈蚣蜘蛛癩蝦蟆及一切蟲蟻之類 市兒驚駭 爭握諸毒以供

每遊行時 隨而觀者 常百餘人 人有侮之者,漫作數語 多中其
陰事 其人駭而反走 籃中嘗畜乾蜈蚣數十條 問之 則曰 天寒酒
司得 此物不可得也 伯修予告時 初聞以為傳言者過 召而飲之
童子覓毒蟲十餘種進 皆生噉之 諸小蟲浸漬杯中 如雞在醯 與
酒俱盡 蜈蚣長五六寸者 夾以柏葉 去其鉗 生置口中 赤爪獰獰
屈伸唇髭間 見者肌栗 叟方得意大嚼 如食熊白豚乳也 問諸味
孰佳 叟曰 蝎味大佳 惜南中不可得 蜈蚣次之 蜘蛛小者勝 獨

蟻不可多食　多食則悶　問食之有何益　曰無益　直戲耳

　　後與余往來漸熟　每來　踞坐砌間　呼酒痛飲　或以客禮禮之　卽
不樂　信口浪譚　事多怪誕　每數十語必有一二語入微者　詰之不
答再詰之　卽佯以他辭對

　　一日偕諸舅出遊　譚及金焦之勝　道値叟　二舅言某年曾登金山
叟笑曰　得非某參戎置酒　某幕客相從乎　二舅驚愕　詰其故　不答
後有人竊窺其籃　見有若告身者　或云曾爲彼中萬戶　理亦有之

　　叟蹤跡怪異　居止無所　晚宿古廟或闤闠簷下　口中常提　萬法
歸一　一歸何處　凡行住坐眠及對談之時　皆呼此二語　有詢其故
者　叟終不對　往余赴部時　猶見之沙市　今不知在何所矣

　　石公曰　余于市肆間　每見異人　恨不得其蹤跡　因嘆山林巖壑
異人之所窟宅　見于市肆者　十一耳　至于史冊所記　稗官所書　又
不過市肆之十一　其人旣無自見之心　所與遊又皆屠沽市販遊僧
乞食之輩　賢士大夫知而傳之者幾何　余往聞澧州有冠仙姑及一
瓢道人　近日武漢之間　有數人行事亦怪　有一人類知道者　噫　豈
所謂龍德而隱者哉

　　　　　　　　　　　『袁宏道集箋校』卷19,"瓶花齋集之七"

拙效傳

石公曰 天下之佼于趨避者 兔也 而獵者得之 烏賊漁吐墨以
自蔽 乃爲殺身之梯 巧何用哉 夫藏身之計 雀不如燕 謀生之術
鸛不如鳩 古記之矣 作拙效傳

家有四鈍僕 一名冬 一名東 一名戚 一名奎 冬卽余僕也 掀
鼻削面 藍睛虯鬚 色若銹鐵 嘗從余武昌 偶令過隣生處 歸失道
往返數十迴 見他僕過者 亦不問 時年已四十餘 余偶出 見其凄
凉四顧 如欲哭者 呼之 大喜過望 性耆酒 一日 家方煮醪 冬乞
得一盞 適有他役 卽忘之案上 爲一婢子竊飮盡 煮酒者憐之 與
酒如前 冬傴僂突間 爲薪燄所着 一烘而過 鬚眉幾火 家人大笑
仍與他酒一瓶 冬甚喜挈瓶沸湯中 俟煖卽飮 偶爲湯所濺 失手
墮瓶 竟不得一口 瞠目而出 嘗令開門 門樞稍緊 極力一推 身
隨門闢 頭顱觸地 足過頂上 擧家大笑 今年隨至燕邸 與諸門隸

嬉遊半載 問其姓名 一無所知

東貌亦古 然稍有詼氣 少役于伯修 伯修聘繼室時 令至城市
餅 去城百里 吉期已迫 約以三日歸 日晡不至 家嚴同伯修門外
望 至夕 見一荷擔從柳堤來者 東也 家嚴大喜 急引至舍 釋擔
視之 僅得蜜一甕 問餅何在 東曰 昨至城隅 見蜜價賤 遂市之
餅價貴 未可市也 時約以明納禮 竟不得行

戚奎皆三弟僕 戚嘗刈薪 跪而縛之 力過繩斷 拳及其胸 悶絕
仆地 半日始甦 奎貌若野獷 年三十尚未冠 髮後攢作一紐 如大
繩狀 與錢市帽 奎忘其紐 及歸 束髮加帽 眼鼻俱入帽中 駭嘆
竟日 一日至比舍 犬逐之 卽張空拳相角 如與人交藝者 竟齧其
指 其癡絕皆此類

然余家狡獪之僕 往往得過 獨四拙頗能守法 其狡獪者 相繼
逐去 資身無策 多不過一二年 不免凍餒 而四拙以無過 坐而衣
食 主者諒其無他 計口而受之粟 唯恐其失所也 噫 亦足以見拙
者之效矣

『袁宏道集箋校』卷19，"瓶花齋集之七"

滿井遊記

    燕地寒 花朝節後 餘寒猶厲 凍風始作 作則飛沙走礫 局促一室之內 欲出不得冒風馳行 未百步輒返

    廿二日 天稍和 偕數友出東直 至滿井 高柳夾堤 土膏微潤 一望空闊 若脫籠之鵠於時冰皮始解 波色乍明 鱗浪層層 淸澈見底 晶晶然如鏡之新開而冷光之乍出於匣也 山巒爲晴雲所洗 娟然如拭 鮮姸明媚 如倩女之靧面而髻鬟之始掠也 柳條將舒未舒 柔梢披風 麥田淺鬣寸許 遊人雖未盛 泉而茗者 罍而歌者 紅裝而蹇者 亦時時有 風力雖尙勁 然徒徒步則汗流浹背 凡曝沙之鳥 呷浪之鱗 悠然自得 毛羽鱗鬣之間 皆有喜氣 始知郊田之外 未始無春 而城居者未之有也

    夫能不以遊墮事 而瀟然於山石草木之間者 惟此官也 而此地適與余近 余之遊將自此始 惡能無紀 己亥之二月也

               『袁宏道集箋校』卷19, "瓶花齋集"之五, 681面.

初至西湖記

從武林門而西 望保俶塔突兀層崖中 則已心飛湖上也

午刻入昭慶 茶畢 卽棹小舟入湖

山色如娥 花光如頰 溫風如酒 波紋如綾

纔一舉頭 已不覺目酣神醉 此時欲下一語描寫不得 大約如東阿王夢中初遇洛神時也

余遊西湖始此 時萬歷丁酉二月十四日也

晚同子公渡淨寺 覓阿賓舊住僧房 取道由六橋岳墳石徑塘而歸 草草領略 未及徧賞 次早得陶石簣帖子 至十九日, 石簣兄弟同學佛人王靜虛至 湖山好友 一時湊集矣[1]

---

1) 『袁宏道集箋校』, 卷10, "解脫集"之三, 422面.

西湖

　西湖最盛　爲春爲月　一日之盛　爲朝煙　爲夕嵐　今歲春雪甚盛
梅花爲寒所勒　與杏桃相次開發　尤爲奇觀　石簣數爲余言　傳金
吾園中梅　張功甫家故物也　急往觀之　余時爲桃花所戀　竟不忍
去　湖上由斷橋至蘇堤一帶　綠煙紅霧　彌漫二十餘里　歌吹爲風
粉汗爲雨　羅紈之盛　多于堤畔之草　豔冶極矣

　然杭人遊湖　止午未申三時　基實湖光染翠之工　山嵐設色之妙
皆在朝日始出　夕春未下　始極基濃媚　月景尤不可言　花態柳情
山容水意　別是一種趣味　此樂留與山僧遊客受用　安可爲俗士道
哉

　　　　　　　　　만력 25년 정유 1597년 항주에서 쓴 글이다.

孤山

　　孤山處士　妻梅子鶴　是世間第一種便宜人　我輩只爲有了妻子便惹許多閒事　撇之不得　傍之可厭　如衣敗絮行荊棘中　步步牽掛　近日雷峯下　有虞僧孺　亦無妻室　殆是孤山後身　所著溪上落花詩　雖不知于和靖如何　然一夜得百五十首　可謂迅捷之極　至于於食淡參禪　則又加孤山一等矣　何代無奇人哉

飛來峯

湖上諸峯　當以飛來爲第一　高不餘數十丈　而蒼翠玉立　渴虎
奔猊　不足爲其怒也　神呼鬼立　不足爲其怪也　秋水暮煙　不足爲
其色也　顚書吳畵　不足爲其變幻詰曲也　石上多異木　不假土壤
根生石外　前後大小洞四五　窈窕通明　溜乳作花　若刻若鏤　壁間
佛像　皆楊禿所爲　如美人面上瘢痕　奇醜可厭

余前後登飛來者五　初次與黃道元方子公同登　單衫短後　直窮
蓮花峯頂　海遇一石　無不發狂大叫　次與王聞溪同登　次爲陶石
簣周海寧　次爲王靜虛石簣兄弟　次爲魯休寧　每遊一次　輒思作
一詩　卒不可得

靈隱

靈隱寺在北高峯下 寺最奇勝 門景尤好 由飛來峯至冷泉亭一帶 澗水溜玉 畫壁流青 是山之極勝處 亭在山門外 嘗讀樂天記有云 亭在山下水中 寺西南隅 高不倍尋 廣不累丈 撮奇搜勝 物無遁形 春之日 草薰木欣 可以導和納粹 夏之日 風冷泉渟 加以鑼煩析酲 山樹爲蓋 巖石爲屏 雲從棟生 水與階平 坐而翫之 可濯足於床下 臥而狎之 可垂釣于枕上 潺湲潔澈 甘粹柔滑 眠目之囂 心舌之垢 不待盥滌 見輒除去 觀此記 亭當在水中 今依澗而立 澗闊不丈餘 無可置亭者 然則冷泉之景 比舊蓋減十分之七矣

韜光在山之腰 出靈隱後一二里 路徑甚可愛 古木婆娑 草香泉漬 淙淙之聲 四分五路 達于山廚 庵內望錢塘江 浪紋可數 余始入靈隱 疑宋之問詩不似 意古人取景 或亦如近代詞客 掇拾

幫湊 及登韜光 始知滄海浙江 捫蘿刓木數語 字字入畫 古人眞
不可及矣 宿韜光之次日 余與石簣子公同登北高峰絶頂而下

煙霞石屋

煙霞洞亦古亦幽　涼沁入骨　乳汁塔塔下　石屋處朗　如一片雲
欹側而立　又如軒榭　可布几筵　余凡兩過石屋　爲傭奴所據　嘈雜
若市　俱不得意而歸

蓮花洞

蓮花洞之前爲居然亭 亭軒豁可望 每一登覽 則湖光獻碧 鬚眉形影 如落鏡中 六橋楊柳一絡 牽風引浪 蕭疏可愛 晴雨煙月 風景互異 淨慈之絶勝處也 洞石玲瓏若生 巧踰雕鏤 余嘗謂吳山南屛一派 皆石骨土膚 中空四達 愈搜愈出 近若宋氏園亭 皆搜得者 又紫陽宮石 爲孫內使搜出者甚多 噫 安得五丁神將 挽錢塘江水 將塵泥洗盡 山骨盡出 其奇奧當何如哉

初至天目雙淸莊記

　數日陰雨　苦甚　至雙淸莊　天稍霽　莊在山脚　僧留宿莊中　僧
房甚精　溪流激石作聲　徹夜到枕上　石簣夢中誤以爲雨　愁極　遂
不能寐　次早　山僧供茗糜　邀石簣起　石簣歎曰　暴雨如此　將安
歸乎　有臥遊耳　僧曰　天已晴　風日甚美　響者乃溪聲　非雨聲也
石簣大笑　急披衣起　啜茗數碗　卽同行

天目

　　天目幽邃奇古不可言　由莊至巔　可二十餘里　凡山深僻者多荒
涼　峭削者鮮迂曲　貌古則鮮妍不足　骨大則玲瓏絶少　以至山高
水乏　石峻毛枯　凡此皆山之病　天目盈山皆壑　飛流淙淙　若萬疋
縞　一絶也　石色蒼潤　石骨奧巧　石徑曲折　石壁竦峭　二絶也　雖
幽谷縣巖　菴宇皆精　三絶也　余耳不喜雷　而天目雷聲甚小　聽之
若嬰兒聲　四絶也　曉起看雲　在絶壑下　白淨如綿　奔騰如浪　盡
大地作琉璃海　諸山尖出雲上若萍　五絶也　然雲變態最不常　其
觀奇甚　非山居久者不能悉其形狀　山樹大者　幾四十圍　松形如
蓋　高不踰數尺　一株直萬餘錢　六絶也　頭茶之香者　遠勝龍井
笋味類紹興破塘　而清遠過之　七絶也　余謂大江之南　修眞棲隱
之地　無踰此者　便有出纏結室之想矣

　　宿幻住之次日　晨起看雲　巳後登絶頂　晚宿高峯死關　次目由

活埋尋舊路而下 數日晴霽甚 山僧以爲異 下山率相賀 山中僧
四百餘人 執禮甚恭 爭以飯相勸 臨行 諸僧進曰 荒山僻小 不
足當巨目 奈何 余曰 天目山某等亦有些子分 山僧不勞過謙 某
亦不敢面譽 因大笑而別

天池

從賀九嶺而進 別是一洞天 峭壁削成 車不得方軌 飛樓跨之 輿騎從樓下度 踰嶺而西 平疇廣野 與青巒紫邏相映發 時方春仲 晚梅未盡謝 花片沾衣 香霧霏霏 瀰漫十餘里 一望皓白 若殘雪在枝 奇石豔卉 間一點綴 青篁 翠柏 參差而出 種種奪目 無暇記憶 歸來思之 十不得一 獨夢境恍惚 餘芬猶在枕席間耳 土人以茶爲業 隙地皆種茶 室廬不甚大 行旅亦少 雞犬隱隱 若在雲中 因誦蘇子瞻空山無人 水流花開之偈 宛然如畫 四顧參曹 無一人可語者 余因下輿 令兩小奚掖而行 問若佳否 皆云疲甚 那得佳 行數里 始至山足 道旁青松 若老龍鱗 長林參天 蒼巖蔽日 幽異不可名狀 纔至山腰 屏山獻青 畫巒滴翠 兩年塵土面目 爲之洗盡 低迴片晷 宛爾秦餘 馬首紅塵 恍若隔世事矣

天池在山半 方可數十餘丈 其泉玉色 橫浸山腹 山巔有石如

蓮花瓣 翠蕊搖空 鮮芳可愛 余時以勘地而往 無暇得造峯頂 至今爲恨 寂照菴在池旁 內有石室三間 柱瓦皆石 刻鏤甚精 室後石殿一 殿甚宏敞 內外柱皆石 圍三尺許 禪堂僧舍 周繞其側 亦勝地也 時寺僧方有搆 菴內行脚掛搭者多 余意欲諷其去 因大書簡板曰 種阿僧祇善根 親非親 怨非怨 陽焰空華 諸法皆如幻 遍閻浮提佛土 去自去 來自來 閑雲野鶴 何天不可飛 自是諸僧稍稍散矣

虎丘

虎丘去城可七八里 其山無高巖邃壑 獨以近城故 簫鼓樓船
無日無之 凡月之夜 花之晨 雪之夕 遊人往來 紛錯如織 而中
秋爲尤勝 每至是日 傾城闔戶 連臂而至 衣冠士女 下迨薛屋
莫不靚粧麗服 重茵累席 置酒交衢間 從千人石上至山門 櫛比
如鱗 檀板丘積 樽罍雲瀉 遠而望之 如雁落平沙 霞鋪江上 雷
輥電霍 無得而狀

希席之初 唱者千百 聲若聚蚊 不可辨識 分曹部署 競以歌喉
相鬪 雅俗旣陳 妍媸自別 未幾而搖頭頓足者 得數十人而已 已
而明月浮空 石光如練 一切瓦釜 寂然停聲 屬而和者 纔三四輩
一簫 一寸管 一人緩板而歌 竹肉相發 淸聲亮徹 聽者魂銷 比
至夜深 月影橫斜 荇藻凌亂 則簫板亦不復用 一夫登場 四座屛
息 音若細髮 響徹雲際 每度一字 幾盡一刻 飛鳥爲之俳徊 壯

士聽而下淚矣

　劍泉探不可測　飛巖如削　千頃雲得天池諸山作案　巒壑競秀
最可觴客　但過午則日光射人　不堪久坐耳　文昌閣亦佳　晚樹尤
可觀　面北爲平遠堂舊址　空曠無際　僅虞山一點在望　堂廢已久
余與江進之謀所以復之　欲祠韋蘇州白樂天諸公于其中　而病尋
作　余旣乞歸　恐進之之興亦闌矣　山川興廢　信有時哉

　吏吳兩載　登虎丘者六　最後與江進之　方子公同登　遲月生公
石上　歌者聞令來　皆避匿去　余因謂進之曰　甚矣　烏紗之橫　皀
隸之俗哉　他日去官　有不聽曲此石上者　如月　今余幸得解官　稱
吳客矣　虎丘之月　不知尙識余言否耶

敍陳正甫會心集

世人所難得者唯趣 趣如山上之色 水中之味 花中之光 女中
之態 雖善說者不態下一語 唯會心者知之 今之人慕趣之名 求
趣之似 於是有辨說書畫 涉獵古董以爲淸 寄意玄虛 脫跡塵紛
以爲遠 又其下則有如蘇州之燒香煮茶者 此等皆趣之皮毛 何關
神情 夫趣得之自然者深 得之學問者淺 當其爲童子也 不知有
趣 然無往而非趣也 面無端容 目無定睛 口喃喃而欲語 足跳躍
而不定 人生之至樂 眞無踰於此時者 孟子所謂不失赤子 老子
所謂能嬰兒 蓋指此也 趣之正等正覺最上乘也 山林之人 無拘
無縛 得自在度日 故雖不求趣而趣近之 愚不肖之近趣也 以無
品也 品愈卑故所求愈下 或爲酒肉 或爲聲伎 率心而行 無所忌
憚 自以爲絶望於世 故擧世非笑之不顧也 此又一趣也 迨夫年
漸長 官漸高 品漸大 有身如梏 有心如棘 毛孔骨節俱爲聞見知

識所縛　入理愈深　然其去趣愈遠矣　余友陳正甫　深於趣者也　故
所述會心集若干卷　趣居其多　不然雖介若伯夷　高若嚴光　不錄
也　噫　孰謂有品如君　官如君　年之壯如君　而能知趣如此者哉

敍陳正甫會心集

敍竹林集

　往與伯修過董玄宰 伯修曰 近代畫苑名家 如文徵仲唐伯虎沈石
田輩 頗有古人筆意否 玄宰曰 近代高手 無一筆不肖古人者 夫無
不肖 卽無肖也 謂之無畫可也 余聞之悚然曰 是見道語也 故善畫
者 師物不師人 善學者 師心不師道 善爲詩者 師森羅萬象 不師
先輩 法李唐者 豈謂其機格與字句哉 法其不爲漢 不爲魏 不爲六
朝之心而已 是眞法者也 是故減竈背水之法 迹而敗 未若反而勝
也 夫反所以迹也 今之作者 見人一語肖物 目爲新詩 取古人一二
浮濫之語 句規而字矩之 謬謂復古 是迹其法 不迹其勝者也 敗之
道也 嗟夫 是猶呼傅粉抹墨之人 而直謂之蔡中郎 豈不悖哉 今夫
時文 一末技耳 前有註疏 後有功令 驅天下而不爲新奇不可得者
不新則不中程故也 夫士卽以中程爲古耳 平與奇何暇論哉 王以明
先生爲余業擧師 其爲詩能以不法爲法 不古爲古 故余爲敍其意若

此 噫 此政可與徐熙諸人道也

제3부 원문

論文(上) 袁宗道

　　口舌代心者也　文章又代口舌者也　展轉隔礙　雖寫得暢顯　已恐不如口舌矣　況能如心之所存乎　故孔子論文曰　辭達而已　達不達　文不文之辨也　唐虞三代之文　無不達者　今人讀古書不卽通曉　輒謂古文奇奧　今人下筆不宜平易　夫時有古令　語言亦有古令　今人所詫爲奇字奧句　安知非古之街談巷語也　方言謂　楚人稱知黨　稱慧曰譌　稱跳曰踘　稱取曰挻　余生長楚國　未聞此言　令語異古　此亦一證　故史記　五帝三王紀　改古語從今字者甚多　疇改爲誰　俾爲使　格姦爲至姦　厥田厥賦爲　其田其賦 … 不可勝記　左氏去古不遠　然傳中字句未嘗肯書也　司馬去左亦不遠　然史記句子亦未嘗肯左也　至於今日　逆數前漢　不知幾千年遠矣　自司馬不能同於左氏　而今日乃欲兼同左馬　不亦謬乎　中間歷晉唐　經宋元　文士非乏　未有公然揥搪古文　奄爲己有者

昌黎好奇 偶一爲之 如毛穎等傳 一時戲劇 他文不然也 空同
不知 篇篇模擬 亦謂反正後之文人 遂視爲定例 尊若令甲 凡有
一語不肯古者 卽大怒 罵爲野路惡道 不知空同模擬 自一人創
之 猶不甚可厭 迨其 後以一傳百 以訛益訛 愈趨愈下 不足觀
矣 且空同諸文 尚多己意 紀事述情 往往逼眞 其尤可取者 地
名官銜 俱用時制 今卻嫌時制不文 取秦漢名銜以文之 觀者若
不檢一統志 幾幾不識爲何鄉貫矣 且文之佳惡 不在地名官銜也
司馬遷之文 其佳處在敍事如畵 議論超越 而近說乃云 西京以
還 封建宮殿 官師郡邑 其名不雅馴 雖子長復出 不能成史 則
子長佳處 彼尚未夢見也 而況能肯子長也乎 或曰 信如子言 古
不必學也 余曰 古文貴達 學達卽所謂學古也 學其意 不必泥其
字句也 今之圓領方袍 所以學古人之綴葉蔽皮也 今之五味煎熬
所以學古人之茹毛飮血也 何也 古人之意 期於飽口腹 蔽形體
令人之意 亦期於飽口腹 蔽形體 未嘗異也 彼摘古字句入己著
作者 是無異綴皮葉於衣袂之中 投毛血於殽核之內也 大抵古人
之文 專期於達 而今人之文 專期於不達 以不達學達 是可謂學
古者乎

論文(下)

　　爇香者　沈則沈煙　檀則檀氣　何也　其性異也　奏樂者　鐘不藉鼓響　鼓不假鐘音　何也　其器殊也　文章亦然　有一派學問　則釀出一種意見　有一種意見　則創出一般言語　無意見則　虛浮　虛浮則雷同矣　故大喜者必絕倒　大哀者必號痛　大怒者　必叫吼動地　髮上指冠　惟戲場中人　心中本無可喜事　而　欲强笑　亦無可哀事　而欲强哭　其勢不得不假借模擬耳

　　今之文士　浮浮泛泛　原不曾的然做一項學問　叩基胸中　亦茫然不曾具一絲意見　徒見古人有立言不朽之說　又見前輩有能詩能文之名　亦欲搦管伸紙　入此行市　連篇累牘　圖人稱揚　夫以茫昧之胸　而妄意鴻鉅之裁　自非行乞左馬之側　募緣殘溺　盜竊遺矢　安能寫滿卷帙乎　試將諸公一編　抹去古語陳句　幾不免於曳白矣　其可媿如此　而又號於人曰　引古詞　傳今事　謂之屬文　然

則二典三謨非天下至文乎 而其所引果何代之詞乎

余少時喜讀滄溟鳳洲二先生集 二集佳處 固不可掩 其持論大謬 迷誤後學 有不容不辨者 滄溟贈王序 謂 視古修詞 寧失諸理 夫孔子所云辭達者 正達此理耳 無理 則所達爲何物乎 無論典謨語孟 卽諸子百氏 誰非談理者 道家則明淸淨之理 法家則明賞罰之理 陰陽家則述鬼神之理 墨家則揭儉慈之理 農家則敍耕桑之理 兵家列奇正變化之理 漢唐宋諸名家 如董賈韓柳歐蘇曾王諸公 及 國朝陽明荊川 皆理充於腹而文隨之 彼何所見乃強賴古人失理耶 鳳洲藝苑巵言 不可具駁 其贈李序曰 六經固理藪已盡 不復措語矣 滄溟強賴古人無理 而鳳洲則不許今人有理 何說乎 此一時遁辭聊以解一二識者模擬之嘲 而不知流毒後學 使人狂醉 至於今不可解喩也 然其病源 則不在模擬而在無識 若使胸中的有所見 苞塞於中 將墨不暇硏 筆不暇揮 冤起鶻落 猶恐或逸 況有閒力暇晷

引用古人詞句乎 故學者誠能從學生理 從理生文 雖驅之使模不可得矣

中郎先生全集序

中郎先生 少具慧業 弱冠成進士 卽有集行世 其敝篋集 爲諸生孝廉 及初登第時作也 錦帆集令吳門時作也 解脫集以病改吳令遊吳越諸山水時作也 廣陵集去吳客眞州時作也 瓶花集 爲京兆授爲太學博士補儀曹時作也 瀟碧堂集請告歸臥柳浪湖上六年作也 破硯集再補儀曹出使時作也 華嵩遊集官銓部典試秦中往返作也 蓋自秦中歸 移病還山 不數月而先生逝矣 其存者仍爲續集二卷

先生詩文如錦帆解脫 意在破人之執縛 故時有遊戲語 亦其才高膽大 無心於世之毀譽 聊以抒其意所欲言耳 黃魯直曰 老夫之書本無法也 但觀世間萬緣 如蚊蚋聚散 未嘗有一事橫於胸中故不擇筆墨 遇紙則書 紙盡則已 亦不暇計人之品藻譏彈 譬如木人舞中節拍 人稱其工 舞罷又蕭然矣 此眞先生言前意也

然先生立言 雖不逐世之響笑 而逸趣仙才 自非世匠所及 卽少
年所作 或快爽之極 浮而不沈 情景大眞 近而不遠 而出自靈竅
吐於慧舌 寫於銛穎 蕭蕭冷冷 皆足以蕩滌塵情 消除熱惱 況學
以年變 筆隨歲老 故自破硯以後 無一字無來歷 無一語不生動
無一篇不警策 健若沒石之羽 秀若出水之花 其中有摩詰有杜陵
有昌黎 有長吉 有元白 而又自有中郞 意有所喜 筆與之會 合衆
樂以成元音 控八河而無異味 眞天授 非人力也 天假之年不知爲
後人拓多少心胸 豁多少眼目 恐亦造化妬人 不肯發洩太盡耳 甫
四十餘而卽化去 傷哉

先是家有刻不精 吳刻精而不備 近時刻者愈多 雜以狂言等贋
書 唐突可恨 予校新安 始取家集字櫛句比 稍去其少年未定之
語 按年分體 都爲一集

嗟乎 自宋元以來詩文蕪爛 鄙俚雜沓 本朝諸君子出而矯之 文
準秦漢 詩則盛唐 人始知有古法 及基後也 剽竊雷同 如贋鼎僞觚
徒取形似 無關神骨 先生出而振之 甫乃以意役法 不以法役意 一
洗應酬格套之習 而詩文之精光始出 如名卉爲寒氛所勒 索然枯
槁 而杲曰一照 競皆鮮敷 如流泉壅閉 日歸腐敗 而一日疏瀹 彼
瀾掀舞 淋漓秀潤 至於今 天下之慧人才士 始知心靈無涯 搜之愈
出 相與各呈其奇而互窮基變 然後人人有一段眞面目溢露於楮
墨之間 卽方圓黑白相反 純疵錯出 而皆各有所長以垂之不朽 則

先生之功 於斯爲大矣諸文人學子泥舊習者 或毛舉先生少年時
二三遊戲之語 執爲定案 遂謂箋法自先生始 彼未全讀其書 又爲
贗書所熒 無足怪耳 今全集具在 請胸中先拈卻袁中郎三字 止作
前人未出詩文偶見於世 從首至尾 亶目力而諦觀之 卽未深入 亦
可淺嘗 有法無法 歷然自辨 何乃成心不化 甫見標題 卽搖頭閉目
不觀 而妄肆譏彈爲也

　　至於一二學語者流 粗知趨向 又取先生少時偶爾率易之語 效
顰學步 其究爲俚俗 爲纖巧 爲莽蕩 譬之百花開而棘刺之花亦
開 泉水流而糞壤之水亦流 烏焉三寫 必至之弊耳 豈先生之本
旨哉

　　總之 先生天縱異才 與世人有仙凡之隔 而學問自參悟中來
出其緒餘爲文字 實眞龍一滴之雨 不得其源而强學之 宜其不似
也 要以衆目自虛 衆心自靈 不美不能强之愛 不愛不能强之傳
今美而愛 愛而傳者 已大可見矣 亦無俟來之子雲也

　　先生之學 以闇然退藏爲主 其所造莫可涯涘 生平作人 沖粹
夷雅 同於元氣 若得志可使萬物各得其所 其作用於作令佐銓時
微露其一斑 惜未竟其施 別有紀載 茲不得贅云

中郎先生全集序　袁中道

제4부 원문

五異人傳

張岱曰　岱嘗有言　人無癖不可與交　以其無深情也　人無疵不可與交　以其無眞氣也　余家瑞陽之癖于錢　髯張之癖于酒　之癖于氣　燕客之癖于土木　伯凝之癖于書史　其一往深情　小則成疵大則成癖　五人者皆無意于傳　而五人之負癖若此　蓋亦不得不傳之者矣　作五異人傳

『琅嬛文集』(岳麓書社, 長沙, 1985.7), 175～176面.

1)

族祖汝方　號瑞陽　長余大父數歲　讀書不成　去學手藝經紀俱不成　貧薄無所事事　娶某氏不能養　爲富家漿澣縫紉　借此餬口一日　坐草育長兒守正　方三朝　度不得朝食　乃泣曰　我與若一貧

如洗　若再戀棧豆填溝壑必矣　欲北上經營數年　以無路費輒止
今至此　出亦死　不出亦死　與其不出而死　吾寧出而死也　我身無
長物　見汝衣領尚有銀釦二副　盡與我措置之　孺人窶其釦與瑞陽
瑞陽急走銀鋪鎔之　得銀三錢許　瑞陽與孺人各取其半　曰　汝以
是爲數日糧　彌十日仍往富家餬口　吾以是爲路費　明日行矣　二
人哭別　次日昧爽　擔簦卽行　渡錢塘　至北關門　買一絆搭　應糧
船募爲水夫　數月抵京師　投報房抄邸報　食其飯　日得銀一分　落
魄者二十年　居積得百餘金　辦事禮部　爲王府科掾史　禮部諸司
極其熏灼　而王府科爲冷局　門可羅雀　諸掾史到司公幹者　月不
過幾日　其餘則閉門卻埽　闃其無人　瑞陽獨無事　亦復無家　無日
不坐臥其中　又十餘年爲掾史長　一日晝寢方寤　聞梁上羣鼠曳紙
踔躒聲甚厲　急起叱逐　有文書一卷墮地　拾起視之　乃楚王府報
生公移也　瑞陽藏之簏底　又一日無事晝寢　有數人扣門急問之
則尋掾史查公案　瑞陽出見之　曰　掾史焉往　瑞陽曰　我卽是也
來人曰　吾儕楚府校餘　爲承襲國王事　至宗人府　失去報生文書
特來貴司查取　乞掾史向文卷中用心一查　倘得原案　願以八千金
爲壽　瑞陽曰　我向曾見過　不知落何所　第酬金少　不厭人意耳
來人曰　果得原文　爲加倍之　瑞陽方小遣　寒顫作搖頭狀　來人曰
如再嫌少　當滿二十千數　瑞陽私喜　四顧　乃附來人耳　曰　莫高
言　來蛋齋銀某處　付爾原案　來人謝去　次日瑞陽攜案潛出付之

得銀二萬兩　人勸其納官出仕　瑞陽歎曰　人苦　不知足　視吾婦領上釵　相去幾何　將爲田舍翁　苟得溫飽　足矣足矣　乃覓京衛募告身　一道　冠進賢　錦衣歸里　孺人初生兒三十餘歲　已列青衿爲聚婦生孫　父子相見　膜不相識　瑞陽爲置田宅　家居二十餘年衰然稱爲富人　年踰八十　夫婦齊眉

　諸孫岱曰　瑞陽伯祖　貧如黔婁　嗟來之食　尚不能着口　乃以赤手入都　堅忍三十餘年　於故紙堆中　取二萬金易如反掌　昔日牛衣對泣　今乃富比陶朱　入之名利場中　謂非魁梧人杰也哉　乃其厚資入手　遂賦歸來　鷗租橘奉　永享素封　霸越之后不復相齊　其廣懷達見　較之范少伯又高出一等矣

2)

　族祖汝森　字衆之　貌偉多髯　稱之曰髯張　好酒　自曉至暮無醒時　午後岸幘開襟　以髯結鞭　翹然出頷下　逢人輒叫號　拉至家閉門轟飲　非至夜分　席不得散　月夕花朝　無日不酩酊大醉　人皆畏而避之　然性好山水　聞余大父出游　杖履追陪　一去忘返　庚戌年　大父開九里山　取道直上爐峯　命髯張董其役　至張公嶺　力不繼　髯張記是年從大父游雁宕　入羅漢洞　見聖像　末設一老人像二鬟立其側　僧云此劉處士像也　處士發願洗此洞　力窘乏　遂鬻

二女以畢役 故到今莊嚴之 二鬟卽二女也 髩張遂慨然欲鬻其姬
以自附於劉處士 大父謔之曰 妾婦之道 君子不由 於是聞者噴
飯 顧因此稍有助髩張者 路遂成 而嬉亦免去 踰年壬子 築室於
龍山之陽 先構一軒以供客飲 問名於大父 大父題以引勝 爲作
引勝軒說曰 吾弟衆之 性嗜酒 一斗貯腹 卽頹然臥 不知天爲席
而地爲幕也 余賞許衆之得步兵之趣 卜居龍山之陽 居未成 先
構一軒以供客曰 吾不可以一日無酒 因問名於余 余題以引勝
衆之瞪目視曰 此何語 我不解義 毋作義語相向 余徐擧王衛軍
酒正是引人著勝地 語未絶 衆之跳曰 義卽不解 但道酒卽得 夫
世人爲文義纏結 至咿唔作苦 曾不得半字之用者 殆以義縛耳
且文義至細者也 麤至於富貴 大至於死生 糾綿結約 膠不可解
甚或慕富貴 將捐死生 尊死生 又將脫富貴 而不知兩皆縛也 深
於酒者有之乎 衆之嘗云 天子能驚人以富貴 吾無官更輕 何畏
天子 閻羅老子能嚇人以生死 吾奉攝卽行 何畏閻羅 此所得於
酒者全矣 全於酒者 其神不驚 虎不咋也 墜車不傷也 死生且芥
之也 而況於富貴 又況於文義 然則衆之卽不解義 已解之矣 余
因顏其軒 爲之說 而簡來善 又爲之記 吾兩人方操觚舐墨 而衆
之又跳曰 曷來飲酒 余笑謂來善曰 酒是衆之勝場 安可與爭鋒
且彼但知酒 而吾與爾復冥搜沈想 墮於義中 是爲義縛也 來善
聞余言 口有流涎 遂棄觚趣衆之飲焉 來善與衆之拍浮酒中曰

吾欲以鯨飮也 余量最下 效東坡老盡一十五盞爲鼠飮而已矣 髯

張笑傲於引勝軒中幾二十餘年 後於酒致病 年六十七而卒 諸孫

岱曰 不善飮酒者得其氣 善飮酒者得其趣 若眞能得趣者 則自

月夕花朝 靑山綠水 同是一酒中之趣 但恨世人不能領略耳 昔

人云 痛飮讀離騷 可稱名士 凡人果能痛飮 何必更讀離騷 髯張

雖不解文義 吾謂其滿腹盡是離騷也

3)

十叔煜芳 号紫淵 爲九山伯同母弟 少孤 母陳太君鍾愛 性剛

愎難與語 及長 乖戾益甚 然好學能文章 弱冠補博士弟子 文宗

慕蓼王公職拔之 食餼於黌序者三十餘年 叔目空一世 無一人可

與往來 其所稱相知者王耿西劉迅候張全叔與王修仲兄弟四五

人而已 此四五人者 一年之內以玉帛常見者亦不過數日 其餘又

皆弓矢加遺 劍戟相向者矣 數年後又皆成世仇 誓不相見 戊辰

兄九山成進仕 送旗扁至其門 叔慢罵曰 區區鼈進仕 怎入得我

紫淵眼內 乃裂其旗作廚養褲 鋸其輪作薪炘飯 碎其扁取束猪柵

九山蒞仕閩之南平 墨妙執猶子禮甚恭 百計將順以媚其叔 紫淵

大喜 乃曰 吾爲爾往南平省母 一看汝父 墨妙遣捷足馳告九山

九山集車馬迎於仙霞嶺下 衙役胥吏俱於百里外伏道左迎候 十

叔見母夫人後 與九山一揖 不復開言 九山以好言餂之 只不應

一日走書室 見所收狀詞 有武擧某 告某者 大怒 掀翻几案 持

武擧狀匃匃 暴譟而出 廝役奔告九山 九山大驚 急走問曰 弟何

故震怒 紫淵氣哼哄不出聲 第指武擧名曰 此人可惡 亟使使縛

來 九山唯唯 亦不敢問 囑胥吏曰 出票 紫淵頓足曰 何慢事若

此 用籤拘猶緩 內出票耶 九山掣籤呼武擧至 走問曰 武擧縛到

矣 作何發落 紫淵曰 痛杖三十 發死囚牢牢之 九山曰 責時如

何措詞 紫淵曰 第痛責之是已 何必措詞 九山不得已 一如其意

紫淵在署內聽敲朴聲 叫呼慘烈 撫其膺曰 方吐吾氣 九山進署

覆之 紫淵曰 杖否 曰杖三十 曰創否 曰創甚 曰牢否 曰發重牢

牢之矣 紫淵曰 好好 方與九山通語 越數日 九山乘其有喜色

乃低聲問曰 武擧某誠死無赦 但不知渠於何地得罪吾弟 痛恨若

此 紫淵笑曰 渠何曾得罪於我 我恨紹興武擧張全叔與我作難

阿兄爲我痛杖此人 使全叔知武擧也 是我張紫淵打得的 九山亦

不覺失笑 乃出武擧 縱之使去 武擧受此重創 終身不解其故 不

數日紫淵束裝遽去 九山唯唯從命 亦不敢留

　庚辰以歲進仕赴廷試 思宗皇帝恨廷臣不任事 欲破格用人 乃

命吏部考選科道 兼取科貢以收人才之用 已而以吏部考選仍不

列科貢 遂命貢士與歲貢士六十三名 一榜盡試進仕 查京官現缺

悉爲 塡補 紫淵名次第十九 得補刑部貴州司主事 紫淵淹塞半

生 遭此殊遇 意欲大展所學 以報答聖明 凡理部務 必力爭曲直
稍有掎角 輒以盛氣加人 爲寮屬所畏 常與大司寇公堂議事 誤
稍媕阿 輒加叱辱 至破口詈之 大司寇怦怦不平 在部數月 例當
提牢 獄中多有縉紳兩榜 紫淵至必譙訶之不置 有冒犯者令加鞭
朴 獄吏爭之始已 祕署常設門簿 有見訪者書其名號 夜繳簿入
紫淵必署其名上某鬼薪 某大辟 某凌遲 次日即以門簿發出 有
見之者 皆咋舌去 或規之曰 不可 紫淵曰 某刑官也 法應定罪
恨目中人無有可赦者耳 部中舊例貴州司稽察各部書辦賢否 紫
淵有所聞 輒語人曰 某罪大惡極 必死我手 書辦有權謀者曰 盍
先下手 遂嗾言官劾之 解任去 紫淵恚怒 得臌疾 腹大如斛 至
淮安病甚 時揚州郡司馬二酉叔駐淮安 理船政 寓紫淵於清江浦
禪寺 延醫調治 見醫則詈醫 見藥則詈藥 送薪米則詈薪米 送
肴核則詈肴核 撥祗應人役則詈祗應人役 胥吏承值 見卽唾罵
松二酉叔懲創之 日必數次猶不暢 二酉叔乃送夏楚 請紫淵自懲
曰撻之不足 又夜撻之 承值人皆逃去 又勒二酉叔更代之 如是
者兩月 一日疾革 口猶詈人 喃喃而死 未死前半月 陽羨李仲芳
在二酉叔署中 製特大彬沙罐紫淵囑其燒宜興瓦棺一具 囑二酉
叔多買松脂 曰 我死則盛衣冠殮我 鎔松脂灌滿瓦棺 俟千年後
松脂結成琥珀 內見張紫淵如蒼蠅山蟻之留形琥珀 不亦晶映可
愛乎 其幻想荒誕 大都類此

侄岱曰 紫淵叔剛戾捩拗 至不可與接談 則叔一妄人也 乃好讀書 手不釋券 其所爲文 又細潤縝密 則叔又非妄人也 是猶荊軻身爲刺客 而太史公獨表而出之曰 深沈好書 則荊軻之使氣剛狼 實與叔無異 而後能受魯勾踐之叱 而不與之校 則其陶鑄於詩書頗爲得力 而遂使世人不得徒以刺客目之也矣

4)

弟蕚 初字介子 又字燕客 海內知爲張葆生先生者 其父也 母王夫人止生一子 溺愛之 養成一躁暴麤拗之性 性之所之 師莫能諭 父莫能解 虎狼莫能阻 刀斧莫能劫 神鬼莫能驚 雷霆莫能撼 年六歲 飲旨酒而甘 偸飲數升 醉死甕下 以水浸之至次日始甦 七歲入小學 書過口卽能成誦 長而穎敏異常人 涉覽書史 一目輒能記憶 故凡詩詞歌賦 書畵琴棋 笙簫絃管 蹴鞠彈棋 博陸鬪牌 使鎗弄棍 射箭走馬 搧鼓唱曲 傅粉登場 說書諧謔 撥阮投壺 一切遊戲撮弄之事 匠意爲之 無不工巧入神 以是門多狎客弄臣 幫閒篾騙 少不當意 輒訶叱隨之 昔者所進 今日不知其亡也 至於妾勝侍御 僕奴臧獲 無不皆然 嘗以數百金買妾 過一夜不愜意卽出之 只以眼前不復見爲快 不擇人 不論價 雖贈與門客 賜與從人 亦不之惜也 臧獲有觸其怒者 輒鞭之數百 血肉

淋漓 未嘗心動 時人比之李匡遠之肉鼓吹焉 自弟婦商夫人死後
性益卞急 嘗以非刑毆其出婢 其夫服毒以死殯之 其族人舁屍排
闥入 埋其屍於廳事之方中 不之動 觀者數千人 見其婢皮開肉
爛 喊聲雷動 幾燬其廬 亦不之動 使非婦翁商等軒先生 姻婭祁
世培先生出與調帖 舉國洶洶 幾成民變矣 然猶躁暴如昨 卒不
之改 有犯之者必訟 訟必求勝 雖延一二年不倦 費數千金不吝
也

　先是辛未 以住宅之西有奇石 鳩數百人開掘洗刷 搜出石壁數
丈 巉峭可喜 人言石壁之下 得有深潭映之尤妙 遂於其下掘方
池數畝 石不受鍤 則使石工鑿之 深至丈餘 畜水澄靛 人又有言
亭池固佳 恨花木不得卽大耳 燕客則徧尋古梅 果子松 滇茶 梨
花等樹 必選極高極大者 拆其牆垣 以數十人 舁至種之 種不得
活 數日枯槁 則又尋大樹補之 始極蓊鬱可愛 數日之後 僅堪供
爨 古人伐桂為薪 則又過其值數倍矣 恨石壁新開 不得苔蘚 多
買石青石綠 呼門客善畫者以筆皴之 雨過煙沒 則又皴之如前
偶見一物 適當其意 則百計購之 不惜濫錢 在武林見有金魚數
十頭 以三十金易之 畜之小盎 途中泛白 則撈棄之 過江不剩一
尾 歡笑自若 極愛古玩 稍有破綻 必使修補 曾以五十金買一宣
銅爐 顏色不甚佳 或言火煏之自妙 燕客用炭一簍 以猛火扇煏
之 頃刻鎔化 失聲曰 呀 昭慶寺以三十金買一靈壁硯山 峰巒奇

峭 白堊間之 名曰 青山白雲 石黝潤如着油 眞數百年物也 燕
客左右審視 謂山脚塊磊 尙欠透瘦 以大釘搜剔之 춤然兩解 燕
客恚怒 操鐵錘 連紫檀座搥碎若粉 棄於西湖 囑侍童勿向人說
故二酉叔所蓄古董甚多 斷送燕客之手者 不知其凡幾也 二酉叔
授燕客田産五百畝 白鏹數千金 綠手盡 叔父宦游 公田當八百
畝 所儲租二十餘年 燕客縛紀綱 欲置之死地 抄其家 盡喀出之
公田斥賣 綠手盡 幷嬬娘所藏寶玩 綢緞衣飾之類 不下二三萬
金 亦綠手盡 二叔父卒於清江浦 岱與燕客奔喪 其積俸萬餘金
古玩幣帛貨物可二萬餘金 攜歸未及半年 又綠手盡 時人比之魚
弘四盡焉 乙酉江干師起 燕客以策干魯王 擬授官職 燕客釋屩
卽欲腰玉 主者難之 燕客怒不受職 尋附威畹 破格得掛印總戎
丙戌清兵入越 燕客遂以死殉 臨刑語僕從曰 我死棄我於錢塘江
恨不能裹尸馬革 乃得裹鴟夷皮足矣 後果如其言

兄岱曰 陶石梁先生曰 秦檜千古奸人 亦有一言可取 謂做官
如讀書 速則易終而少味 吾弟自讀書做官以至山水園亭骨董技
藝無不以欲速一念 乃受鹵莽滅裂之報 其間趣味削然 實實不堪
咀嚼也 譬猶米石宣爐 入手卽壞 不期速成 祇速朽耳 孰意吾弟
之意 乃出秦檜下哉

5)

弟培　字伯凝　乳名曰獅　五歲從大父芝亭公爲南直休寧縣令
伯凝性嗜飴　休寧多糖食　晝夜啖之　以疳疾壞双目　大母王夫人
鍾愛　求天下名醫醫之　費數千金不得療　識者以獅字師也　或爲
先兆云　伯凝雖瞽　性好讀書　倩人讀之　入耳能記憶　朱晦庵綱目
百餘本　凡姓氏世系地名年號　偶擧一人一事　未嘗不得其始末
昧爽以至內夜　頻聽之不厭　讀者舌敝　易數人不給　所讀書自經
史子集　以至九流百家　稗官小說　無不淹博　尤喜談醫書　黃帝素
問　本草綱目　醫學準繩　丹溪心法　醫案丹方　無不華集　架上醫
書不下數百餘種　一一倩人讀之　過耳亦輒能記憶　遂究心脈理
盡取名醫張景岳所輯諸書日夕研究　遂得其精髓　凡診切諸病　沈
靜靈敏　觸手卽知　伯凝有力　多儲藥財　復精於炮製　凡煎　熬蒸
煮　一遵雷公古法　故藥無不精　腹無不效　且伯凝誠敬詳愼　不盥
手不開藥囊　凡有病者至其齋頭　未嘗齋一錢而藥去者積數十人
不厭　捨數百劑不吝　費數十金不惜也　嗣是壽花堂丸散刀圭　傾
動越中　伯凝十世祖鑑湖府君爲越郡名醫　所開藥肆　甲於兩浙
後以陰功　子孫昌大　昔人云　公候之家　必復其祖　伯凝殆卽其後
身矣

伯凝尊人六符叔去世早　不得於我嫭娘　屢遭家難　伯凝號泣旻
天　卒得賊隧　而大父高年　問安視膳　大得勸心　族中凡修葺宗祠

培植墳墓 解釋獄訟 評論是非 分釽田產 拯救急難 一切不公不
法可駭可愕之事 皆於伯凝取直 故伯凝之戶履常滿 伯凝皆一一
分頭應之 無不滿志以去 而伯凝有一隙之暇 則喜玩古董 葺園
享 種花木 講論書畫 更喜養鵓鴿 養黃頭 養畫眉 養驢馬 鬪骨
牌 著象棋 制服飾 畜侯僮 知無不爲 興無不盡 其舅督兵江干
伯凝爲之措糧餉 效鎗棒 立營伍 講陣法 眞有三首六臂千手千
眼所不能盡爲者 而伯凝以一瞽目之人掉臂爲之 無不咄嗟立辦
則其雙眼眞可矐而五官眞不必備矣 癸卯八月以暴下之疾 遂至
不起 擧國之人 無不搤腕歎惜 惜之者曰 使伯凝而具有雙目 其
聰明才略未必至此 何也 則以世人具有雙目者比比皆是也 而能
似伯凝者則有幾人也哉

　兄岱曰 余之云間 有唐士雅者 五歲失明 耳受詩書 不下萬卷
其所著有唐詩解 人物考諸書 援引箋注 雖至隱僻之書 無不搜
其所作詩文則出口如注 而繕寫者手不及追 嘗謂余曰 某空有萬
卷 實不識丁 使果有輪廻 則某之下世仍爲不識一字之人 不其
枉此一世哉 余觀其人 貌甚樸陋 閉戶枯坐 無異木偶 其欲如吾
伯凝之多才多藝 機巧揮霍 博洽精敏 蓋萬不及一者矣 故吾謂
伯凝學問似左邱明 才識似晉師曠 慷慨俠烈似高漸離 咄咄伯凝
蓋以一身而兼有之矣

『琅嬛文集』

『越山五佚記』「有小序」

　　越中山水　曹山吼山爲人所造　天不得而主也　怪山爲地所徙
天不得而圍也　黃琢蛾眉　爲人所匿　天不得而發也　張子志在補
天　爲作越山五佚　則造仍天造　徙仍天徙　匿仍天匿也　故張子之
功　不在女蝸氏下

『琅嬛文集』

湖心亭看雪

崇禎五年十二月 余往西湖 大雪三日 湖中人鳥俱絶 是日更定矣 余拏一小舟 擁毳衣爐火 獨往湖心亭看雪 霧淞沈碭 天與雲與山與水 上下一白 湖上影子 惟長堤一痕 湖心亭一点 與余舟一芥 舟中人兩三粒而已 到亭上 有兩人鋪氈對坐 一童子 燒酒爐正沸 見余大喜曰 湖中焉得更有此人 拉余同飲 余强飲三大杯而別 問其姓氏 是金陵人 客此 及下船 舟子喃喃曰 莫說相公痴 更有痴相公者

楊州瘦馬

　　楊洲人日飲食于瘦馬之身者　數十百人　娶妾者切勿露意　稍露
消息　牙婆駔儈　咸集其門　蠅附膻　撩扑不去　黎明　卽促之出門
媒人先到者先挾之去　其余尾其后　接踵伺之　至瘦馬家　坐定　進
茶　牙婆扶瘦馬　曰　姑娘拜客　下拜　曰　姑娘往上走　走　曰　姑娘
轉身　轉身向明立　面出　曰　姑娘借手睄睄　盡褫其袂　手出　臂亦
出　曰　姑娘睄相公　轉眼偸　狙眼出　曰　姑娘幾歲了　曰　幾歲　聲
出　曰　姑娘再走　走　以手拉其裙　趾出　然看趾有法　凡出門裙幅
先響者　必大　高系其裙　人未出而趾先出者　必小　曰　姑娘　請回
一人進　一人又出　看一家必五六人　咸如之　看中者　用金簪或釵
一股揷其鬢　曰揷帶　看不中　出錢數百文　賞牙婆　或賞其家侍婢
又去看　牙婆倦　又有數牙婆踵伺之　一日二日　至四五日　不倦亦
不盡　然看至五六十人　白面紅衫　千篇一律　如學字者　一字寫至

百至千 連此字亦不認得矣 心與目謀 毫無把柄 不得不聊且遷
就 定其一人

　　挿帶後 本家出一紅單 上寫彩緞若干 金花若干 財禮若干 布
正若干 用筆蘸墨 送客點閱 客批財禮及緞正如其意 則肅客歸
歸未抵寓 而鼓樂盤擔紅綠羊酒在其門久矣 不一刻 而禮幣糕果
俱齊 鼓樂導之去 去未半里 而花轎花燈 擊燎火把 山人儐相
紙燭 供果 牲醴之屬 門前環侍 廚子挑一擔至 則蔬果 肴饌湯
点 花棚糖餅 卓圍坐褥 酒壺 杯箸 龍虎壽星 撒帳牽紅 小唱弦
索之類 又畢備矣 不待復命 亦不待主人命 而花轎及親送小轎
一齊往迎 鼓樂燈燎 新人轎與親送轎一時俱到矣 新人拜堂 親
送上席 小唱鼓吹 喧闐熱鬧 日未午而討賞遽去 急往他家 又復
如是

夜航船序

天下學問 惟夜航船中最難對付 盖村夫俗子 其學問皆預先辨
如瀛洲十八學士 云台二十八將之類 稍差其姓名 輒掩口笑之
彼盖不知十八學士 二十八將 雖失記其姓名 實無害于學問文理
而反謂錯落一人 則可耻孰甚 故道聽途說 只辨口頭數十个名氏
便爲博學才子矣 余因想吾八越 唯餘姚風俗 后生小子無不讀書
及至二十無成 然后習爲手藝 故凡百工賤業 其性理綱鑒 全部
爛熟 偶問及一事 則人名官爵年号地方 枚舉之未嘗少錯 學問
之富 眞是兩脚書廚 而其無益于文理考校 與彼目不識丁之人無
以異也 或曰 信如此言 則古人姓名總不必記憶矣 余曰 不然
姓名有不關于文理 不記不妨 如八元八愷廚俊顧及之類是也 有
關于文理者 不可不記 如四岳三老臧穀徐夫人之類是也 昔有一
僧人 與一士子同宿夜航船 士子高談闊論 僧畏懾 卷足而寢 僧

聽其語有破綻 乃曰 清問相公 澹台滅明是一個人 是兩個人 士
子曰 是兩個人 僧曰 這等 堯舜是一個人兩個人 士子曰 自然
是一個人 僧人乃笑曰 這等說起來 且待小僧伸伸脚 余所記載
皆眼前極膚極淺之事 吾輩聊且記取 但勿使僧人伸脚則亦已矣
故卽命其名曰夜航船 '夜航船序'

『琅嬛文集』

西湖七月半

西湖七月半　一無可看　只可看看七月半之人　看七月半之人以五類看之　其一　樓船簫鼓　峨冠盛筵　燈火優傒　聲光相亂　名爲看月而實　不見月者　看之　其一　亦船亦樓　名娃閨秀　攜及童孌　笑啼雜之　環坐露台,左右盼望　身在月下而實不看月者　看之　其一　亦船亦聲歌　名妓閑僧　淺斟低唱　弱管輕絲　竹肉相發　亦在月下　亦看月而欲人看其看月者　看之　其一　不舟不車　不衫不幘　酒醉飯飽

呼群三五　躋入人叢　昭慶斷橋　嘄呼嘈雜　裝假醉　唱無腔曲　月亦看　看月者亦看　不看月者亦看　而實無一看者　看之　其一　小船輕幌　淨几煖爐　茶鐺旋煮　素瓷静遞　好友佳人　邀月同坐　或匿影樹下　或逃囂裏潮　看月而人不見其看月之態　亦不作意看月者　看之

杭人游湖 已出西歸 避月如仇 是夕好名 逐隊爭出 多犒門軍
酒錢 轎夫擎燎 列俟岸上 一入舟 速舟者急放斷橋 趨入勝會
以故二鼓以前 人聲鼓吹 如沸如撼 如魘如囈 如聾如啞 大船小
船 一齊湊岸 一無所見 止見篙擊篙 舟觸舟 肩摩肩 面看面而
已

少刻興盡 官府席散 皂隸喝道去 轎夫叫 船上人怖以關門 燈
籠火把如列星 一一簇擁而去 岸上人亦逐隊趕門 漸稀漸薄 頃
刻散盡矣 吾輩始艤舟近岸 斷橋石磴始凉 席其上 呼客縱飲 此
時月如鏡新磨 山復整粧 湖復頮面 向之淺斟低唱者出 匿影樹
下者亦出 吾輩往通聲氣 拉與同坐 韻友來 名妓至 杯箸安 竹
肉發 月色蒼凉 東方將白 客方散去 吾輩縱舟 酣睡於十里荷花
之中 香氣拍人 清夢甚愜

陶庵夢憶自序

陶庵國破家亡　無所歸止　披髮入山　駴駴爲野人　故舊見之　如毒藥猛獸　愕窒不敢與接　作自輓詩　每欲引決　因石匱書未成　尙視息人世　然瓶粟屢罄　不能舉火　始知首陽二老直頭餓死　不食周粟　還是後人裝點語也　飢餓之餘　好弄筆墨　因思昔人生長王謝　頗事豪華　今日罹此果報　以笠報顱　以簣報踵　仇簪履也　以衲報裘　以苧報絺　仇輕暖也　以藿報肉　以糲報粻　仇甘旨也　以薦報牀　以石報枕　仇溫柔也　以繩報樞　以甕報牖　仇爽塏也　以煙報目　以糞報鼻　仇香豔也　以途報足　以囊報肩　仇輿從也　種種罪案　從種種果報　中見之　雞鳴枕上　夜氣方回　因想余生平繁華靡麗　過眼皆空　五十年來　總成一夢　今當黍熟黃粱　車旅螘穴　當作如何消受　遙思往事　憶卽書之　持向佛前　一一懺悔　不次歲月　異年譜也　不分門類　別志林也　偶拈一則　如遊舊徑　如

見故人 城郭人民 翻用自喜 眞所謂癡人前不得說夢矣 昔有西
陵脚夫爲人擔酒 失足破其甕 念無所償 癡坐佇想曰 得是夢便
好 一寒士鄕試中式 方赴鹿鳴宴 恍然猶意非眞 自嚙其臂曰 莫
是夢否 一夢耳 惟恐其非夢 又惟恐其是夢 其爲癡人則一也 余
今大夢將寤 猶事雕蟲 又是一番夢囈 因嘆慧業文人 名心難化
政如邯鄲夢斷 漏盡鐘鳴 盧生遺表 猶思摹搨二王 以流傳後世
則其名根一點 堅固如佛家舍利 劫火猛烈 猶燒之不失也

自爲墓誌銘

　　蜀人張岱　陶庵其別號也　小爲紈袴子弟　極愛繁華　好精舍　好美婢　好孌童　好鮮衣　好美食　好駿馬　好華燈　好煙火　好梨園　好鼓吹　好古董　好花鳥　兼以茶淫橘虐　書蠹詩魔　勞碌半生　皆成夢幻年至五十　國破家亡　避跡山居　所存者　破牀碎几　折鼎病琴與殘書數帙　缺硯一方而已　布衣蔬食　常至斷炊　回首三十年前眞如隔世

　　常自評之　有七不可解　向以章布而上儗公侯　今以世家而下同乞丐　如此則貴賤紊矣　不可解一　産不及中人　而欲齊驅金谷　世頗多捷徑　而獨株守於陵　如此則貧富舛矣　不可解二　以書生而踐戎馬之場　以將軍而翻文章之府　如此則文武錯矣　不可解三上陪玉皇大帝而不詔　下陪悲田院乞兒而不驕　如此則尊卑溷矣不可解四　弱則唾面而肯自乾　强則軍騎而能赴鹵　如此則寬猛背

矣 不可解五 奪利爭名 甘居人後 觀場遊戲 肯讓人先 如此則
緩急謬矣 不可解六 博奕樗蒲 則不知勝負 啜茶嘗水 則能辨澠
淄 如此則智愚雜矣 不可解七 有此七不可解 自且不解 安望人
解 故稱之以富貴人可 稱之以貧賤人亦可 稱之以智慧人可 解
之以愚蠢人亦可 稱之以強項人可 稱之以柔弱人亦可 稱之以卞
急人可 稱之以懶散人亦可 學書不成 學劍不成 學節義不成 學
文章不成 學仙學佛學農學圃俱不成 任世人呼之爲敗子 爲廢物
爲頑民 爲鈍秀才 爲瞌睡漢 爲老魅也已矣

初字宗子 人呼之爲石公 卽字石公 好著書 其所成書, 有石
匱書 張氏家譜 義烈傳 瑯嬛文集 明易 大易用 史闕 四書遇 夢
憶 說鈴 昌谷解 快園道古 傒囊十集 西湖夢尋 一卷氷雪文行
世也 生於萬曆丁酉八月二十五日卯時 魯國相大滌翁之樹子也
母曰陶宜人 幼多痰疾 養於外大母馬太婦人者十年 外太祖雲谷
公官兩廣 藏生牛黃丸盈數簏 自余墮也以至十有六歲 食盡之而
厥疾始瘥 六歲時 大父雨若翁携余之武林 遇眉公先生 跨一角
鹿 爲錢塘縣遊客 對大父曰 聞文孫善屬對 吾面試之 指屏上李
白騎鯨圖曰 太白騎鯨 采石江邊撈夜月 余應曰 眉公跨鹿 錢塘
縣裏 打秋風 眉公大笑躍起曰 那得靈雋若此 吾小友也 欲進以
千秋之業 豈料余之一事無成也哉

甲申以後 悠悠忽忽 旣不能聊生 又不能覓死 白髮婆娑 猶視

息人世 公一旦溘先朝露 與草木同腐 因思古人如王無功陶靖節徐文長 皆自作墓銘 余亦效顰爲之 甫構思 覺人與文俱不能佳 輟筆者再 雖然 第言吾之癖錯 亦可傳也矣 去年營生壙於項王里之鷄頭山 又人李研齋題其壙曰 嗚呼有明著述鳴儒陶庵張公之壙 伯鸞高士塚近要離 余故取於有項里也 明年 年躋七十有五 死與葬 其日月尚不知也 故不書

銘曰 窮石崇 鬪金谷 盲卞和 獻荊玉 老廉頗 戰涿鹿 贗龍門 開史局 饞東坡 餓孤竹 五羖大夫 焉肯自鬻 空學陶潛 枉希梅福 必也尋世外野人 方曉我之衷曲

제5부 원문

一壺先生傳

一壺先生者　不知其姓名　亦不知何許人　衣破衣　戴角巾　佯狂自放　嘗往來登萊之間　愛勞山山水　輒居數載　去　久之復來　其踪跡皆不可得而知也　好飲酒　每行　以酒一壺自隨　故人稱之曰一壺先生　知之者飲以酒　即留宿其家　間一讀書　欷歔流涕而罷往往不能竟讀也　與即墨黃生萊陽李生者善　兩生知其非常人　皆敬事之　或就先生宿　或延先生至其家　然先生對此兩生每瞠目無語　輒曰　行酒來　余爲生痛飲　兩生度其胸中有不平之思而外自放於酒　嘗從容叩之　不答　一日　李生乘馬山行　望見桃花數十株盛開　臨深溪　一人獨行樹下　心度之曰　其一壺先生乎　比至　果先生也　方提壺飲酒　下馬與先生同飲　醉而別去　先生蹤　跡既無定　或留久之乃去　去不知所之　已而又來　康熙二十一年　去即墨久矣　忽又來　居一僧舍　其素所與往來者視之　見其容貌憔悴　神

氣惝恍 問其所自來 不答 每夜半 即放聲哭 哭竟夜 閱數日 竟
自縊死

贊曰 一壺先生 其殆補鍋匠雪菴和尙之流亞歟 吾聞其雖行遁
而酒酣大呼 俯仰天地 其氣猶壯也 久之 忽悲憤死 一瞑而萬世
不視 其故何哉 李生曰 先生卒時 年已垂七十

『戴名世集』(王樹民 編校, 中華書局, 1986), 165～166面

響雪亭記

余曾大父隱於龍眠之中　山深徑迂峰巒廻合相抱　四時之花開
謝於庭　而去舍百餘步有溪焉　兩山夾之　皆石為底　為岸　為坳
為坎　為坻　磅礴屈曲而下　每聞其深處有隱隱澎湃之聲　乃攀木
沿溪而入　得異境焉　四面皆青壁　斗絶百仞　缺其右　為溪水所出
也　仰首望見飛泉噴薄激怒　自天上來　匯而為池　有大石狀若柳
葉　橫亘其中為梁　水從梁下暗渡入於溪　旁三面石壁上　大樹皆
倒生　枝葉扶疏下垂　四時不凋　根蔓延石壁若龍鱗　乃命石工鑿
其左為梯　以屬於山　折而南　平其土為亭　與瀑布相對　見飛泉掛
樹間

每雨後　人立石梁上相語輒不得聞　重累扶棧上石梯　以次至亭
上耳語　先是有石欲裂　及鑿時遂隙而下　至梁之盡處　可坐數人
飲　水之支流　從石旁數折而注溪　水緩則可以流觴　瀑佈之巔　亦

皆古樹偃仰 臨基流不得至 但望見之云 龍珉山水 蜿蜒委折 一
但以此爲弟一 蓋自古無闢其境者

　曾大父爲之銘 有曰 不陰常雨 盛暑猶雪 遂以名其亭 而命小
子記之

『戴名世集』,「響雪亭記」, 263面.

錄蔭齋古桂記

距虎丘三里而近　有朱氏園林　蓋昔朱某翁先生之所創也　園昔爲田爲圃　先生買而爲園　園之大二百畝凡費金錢數萬　其間竹木水石　亭榭樓閣　重疊映帶　極一時之盛　先生睡沒而園分授諸子於是其季　子某得其東偏之綠蔭齋　以讀書其間　而時時召集朋友賦詩飲酒　自是朱氏之園惟綠蔭齋爲最著　齋之東有古桂一株蓋百餘年物　其枝四面紛披而下　其中可坐數十人　每花開　召客讌集其下　綠葉倒垂　繁英密布　如幄之張　如藩之設　風動花落拂襟縈袖　行酒者傴而入　繞樹根而周　客無不歡極稱嘆而去

天標　嘗導余遊遍園中　臺榭多傾圮矣　水或涸而石或頹矣　竹木存者　十不及一二矣　苔生於牖草環於亭　非復曩日之盛　而園中故有七松草廬　七松者有松七株　蓋宋元時物　數里外望之　挺然離立雲表　自先生沒而七松地屬某氏　某氏斧以爲薪存者僅一

株 差小 以隔於朱氏之垣得免焉 嗚呼 物理之盛衰 何常之有
良材異質 辱於匹夫之手者 多矣 吾悼七松所以幸古桂之遇也

『戴名世集』, '錄蔭齋古桂記', 284面.

慧慶寺玉蘭記

　　慧慶寺距閶門四五里而遙　地僻而鮮居人　其西南及北皆爲平
野　歲癸未甲申間　秀水朱竹垞先生貰僧房數間　著書於此　先生
舊太史　有名聲　又爲巡撫宋公重客　宋公時時造焉　于是蘇之人
士以大府重客故　載酒來訪者不絶　而慧慶玉蘭之名一時大著　玉
蘭在佛殿下凡二株　高數丈　蓋二百年物　花開時茂密繁多　望之
如雪

　　虎丘亦有玉蘭一株　爲人所稱　虎丘繁華之地　遊人雜踏　花易
得名　其實不及慧慶遠甚　然非朱先生以太史而爲重客　則慧慶之
玉蘭竟未有知者　久之　先生去　寺門晝閉　無復有人爲看花來者

　　余寓舍距慧慶一里許　歲丁亥春二月　余晝閑無事　獨行野外
因叩門而入　時玉蘭方開　茂密如曩時　余嘆花之開謝　自有其時
其氣機適其所自然　原與人世無涉　不以人之知不知而爲盛衰也

今虎丘之玉蘭意象漸衰　而在慧慶者如故　亦以見虛名之不足恃
而幽潛者之可久也　花雖微　而物理有可感者　故記之

『戴名世集』, 288面.

隣女說

西隣之女陋而善嫁　東隣有處女　貞淑而美　無聘之者　乃過西隣而問焉　曰若何以得嫁　西隣之女曰　吾有五費　曰　可得聞乎曰髮黃費吾膏　面點費吾粉　履闊費吾布　垢多費吾藏　人來費吾茶　曰　若何以得嫁　曰　吾嫁士　吾嫁商　吾嫁工　吾嫁佣保　吾嫁乞丐　曰有陋汝者　奈何　西隣之女竦肩梟頸　桀然捧腹而笑曰　處女乃陋余乎　此處女之所以年二十而無聘者也　吾見人家女子多矣類我　吾見丈夫多矣　無不類我　而孰得陋余而棄余　處女曰亦有不類若者乎　曰有不類我者　則處女已嫁矣　處女俯而嘆　西隣之女曰　處女無嘆　吾試數處女之過失　自處女之長也　而鬻賣粉黛者過處女之門而不售　兒女相聚笑樂　處女獨深思不與語　又不能隨時爲巧靡之塗粧　吾觀處女態度類有以自異者　處女將自以爲美乎　世之所艷羨者眞爲美矣　而處女無相逢顧盼者　處女將以

何時得偶乎　且處女性情姿態如此　又不自媒　而傲然待聘　則處
女過矣　處女誠換其故貌　易舊粧爲新粧　倚門而笑　則吾有可以
效於處女者　然又恐余門之履且滿處女戶外也　處女變色　拂衣而
起　趨而歸　誓終身不與通

『戴名世集』，426～427面.

芝石記

有樵童自山間來　貽我芝一莖而言曰　吾析薪　率山麓而行　至水之湄焉　見芝生沙中　雜於細草之間　懼牛羊之踐之也　因掇取而歸　敢以爲獻　余受之　置石盆內　供之几上　芝以石爲根　沙土凝結而成者也　長不盈尺　而崗巒巖穴畢具　芝生于其旁之左峰　群峰錯立　其部署若有神工之相其成　觀者莫不歎賞而去　夫

芝之爲瑞久矣　世傳芝之生也　必有吉祥善事之至　芝固爲吉祥善事而生也　倘或然耶　然吾觀自古之驕主佞臣　他無未遑　而獨於芝也窮搜遠采　獻者踵至　以文天下之平　然是時天下果有道四方皆清明乎　未見其然也　則芝亦安在其爲吉祥善事而生耶　然芝秉山川清淑之氣以生　終不可謂非天下之瑞　特當此之時　荐之朝廷　固不若其蒙翳于榛莽黃草之中也　今此芝也　幸無徵召之求而爲樵夫野人所得　又以歸余　余拙人也　撫時感事　自甘廢棄　肅

然蓬戶 猶之乎窮巖斷壑也 余方幸芝之類余 而又辱與余處 以
不自失其天也 作芝石記

『戴名世集』, 264面.

醉鄕記

昔余常至一鄕陬　頹然靡然　昏昏冥冥　天地爲之易位　日月爲之失明　目爲之眩　心爲之荒惑　体爲之敗亂　問之人　是何鄕也曰　酣適之方　甘旨之嘗　以徜以徉　是爲醉鄕

嗚呼　是爲醉鄕也歟　古之人不余欺也　吾嘗聞夫劉伶阮籍之徒矣　當是時　神州陸沉　中原鼎沸　而天下之人　放縱恣肆　淋漓顚倒　相率入醉鄕不已　而以吾所見　其間未嘗有可樂者　或以爲可以解憂云耳　夫憂之可以解者　非眞憂也　夫果有其憂焉　抑亦必不解也　況醉鄕實不能解其憂也　然則入醉鄕者　皆无有憂也

嗚呼　自劉阮以來　醉鄕遍天下　醉鄕有人　天下无人矣　昏昏然冥冥然　頹墜委靡　入而不知出焉　其不入而迷者　豈无其人者歟而荒惑敗亂者　率指以爲笑　則眞醉鄕之徒也已

鳥說

余讀書之室 其旁有桂一株焉 桂之上日有聲喧然者 卽而視之 則二鳥巢於其枝幹之間 去地不五六尺 人手能及之 巢大如盞 精密完固 細草盤結而成 鳥雌一雄一 小不能盈掬 色明潔娟皎可愛 不知其何鳥也

雛且出矣 雌者覆翼之 雄者往取食 每得食 輒息於屋上 不卽下 主人戲以手撼其巢 則下瞰而鳴 小撼之小鳴 大撼之卽大鳴 手下鳴乃已 他日 余從外來 見巢墜於地 覓二鳥及鷇 無有 問之 則某氏僮奴取以去 嗟呼 以此鳥之羽毛潔而音鳴好也 奚不深山之適而茂林之棲 乃托身非所 見辱於人奴以死 彼其以世路爲甚寬也哉

與劉言潔書

言潔足下　僕平居讀書　考文章之旨　稍稍識其大端　竊以爲文之爲道　雖變化不同　而其旨非有他也　在率其自然而行其所無事　卽至篇終語止　而混茫相接　不得其端　此自左莊馬班以來　諸家之旨未之有異也

蓋文之爲道難矣　今夫文之爲道　未有不讀書而能工者也　然而吾所讀之書而吾擧而棄之　　而吾之書固已讀而吾之文固已工矣　夫是故一心注其思　萬慮屏其雜　直以置其身於埃壒之表　用其想於空曠之間　遊其神於文子之外　如是而後　能不爲世人之言　不爲世人之文　斯無以取世人之好　故文章者　莫貴於獨知

今有人於此焉　衆人好之，則衆人而已矣　君子好之　則君子而已矣　是故君子恥爲衆人之所好者　以此也　彼衆人者　耳剽目竊　徒以雕飾爲工　觀其菁華爛熳之章　與夫考據排纂之際　出其有惟

恐不盡焉 此其所以枵然無有者也 君子之文 淡焉泊焉 略其町
畦 去其鉛華 無所有 乃其所以無所不有者也 僕嘗入乎深林叢
薄之中 莉榛碍吾之足 土石封吾之目 雖咫尺莫能盡焉 余旦惴
惴焉 懼跬步之或有失也 及登覽乎高山之嶺 舉目千里 雲烟在
下 蒼然茫然 與大無窮 頃者遊於渤海之濱 見夫天水渾淪 波濤
洶湧 惝怳四顧 不復有人間 嗚呼 此文之自然者也 文之爲道如
是 豈不難哉

　僕自行年二十 卽有志於文章之事 而是時積憂多愁 神氣荒惑
又治生不給 無以托一日之命 自以年齒尙少 可以待之異日 蹉
跎荏苒 已踰三十 其爲愧悔慚懼 何可勝言 數年以來 客遊四方
所見士多矣 而亦未見有以此事爲志者 獨足下好學甚勤 深有得
於古人之旨 且不以僕爲不才 而謂可與于斯文也者 僕何敢當焉
偶料檢篋中文字 自丙辰至於丙寅 十年間所著 有蘆中集問天集
圍學集巖居川觀集 爲刪其十之二三 彙爲一集 而以請正于足下
足下以爲可存 則存之 不然 卽當削去 行且入窮山之中 躬耕讀
書 以庶幾稍酬曩昔之志然而未敢必也 名世頓首

與劉大山書

去年春正月 渡江訪足下 留信宿 而足下出所爲古文十餘篇見示 皆有奇氣 足下固不自信 而謬以僕之文有合于古人矩矱 因從問其波瀾意度所以然者 僕回秦淮 將欲檢篋中文字 悉致之足下 冀有以教我 會足下北遊燕薊之間 而僕亦東走吳越 遂不果 今年冬 有金陵門人欲鋟僕古文于板 僕古文多憤世嫉俗之作 不敢示世人 恐以言語獲罪 而門人遂以彼所藏鈔本百篇雕刻行世 俟其刊成 當於郵傳中致一本于足下 其文皆無絶殊 而波瀾意度所以然者 僕亦未能以告人也 惟足下細加擇別 摘其瑕疵 使得改定 且作一序以冠其首簡 幸甚 幸甚

當今文章一事賤如糞壤 而僕無他嗜好 獨好此不厭 生平尤留意先朝文獻 二十年來 蒐求遺編 討論掌故 胸中覺有百卷書 怪怪奇奇 滔滔汨汨 欲觸喉而出 而僕以爲此古今大事 不敢聊且

爲之 將欲入名山中 洗滌心神 餐吸沆瀣 息慮屛氣 久之 乃敢
發凡起例 次第命筆. 而不幸死喪相繼 家累日增 奔走四方 以求
衣食 其爲困躓顚倒 良可悼嘆 同縣方苞以爲 文章者窮人之具
而文章之奇者其窮亦奇 如戴子是也 僕文章不敢當方君之所謂
奇 而欲著書而不得 此其所以爲窮之奇也

　秦淮有餘叟者 好琵琶 聞人有工爲此技者 不遠千里迎致之
學其術 客爲琵琶來者 終日坐爲滿 久之 果大工 號南中第一手
然以是傾其産千金 至不能給衣食 乃操琵琶彈于市 乞錢自活
卒無知者 不能救凍餒 遂抱琵琶而餓死于秦淮之涯 今僕之文章
乃余叟之琵琶也 然而琵琶者 夷部之樂耳 其工拙得喪 可以無
論 至若吾輩之所爲者 乃先王之遺 將以明聖人之道 窮造化之
微 而極人情之變態 乃與夷部之樂同其因躓顚倒 將遂碎其琵琶
以求免於窮餓 此余叟之所不爲也 嗚呼 琵琶成而適以速之死
文章成而適以甚其窮 足下方揚眉瞬目 奮袂抵掌而效僕之所爲
是又一余叟也　　然爲余叟者 始能知余叟之音 此僕之所以欲足
下之序吾文也　庚辰十二月望日 戴名世頓首

窮鬼傳

窮鬼者 不知所自起 唐元和中 始依昌黎韓愈 愈久與之居 不堪也 爲文逐之 不去 反罵愈 愈死 無所歸 流落人間 求人如韓愈者從之 不得

閱九百餘年 聞江淮之間有被褐先生 其人韓愈流也 乃不介而謁先生於家 曰 我故韓愈氏客也 竊聞先生之高義 愿託於門下 敢有以報先生 先生避席却行 大惊曰 汝來將奈何 麾之去 曰 子往矣 昔者韓退之以子故 不容於天下 召笑取侮 窮而無歸 其送窮文可復視也 子往矣, 無累我 無已 請從他人 窮鬼曰 先生何棄我甚耶 假而他人可從 從之久矣 凡吾所以從先生者 以不肯從他人故也 先生何棄我甚耶 敢請其罪

先生曰 子以窮爲名 其勢固足以窮余也 議論文章 開口觸忌 則窮於言 上下坑坎 前顚後躓 俯仰跼蹐 左支右吾 則窮於行

蒙塵垢 被刺譏 憂衆口 則窮於辨 所爲而拂亂 所往而刺謬 則窮於才 聲勢貨利不足以動衆 磊落孤憤不足以諧俗 則窮於交遊抱其無用之書 負其不羈之氣 挾其空匱之身 入所厭薄之世 則在家而窮 在邦而窮 凡汝之足以窮吾者 吾不能悉數也 而擧其大略焉

窮鬼曰 先生以是爲余罪乎 是則然矣 然余之罪顧有可矜者而其功亦有不可沒也 吾之所在而萬態皆避之 此先生之所以棄余也 然是區區者 何足以輕重先生 而吾能使先生歌 使先生泣使先生激 使先生憤 使先生獨往獨來而遊於無窮 凡先生之所云云 固吾之所以效於先生者也 其何傷乎 且韓愈氏迄今不朽者則余之爲也 以故愈亦始疑而終安之 自吾遊行天下久矣 無可屬者 數千年而得韓愈 又千餘年而得先生 以先生之道而嚮往者曾無一人 獨余慕而從焉 則余之與先生 豈不厚哉 於是先生與之處 凡數十年 窮甚不能堪 然頗得其功 一日 謂先生曰 自余之歸先生也 而先生不容於天下 召笑取侮 窮而無歸 徒以余故也余亦憫焉 顧吾之所以效於先生者 皆以爲功於先生也 今已畢致之矣 先生無所用余 余亦無敢久溷先生也 則起 趨而去 不知所終

錢神問對

有神色赤而目方 刺其面爲文 立中衢 臭達于遠 衆皆拜 祈清
甚篤 或咄咄喘息不已 戴子見之 曰 此何神也 衆曰 非若所知
前問神 神具以名對 戴子笑曰 吾聞汝久矣 汝固若是而已者耶
其何以動衆如是甚也 神曰 吾行游天下 靡人不畏 罔敢不恭 子
顧且云云 豈有說乎

戴子曰 吾數汝之罪 則熔汝使化而毒未歇 銼汝使折而害无救
也 神怒曰 子固孺子 不足怜 今偶相遭而衆辱我 且夫吾之爲功
也 薄海內外 苟非余則戚戚嗟嗟 窘然而无以爲生 一二迂妄者
吾避去 自余諸公貴人 皆蓁蓁慕予 手摩而目屬 以及庶民卑踐
之流 无不愿爲我死者 且夫吾之爲質也 流轉而不窮 歷久而不
壞 愛我者歸之 不愛我者謝勿往 吾豈有求于世哉 世求我而已
耳 是故官吏非吾不樂 商賈非吾不通 交游非吾不厚 文章非吾

不貴 親戚非吾不和 有吾則生 无吾則死 是故盜我者縣官有禁
謀我者鈇鉞不遺 誠明夫利害之分 而審夫得失之勢也 子何以云
爾乎 淸勿復敢見子矣

　戴子曰 固也 吾試且略言之 昔者生民之初 渾渾噩噩 數千百
年間 耕田鑿井 衣衣食食 天下太平 安樂无事 當是時 豈有汝
哉 自汝出 而輕重其制 鈇兩其名 方圓其象 流傳人間 惑亂民
志 万端俱起 于是庸夫之目 以汝爲重輕 奸人之手 以汝爲上下
或執鞭乞哀 流汗相屬 不然 設心計 走坑險 蒙死僥幸 損人益
己 互相攘奪 或至犯科作奸 椎牛發冢 聚爲博弈 出爲盜賊 至
于官之得失 政以賄成 敲骨吸髓 轉相呑嚼 而天下之死于汝手
者 不可勝數也 挺土刻木以爲人 而强自冠帶 羊狠狼貪之徒 而
恣侵暴 剝窮孤 而汝之助虐者 不可勝數也 且又撮其緘縢 固其
扃鐍 兀然匿于小人暴客之室中 釀爭而藏垢 避正而趨邪 使夫
義士仁人 瞿瞿然悻悻然不能出气 修德益窮 有文益困 而汝獨
紛紛然奔走天下 顚倒豪杰 敗壞世俗 徒以其臭薰蒸海內 气之
所感 積爲迷惑之疾 見之者慕 問之者思 得之者喜 失之者悲
有无不平 貪各接踵 而充塞仁義 障蔽日月 使天下倀倀乎无所
之 而惟汝之是從

　神曰 子言固然 然余之道 此乃其所以爲神也 汝烏足以知之
因仰而嘻笑 俯而却走 伸目四顧 擧手而別 衆共擁之以去 里中

有盲童　操日者術　善鼓琴　隣有某生　召而吊之　曰　子年幾何矣
曰　年十五矣　以何時而眇　曰　三歲耳　然則子之盲也　且十二年矣
昏昏然而行　冥冥焉而趨　不知天地之大　日月之光　山川之流峙
容貌之姸丑　宮室之宏麗　无乃甚可悲矣乎　吾方以爲吊也

盲者說

　　盲者笑曰 若子所言 是第知盲者之爲盲 而不知不盲者之盡爲
盲也 夫盲者曷嘗盲哉 吾目雖不見 而四肢百體均自若也 以目
无妄動焉 其于人也 聞其音而知其姓氏 審其語而知其是非 其
行也 度其平陂以爲步之疾徐 而亦无顚危之患 入其所精業 而
不疲其神于不急之務 不用其力于无益之爲 出則售其術以飽其
腹 如是者 久而習之 吾无病于目之不見也 今夫世之人 喜爲非
禮之貌 好爲无用之觀 事至而不能見 見而不能遠 賢愚之品不
能辨 邪正在前不能釋 利害之來不能審 治亂之故不能識 詩書
之陳于前 事物之接于后 終日睹之而不得其義 倒行逆施 倀倀
焉躓且蹶而不之悟 卒蹈于網羅 入于陷阱者 往往而是 夫天之
愛人甚矣 予之以運動知識之具 而人失其所以予之之意 輒假
之以陷溺其身者 豈獨目哉 吾將謂昏昏然而行 冥冥然而趨 天

下其誰非盲也 盲者獨余耶 余方且睥睨顧盼 謂彼等者不足辱吾
之一瞬也 乃子不自悲而悲我 不自弔而弔我 吾方轉而爲子悲
爲子弔也

　　某生无以答 間詣余言 余聞而異之 曰 古者瞽史教誨 師箴
瞍賦 矇誦 若晋之師曠 鄭之師慧是也 兹之盲者 獨非其倫耶
爲記其語 庶使覽之者知所愧焉

　　『桐城派文選』,「盲者說」(王凱符 漆緒邦 選注, 安徽人民出版社, 1984)